民国武侠小说典藏文库·白羽卷

青衫豪侠

白 羽◎著

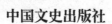

中国文史出版社

图书在版编目(CIP)数据

青衫豪侠／白羽著. — 北京：中国文史出版社,2017.1
(民国武侠小说典藏文库·白羽卷)
ISBN 978 – 7 – 5034 – 8370 – 7

Ⅰ. ①青… Ⅱ. ①白… Ⅲ. ①侠义小说 – 中国 – 现代
Ⅳ. ①I246.5

中国版本图书馆 CIP 数据核字(2016)第 256738 号

整　　理：周清霖
责任编辑：马合省　卢祥秋

出版发行：中国文史出版社
网　　址：http：//www. chinawenshi. net
社　　址：北京市西城区太平桥大街 23 号　邮编：100811
电　　话：010 – 66173572　66168268　66192736（发行部）
传　　真：010 – 66192703
印　　装：北京盛彩捷印刷有限公司
经　　销：全国新华书店
开　　本：720 × 1020　1/16
印　　张：18.5　　　字数：210 千字
版　　次：2017 年 1 月第 1 版
印　　次：2018 年 6 月第 2 次印刷
定　　价：45.80 元

我的生平

生而为纨绔子

　　民国纪元前十三年九月九日，即己亥年八月初五日，我生于"马厂誓师"的马厂。

　　祖父讳得平，大约是老秀才，在故乡东阿做县吏。祖母周氏，系出名门。祖母生前常夸说：她的祖先曾在朝中做过大官，不信，"俺坟上还有石人石马哩！"这是真的。什么大官呢？据说"不是吏部天官，就是当朝首相"，在什么时候呢？说是"明朝"！

　　大概我家是中落过的了，我的祖父好像只有不多的几十亩地。而祖母的娘家却很阔，据说嫁过来时，有一顷啊也不是五十亩的奁田。为什么嫁祖父呢？好像祖母是个独生女，很娇生，已逾及笄，择婿过苛，怕的是公公婆婆、大姑小姑、妯娌娌娌……人多受气，吃苦。后来东床选婿，相中了我的祖父，家虽中资，但是光棍儿，无公无婆，无兄无弟，进门就当家。而且还有一样好处。俗谚说："大女婿吃馒头，小女婿吃拳头。"我的祖父确大过她几岁。于是这"明朝的大官"家的姑娘，就成为我的祖母了。

1

然而不然，我的祖父脾气很大，比有婆婆还难伺候。听二伯父说，祖父患背疽时，曾经挞打祖母，又不许动，把夏布衫都打得渗血了。

　　我们也算是"先前阔"的，不幸，先祖父遗失了库银，又遇上黄灾。老祖母与久在病中的祖父，拖着三个小孩（我的两位伯父与我的父亲，彼时父亲年只三岁），为了不愿看亲族们的炎凉之眼，赔偿库银后，逃难到了济宁或者是德州，受尽了人世间的艰辛。不久老祖父穷愁而死了。我的祖母以三十九岁的孀妇，苦斗，挣扎，把三子抚养成人。——这已是六十年前的事了。

　　我七岁时，祖母还健在：腰板挺得直直的，面上表情很严肃，但很爱孙儿，——我就跟着祖母睡，曾经一泡尿，把祖母浇了起来——却有点偏心眼，爱儿子不疼媳妇，爱孙儿不疼孙女。当我大妹诞生时，祖母曾经咳了一声说："又添了一个丫头子！"这"又"字只是表示不满，那时候大妹还是唯一的女孩哩！

　　我的父亲讳文彩，字协臣，是陆军中校袁项城的卫队。母亲李氏，比父亲小着十六岁。父亲行三，生平志望，在前清时希望戴红顶子，入民国后希望当团长，而结果都没有如愿；只做了二十年的营官，便殁于复辟之役的转年，地在北京西安门达子营。

　　大伯父讳文修，二伯父讳文兴。大伯父管我最严，常常罚我跪，可是他自己的儿子和孙子都管不了。二伯父又过于溺爱我。有一次，我拿斧头砍那掉下来的春联，被大伯父看见，先用掸子敲我的头一下，然后画一个圈，教我跪着。母亲很心疼地在内院叫，我哭声答应，不敢起来。大伯父大声说："斧子劈福字，你这罪孽！"忽然绝处逢生了，二伯父施施然自外来，一把先将我抱起，我哇的大哭了，然后二伯父把大伯父"卷"了一顿。大伯

2

父干瞪眼，惹不起我的"二大爷"！

大伯父故事太多，好苛礼，好咬文，有一种嗜好：喜欢磕头、顶香、给人画符。

二伯父不同，好玩鸟，好养马，好购买成药，收集"偏方"；"偏方治大病！"我确切记得：有两回很出了笑话！人家找他要痢疾药，他把十几副都给了人家；人问他："做几次服？"二伯父掂了掂轻重，说："分三回。"幸而大伯父赶来，看了看方单，才阻住了。不特此也，人家还拿吃不得的东西冤他，说主治某症，他真个就信。我父亲犯痔疮了，二伯父淘换一个妙方来，是"车辙土，加生石灰，浇高米醋，熏患处立愈"。我父亲皱眉说："我明天试吧！"对众人说："二爷不知又上谁的当了，怎么好！"又有一次，他买来一种红色药粉，给他的吃乳的侄儿，治好了某病。后来他自己新生的头一个小男孩病了，把这药吃下去了，死了！过了些日子，我母亲生了一个小弟弟，病了，他又逼着吃，又死了。最后大嫂嫂另一个孩子病了，他又催吃这个药。结果没吃，气得二伯父骂了好几次闲话。

母亲告诉我：父亲做了二十年营长，前十年没剩下钱，就是这老哥俩大伯和二伯和我的那位海轩大哥（大伯父之子）给消耗净了的；我们是始终同居，直到我父之死。

踏上穷途

父亲一死，全家走入否运。父亲当营长时，月入六百八十元，亲族戚故寄居者，共三十七口。父亲以脑溢血逝世，树倒猢狲散，终于只剩了七口人：我母、我夫妻、我弟、我妹和我的长女。直到现在，长女夭折，妹妹出嫁，弟妇来归，先母弃养，我

3

已有了两儿一女，还是七口人；另外一只小猫、一个女用人。

父亲是有名的忠厚人，能忍辱负重。这许多人靠他一手支持二三十年。父亲也有嗜好，喜欢买彩票，喜欢相面。曾记得在北京时有一位名相士，相我父亲就该分发挂牌了。他老人家本来不带武人气，赤红脸，微须，矮胖，像一个县官。但也有一位相士，算我父亲该有二妻三子、两万金的家私。倒被他料着了。只是只有二子二女，人说女婿有半子之份，也就很说得过去。至于两万金的家财，便是我和我弟的学名排行都有一个"万"字。

然而虽未必有两万金，父亲殁后，也还说得上遗产万贯。——后来曾经劫难，只我个人的藏书，便卖了五六百元。不幸我那时正是一个书痴，一点世故不通，总觉金山已倒，来日可怕，胡乱想出路，要再找回这每月数百元来。结果是认清了社会的诈欺！亲故不必提了，甚至于三河县的老妈郭妈——居然怂恿太太到她家购田务农，家里的裁缝老陈便给她破坏："不是庄稼人，千万别种地！可以做小买卖，譬如开成衣铺。"

我到底到三河县去了一趟，在路上骑驴，八十里路连摔了四次滚，然后回来。那个拉包车的老刘，便劝我们开洋车厂，打造洋车出赁，每辆每月七块钱；二十辆呢，岂不是月入一百多块？

种种的当全上了，万金家私，不过年余，倏然地耗费去一多半。 .

"太太，坐吃山空不是事呀！"

"少爷，这死钱一花就完！"

我也曾买房，也曾经商。我是个不到二十岁的少年……

这其间，还有我父亲的上司，某统领，据闻曾干没了先父的恤金，诸如段芝贵、倪嗣冲、张作霖……的赙赠，全被统领"人家说了没给，我还给你当账讨去么？"一句话了账。尤其是张作霖，这位统领曾命我随着他的马弁，亲到顺城街去谢过，看过了张氏那个清秀的面孔，而结果一文也没见。据说是一共四千多元。

我觉得情形不对，我们孤儿寡母商量，决计南迁。安徽有我的海轩大哥当督练官，可将余资交他，代买田产房舍。这一次离别，我母率我妻及弟妹南下，我与大妹独留北方；我们无依无靠，母子姑嫂抱头痛哭！于是我从邮局退职，投考师大，我妹由女中转学津女师，我们算计着："五年之后，再图完聚！"

否运是一齐来！甫到安徽十几天，而××的变兵由豫境窜到皖省，扬言要找倪家寻隙。整整一旅，枪火很足，加上胁从与当地土匪，足够两三万；阜阳弹丸小城一攻而入，连装都装不开了！大抢大掠，前后四五天，于是我们倾家荡产，又逃回北方来。在济南断了路费，卖了些东西，才转到天津，由我妹卖了金戒指，把她们送到北京。我的唯一的弟弟，还被变兵架去了七天；后来亏了别人说了好话："这是街上卖进豆的穷孩子。"才得放宽一步，逃脱回来。当匪人绑架我弟时，我母拼命来夺，被土匪打了一枪，幸而是空弹，我母亲被踢到沟里去了。我弟弟说："你们别打她，我跟你们走。"那时他是十一二岁的小孩。

于是穷途开始，我再不能入大学了！

我已没有亲戚，我已没有朋友！我已没有资财，我已没有了一切凭借，我只有一支笔！我要借这支笔，来养活我的家和我自己。

笔尖下讨生活

在北京十年苦挣，我遇见了冷笑、白眼，我也遇见热情的援

5

手。而热情的援手，卒无救于我的穷途之摆脱。民十七以前，我历次地当过了团部司书、家庭教师、小学教员、税吏，并曾再度从军作幕，当了旅书记官，仍不能解决人生的第一难题。军队里欠薪，我于是"谋事无成，成亦不久"；在很短的时期，自荐信稿订成了五本。

辗转流离，终于投入了报界；卖文，做校对，写钢板，当编辑，编文艺，发新闻。我的环境越来越困顿，人也越加糊涂了；多疑善忌，动辄得咎，对人抱着敌意，我颓唐，我愤激，我还得挣扎着混……我太不通世故了，而穷途的刺激，格外增加了我的乖僻。

终于，在民十七的初夏，再耐不住火坑里的冷酷了，我甘心抛弃了税局文书帮办的职位。因为在十一天中，喧传了八回换局长，受不了乍得乍失的恐惧频频袭击，我就不顾一切，支了六块大洋，辞别了寄寓十六年的燕市，只身来到天津，要想另打开一道生活之门。

我在天津。

我用自荐的方法，考入了一家大报。十五元的校对，半月后加了八元，一个月后，兼文艺版，兼市闻版，兼小报要闻主任，兼总校阅；未及两个月，月入增到七十三元——而意外地由此招来了妒忌！

两个月以后，为阴谋所中，被挤出来，我又唱起来"失业的悲哀"来了！但，我很快地得着职业，给另一大报编琐闻。

大约敷衍了半年吧，又得罪了"表弟"。当我既隶属于编辑部，又兼属于事务部做所谓文书主任时，十几小时的工作，我只拿到一份月薪，而比其他人的标准薪额还少十元。当我要求准许我两小时的自由，出社兼一个月脩二十元的私馆时，而事务部长所谓表弟者，突然给我延长了四小时的到班钟点。于是我除了七八小时的睡眠外，都在上班。"一番抗议"，身被停职，而"再度失业"。

我开始恐怖了！在北平时屡听见人的讥评："一个人总得有人缘！"而现在，这个可怕的字眼又在我耳畔响了！我没有"人缘"！没有人缘，岂不就是没有"饭缘"！

我自己宣布了自己的死刑："糟了！没有人缘！"

我怎么会没有人缘呢？原因复杂，愤激、乖僻、笔尖酸刻、世故粗疏，这还不是致命伤；致命伤是"穷书痴"，而从前是阔少爷！

环境变幻真出人意外！我居然卖了一个半月的文，忽然做起外勤记者了。

我，没口才，没眼色，没有交际手腕，朋友们晓得我，我也晓得"语言无味，面目可憎"八个字的意味，我仅仅能够伏案握管。

"他怎么干起外勤来了？"

"我怎么干起外勤来了！"

转变人生

然而环境迫着你干，不干，吃什么？我就干起来。豁出讨人嫌，惹人厌，要小钱似的，哭丧着脸，访新闻。遇见机关上的人员，摆着焦灼的神气，劈头一句就问："有没有消息？"人家很诧异地看着我，只回答两个字："没有。"

那是当然！

我只好抄"公布消息"了。抄来，编好，发出去，没人用，那也是当然。几十天的碰钉，渐渐碰出一点技巧来了；也慢慢地会用勾拒之法、诱发之法，而探索出一点点的"特讯"来了。

渐渐地，学会了"对话"，学会了"对人"，渐渐地由乖僻孤介，而圆滑，而狡狯，而阴沉，而喜怒不形于色，而老练，……而"今日之我"转变成另一个人。

我于是乎非复昔日之热情少年，而想到"世故老人"这四个字。

由于当外勤，结识了不少朋友，我跳入政界。

由政界转回了报界。

在报界也要兼着机关的差。

当官吏也还写一些稿。

当我在北京时，虽然不乏热情的援手，而我依然处处失脚。自从到津，当了外勤记者以后，虽然也有应付失当之时，而步步多踏稳——这是什么缘故呢？噫！青年未改造社会，社会改造了青年。

我再说一说我的最近的过去。

我在北京，如果说是"穷愁"，那么我自从到津，我就算"穷"之外，又加上了"忙"；大多时候，至少有两件以上的兼差。曾有一个时期，我给一家大报当编辑，同时兼着两个通讯社的采访工作。又一个时期，白天做官，晚上写小说，一个人干三个人的活，卖命而已。尤其是民二十一至二十三年，我曾经一睁开眼，就起来写小说，给某晚报；午后到某机关（注：天津市社会局）办稿，编刊物，做宣传；（注：晚上）七点以后，到画报社，开始剪刀浆糊工作；挤出一点空来，用十分钟再写一篇小说，再写两篇或一篇短评！假如需要，再挤出一段小品文；画报工作未完，而又一地方的工作已误时了。于是十点半匆匆地赶到一家新创办的小报，给他发要闻；偶而还要作社论。像这么干，足有两三年。当外勤时，又是一种忙法。天天早十一点吃午餐，晚十一点吃晚餐，对头饿十二小时，而实在是跑得不饿了。挥汗写稿，忽然想起一件心事，恍然大悟地说："哦！我还短一顿饭哩！"

这样七八年，我得了怔忡盗汗的病。

二十四年冬，先母以肺炎弃养；喘哮不堪，夜不成眠。我弟兄夫妻四人接连七八日地昼夜扶侍。先母死了，个个人都失了形，我可就丧事未了，便病倒了；九个多月，心跳、肋痛、极度的神经衰弱。又以某种刺激，二十五年冬，我突然咯了一口血，健康从此没有了！

易地疗养，非钱不办；恰有一个老朋友接办乡村师范，二十六年春，我遂移居乡下，教中学国文——决计改变生活方式。我友劝告我："你得要命啊！"

事变起了，这养病的人拖着妻子，钻防空洞，跳墙，避难。二十六年十一月，于酷寒大水中，坐小火轮，闯过绑匪出没的猴儿山，逃回天津；手头还剩大洋七元。

我不得已，重整笔墨，再为冯妇，于是乎卖文。

对于笔墨生活，我从小就爱。十五六岁时，定报，买稿纸，赔邮票，投稿起来。不懂戏而要作戏评，登出来，虽是白登无酬，然而高兴。这高兴一直维持到经鲁迅先生的介绍，在北京晨报译著短篇小说时为止；一得稿费，渐渐地也就开始了厌倦。

我半生的生活经验，大致如此，句句都是真的么？也未必。你问我的生活态度么？创作态度么？

我对人生的态度是"厌恶"。

我对创作的态度是"厌倦"。

"四十而无闻焉，'死'亦不足畏也已！"我静等着我的最后的到来。

（二十七年十二月二十日）

目　　录

1

第一章

度年关豪奴昧良讨义债
探雪路侠士怜贫解行囊

冀北密云县，南通旧京，北连北口，地势崇高险要，四面衔山带水，在平时本是出塞的要道、行军出征的必经之路。有一年密云县城刚刚逃出兵燹，洗净血腥，转眼之间，进了旧历腊月。到得腊月二十三，糖瓜祭灶之后，看看年关已经直拢在面前。忽然天公不作美，山风大作，阴云密集，一霎时鹅毛纷飞，雪大如掌，洒落得满城皆白，天气愈变冷冽。一直到腊月二十六这天，风势稍煞，雪还未住，时停时下，弄得家家屋顶压起尺许厚的积雪，风一吹便簌簌的整块跌下来。虽然如此，到底阻不住新年来到。城里官民绅商，一家家趁雪光里忙着办年货，送年礼，讨年账。小孩们手冻得红红的，还是欢天喜地，穿新衣，放花炮。不管它天有不测风云，人还是得乐且乐，扫雪迎神；街市上顿形热闹，和天气正大相反。独有北关僻巷周老茂家不为新年所动，屋里冷冷清清，没有一点以为卒岁光景的乐。

周老茂家住的是大杂院，老夫妻俩靠外院租住两间南房。这周老茂家贫年老，转年便是五十七岁。他妻田氏，白发婆婆，年纪只比他小四岁。不幸他家遭了一场祸，现在新年切近，家中一

1

点办法没有。莫说年货无从措办，年账没法搪塞，便是这几天嚼谷也正毫无着落。你说怎不焦急？二十六这天田氏清早起来，看看天气，雪还下着，心里十分作难，找邻舍东拼西凑，好容易把火生着，烧了一壶开水，把丈夫叫了起来。两口子也不洗脸，一气喝了半壶开水，这才觉着心里有点暖气。周老茂沉吟一回，叹口气说："拿出来吧。"田氏爬到炕里，拿出一个早先包好的包裹。周老茂慢慢站起，右手拄上一条木棍，左手接过那包裹，夹着朝外就走。屋门开处，呼的一声，连风带雪刮进来；老夫妇不禁一齐缩脖，倒抽口凉气。周老茂忙弯回左手，张着袖口，堵住了嘴，低头紧行几步去了。

这里田氏瞧着丈夫的背影，点点头，又叹口气，便关上房门，坐在火炉旁边，怔怔地发闷。一时听见北风阵阵吹来，把雪花卷起，打得窗纸沙沙作声。一时又听见隔壁爆竹乱响，明知是孩子们淘气。却想到今天邻居们家家户户欢天喜地预备过年，独有自家这般清风冷落，连午饭还没安排。更回想前年此日，家里有人有财，虽非富贵，却不愁吃。安分度日，何等自在？哪料刚两年光景，家境一变，好好一个独生儿子，也知养家，也能挣钱，却只经过半日噩梦，从此抛下爷娘，一去不回了，害得人亡家败。人生最怕老来贫，何况又是暮年失子！那种苦处，怎堪寻味？田氏思前想后，一股冤怨之气兜上心来，恨不纵声痛哭一场。转想院邻很多，新年谁家没个忌讳，倒惹得他们撇嘴假劝。寻思着只好咬牙忍住，那眼泪便越发滚下腮来。

正伤心处，忽听屋外雪踏得吱吱响，跟着有人推门。田氏当是丈夫回来，抬头看时，却是里院西屋邻舍马三奶奶的儿子，卖红薯的二海，闯进门来，一面抖雪，一面说："好大雪。您瞧我刚打里院出来，就落了这一身。大妈吃了饭啦？"田氏道："没有。"二海道:"我们也没有吃,年根底下闹起天气来,也没做买卖。真要命!刚才我妈说,叫我问问您,那五斤红薯钱,您要是方便,先借给我们用用。"说着拿眼转了一圈,坐下问道:"大爷呢?"田氏红了脸,虚声下气答道:"他当当去了。回头当了钱来,先给你对付一点。大雪天又劳动你一趟。"二海噘着嘴道:"您可别忘了,大年下谁不紧。"磨烦一回走了。接着又来了一伙,铺伙亲友都有,全是立刻要清账的。田氏舌敝唇焦,才一阵阵搪过去,临走还叮咛了后会。

田氏此时倒也顾不得伤心,只盼老茂快回来。谁知火炉连添了两次煤,饿得她饥肠雷鸣,还不见当当回头,看看天色渐昏,田氏着起急来,心想当物不收,这时也该回家。只恐老茂上了年纪,在雪地滑倒不是玩儿的。一个人落在屋里,只觉没抓没搔,便站起身。到街门口望看,但见雪漫径路,足有一尺多深,鹅毛纷飞,满目皆白。来来往往,不少行人,只不见老茂踪影。当不得寒气砭骨,一时又转回家中,出出进进,一连几次,早到掌灯时分。那马家二海,也来催过两趟。

田氏越发心慌,隐隐觉着心口作痛,嘴吐酸水。正盘算到邻舍破脸,好歹吃口东西,借只灯笼去迎。忽听门外,踏雪声里,有人说话,一个说:"任先生,就是这里。"又一个应道:"哦,这是两间房,您先进去招呼一声。"听那口腔,先说话的好像是她丈夫老茂。后面答话的,却听不出是谁。田氏一块石头落地,连忙上前开门,口里抱怨道:"老爷子,天到这时候,你怎么?"说着豁的一声,屋门大开,跟着田氏一侧身,哎哟一声,只见周老茂拄着拐杖,夹着包裹,同那姓任的一步一步走进来。借灯光看时,见她丈夫老茂,不但浑身满是泥雪,而且满脸凝着血;黑一块红一块,用一块毛手巾,连鼻带腮包着。那毛巾上,也是斑

3

斑点点渍着血痕，已是凝冻了。田氏吃了一惊，忙细看周身，一件破棉袍，一顶破皮帽，也是白一片黑一片，连泥带雪，沾了许多，好像在雪地翻了六七个滚似的。

田氏不由哎哟一声，也顾不得来客，扯住老茂的衣袖，叫道："老爷子，你这是怎么了？可是摔的么？"老茂道："咳，别提了，差点没死在外头。多亏这位先生……"说着放下东西，殷殷勤勤地掸雪逊坐。田氏站在一旁纳闷，上下打量那人，见他面生得很，是个外路人，看年纪不过三旬，身材不高，体质不胖，鼻直口大，面色微黑。左眉心生着一个黑痣，满脸风尘劳瘁之色。再看气派穿戴，介在贫富之间，披一件贵重黑大氅，袖口却磨得绒秃了，倒戴着一顶貂皮帽，像是个大家公子，落了魄的。

正猜不出时，一眼瞥着炕上放的那个包，原封未动，上面沾了好些泥，田氏心想从一清早出去，又挟回来，一定没当着钱；自己整饿了一天，怎好？心中一阵暗急，凑到老茂面前，看了看头上那伤，悄声问道："你到底是怎么啦？这么晚回来，怎么连当也没当呢？"老茂喘息一回说道："你别乱，我先引见引见！"指着田氏对那人说："这是我们孩子他妈。"又对田氏说："这位是咱们的大恩人，任和甫先生。"田氏愣头愣脑，拜了一拜。

老茂又道："你还提当当呢，我差点教李三爷打杀。要不是任先生，搭救这一步，这工夫还不知我是死是活呢。任先生，我们这对老业障，没有别的报答您，您就擎受我们老两口子一对头吧。"说着站起来，一拉田氏道："还不给恩人磕头。"田氏脸红耳赤，不知怎么着好。却见老茂已经颤颤巍巍，弯身跪下了，自己赶紧也随着跪在地上。任和甫连说："使不得。"哪里拦得住，只得赔礼搀扶。

周老茂一连磕了几个头，才同田氏站起来，面对着炕，从身

4

上往外掏东西。因为手冻僵了，掏了半晌，才摸出两块钱一包铜圆，一齐交给田氏。催她快去烦哪位街坊，上街买煤添火，打点吃食，田氏忍不住又要追问；只见风门一响，闯进一个人来，忙道："大爷，我替你买去。"田氏忙回头看时，又是来讨红薯账的二海。便将应买的煤火酒食之类，一样样都托付了他。那五斤红薯，也教他扣下，二海欢喜去了，不多时都买来。老茂便催田氏添火坐锅，赶快打点。不想田氏为人就是沉不住气，老茂白天遇着什么事情，何以没当着当，反闹得头破血出，又何以凭空领来这么一个恩人，她心中纳闷，好比塞下一个闷葫芦。倘不问明，实在要憋破肚皮的。她忙了一回，走到外屋，掀起布帘子。只冲老茂摆手努嘴。老茂偏又陪着恩人讲话，只不理会。她便挤眼歪嘴越来得劲，倒惹得任和甫笑了。老茂没法，只得踱出去，对田氏草草说了一遍。

原来腊月二十六那天晚上，周老茂夫妻左思右想，没法子过年。当夜商量着，田氏说先当一票暂度目前，倒是老茂说，零碎账脱不过去。教田氏翻包袱，找了两件夹衣衫，估量当不出钱来。又将儿子的一件棉袍也添上，老夫妻睹物思人，又是一阵心酸。次日清早，老茂夹着这包衣裳上街，一路上雪大风紧，鼻尖冻得通红。地下又滑，风打着脚下很觉吃力。好容易走到仁和巷，当当的人很拥挤。候了一会儿，把当头递上去。偏这四五件衣裳，在平时可写一二两银子的。赶上这年成不好，又是年底，争竞几次，只写五钱，连七钱二分也凑不到。老茂垂头丧气，又奔东街和丰当。正走间，对面猛有一个人，拦住去路叫老茂。

抬头看时，这人穿着烁新的马褂皮袍，袍襟上却油了一块。年约三旬，身体矮胖，面色黑色。这个人街面上都叫他李三爷，是密云县士绅，"将军府"将军于善人家的转角亲戚，现在于宅账房帮忙，他这人外表生得愚蠢，却有一肚皮把戏。可惜生来口吃，越急越说不出话来。闲常背着于善人，也赌也嫖，也玩也乐，又唱得一口好二簧。一样作怪，唱起来时，字正腔圆，顺顺溜溜，一点不结巴，以此常哄得于宅少爷们欢喜。教他唱王三姐，他就"在寒窑"。教他装窦尔敦，他就"小子们与爷寨啦门的掩"，这样他便有了饭吃。昨年于善人借给老茂二十块钱，他是晓得的，这天他吃了几盅酒，从于宅出来，恰好在东街和老茂碰见，便一声叫住。

老茂刚要打招呼，李三已然走到面前，一张嘴酒气熏人，大模大样，拍着老茂说："老茂，哪儿去？"老茂忙道："就到前边。三爷上哪儿？"李三道："找我么？巧极了，正打算找你去，现在省得上你家跑了。"老茂怔道："您找我有什么事呢？"李三扬着脸儿说："我说老茂，这还用问么，你自己还不晓得？就是你该的那二十块钱……"说到这里咳了半晌，索性不往下说了。扯着老茂，走到祥顺店门洞里，躲避风雪。接着说道："昨昨儿晌午，我们舍亲，到年底了，一查账，查查到您，他他就说，日子不少了，教你赶快给给归上。对不对？……大年底下，谁谁不清账？横竖你早打点好了，所以没没派人来。就由我走一趟。把那二十块钱，给我，带回去，得了。"

老茂听了，轰的一声，如打一个焦雷。原来这度年关，他当真没想到于善人家会打发人来讨债。本来于家在本县是财主，又是出了名的善士。况这二十块钱又与寻常借贷不同，实是于善人赶着借给的；也不打利，也不限期，只立了一张字据，连中保都没有。这时忽然催下来，在老茂看来，钱数又多，老茂这一急非同寻常，他素来心迟口钝，又兼是小人家骤然落魄，这搪债本领更是不娴，便窘得嘴边一句话也说不出来。李三见他红涨了脸，

6

连头也不肯抬。未免惹人动火，那肚中的酒倒撞上来。一声说："喂，老爷子，你倒……"忽地一阵狂风吹来，雪花扑面，冷气刺鼻李三倒噎一口凉气，忙拿袖子遮住脸。接着又喊，"大冷的天，您您别教我站在这里挨冻了，咱们走吧，上你家去吧。"

老茂嘴里咕哝了几句话，李三并未听清，紧紧追问。老茂半晌哼出一声道："走到家也没有。"李三气了，结结巴巴嚷道："那那那可不成，你跟我走吧。"揪住一只手，把老茂拉出店门。老茂一手拦着往后倒退，口中不住说："三爷，三爷，您听我说。"一句话未了，李三往前猛一拉，老茂往后紧一挣。跟上地滑老茂腿脚不灵便，身子一晃，李三又一带，就站立不牢，翻扑在地。常言说，人穷则铤而走险，年老则视死如归，老茂却不是这样人。只因他生性憨直，下流拼命的举动做不出来。当下连急带愧，爬起来喘吁吁问道："李三爷，我这大年纪，您干吗摔我?"李三一阵笑道："摔着你! 不不不不还账，怎么，您还要卖老命讹人么?"

老茂一听到讹字，不亚如刀戳了心肝。两人吵嚷起来; 李三又推他一个跟头。这下却重，老茂一个嘴啃地，鼻头也破了，脸也抢地了，半晌挣扎起，喘作一堆，自想："穷人没活路，和他拼了吧!"一头撞过去，李三一侧身就势再一推。老茂倒在雪地，又翻了一个滚，那个当包也抛在大道上。

两人揪在一处，打闹声里，登时围上一群人，任风翻地舞，站在那里，只当瞧一出戏。却也怪，只顾看，没人过来拦劝。吵打多时，把那住祥顺店里的客人，也吵出好几个; 内中便有任和甫。他为雪所阻，住在店中。听得闹声，出店来看，却是一个醉汉，一个穷老头打架。便与几个人上前，七手八脚拆劝开。老头子喘得说不出话，醉鬼结结巴巴; 问了半晌，才知是讨年债打架。李三不依不饶，只说："你打听打听，李三爷可怕人讹，赖债是不行的。"老茂却鼻一把，泪一把，只说："儿子丢了，家里太难，不信诸位看。我这是出来当当过年，欠债的好说好求，也不犯死罪。怎么动手打人？"

两人各执一词，正对劝架人诉说，忽听街东，豁剌剌地挟风带雪，跑来一匹黑马。大众往店门口一闪，翻回头看来，马上一人，浑身打扮，一色纯黑，恰如凭空卷来一朵乌云，衬着这雪天冰地，越显得皂白分明，异样动目。打架的人，劝架的人，为这黑人的异样装束，和黑马迅疾声势所动，一个个，扭头对他上下打量。

只见这人扬着马鞭，催马疾驰向前；走近人丛，猛把马一勒，缓缓走来。细看时，头戴紫黑色貂帽，眼架玳瑁黑墨镜，身披玄羊黑面大氅，手戴黑驼绒手套。那帽子紧紧压着眉头，大氅领高高竖起，把口脸全掩住，只透出一个鼻头，冻得通红。两只眼在黑镜后面炯炯闪视，顾盼不测。此外浑身上下都不露一点皮肤。年纪相貌，有没有胡须，全看不出。拍马走到店门口，闪眼往四下巡视了一遍，又抬那头看店门。

就在这时，猛听人丛中一声低啸，声音凄厉，异常刺耳。大众循声看去，有一个胖矮人随在任和甫身后，像没人一般，仰脸站着。那穿的戴的竟和这骑马的人一模一样，也是黑衣黑帽黑眼镜，只欠没骑着黑马。大家正觉稀奇，扭回头来，再看骑马的，一声呼哨响罢，他早已翻身下了马。脚一落地，全身伸直；这才看出他身材瘦长，比那打呼哨的黑衣人较高半头。抖一抖身上的雪，左手拉着马缰，双腕倒背在身后；一声不响，挨到人圈，探头也来瞧。两个黑衣人，一高一矮，一瘦一胖，对面站着，装束相同，又似相识，却是都不打招呼，也不通问讯，甚至面对面，连看也不看，又似不相识。

劝架的，看热闹的，看看这个人，又看看那个人，不知怎的，两个打架的又凑在一处了，幸亏人多，忙又分开。无奈老茂那边，人穷不作脸，便应许一个准日子，头年也办不到。至于李三呢，借着酒气，指手画脚，挟枪带棒，反倒抢白了劝架的人。闹得众人都很不忿，有法子拦住，没法子劝开，这一来便僵了。

独有任和甫口快心直，因劝李三惜老怜贫，高抬贵手，却不合接着又说："这钱又不是欠你李先生的，依我说莫如行个好，回去美言几句，落得开一条活路。替人讨债，哪有下手打人的道理？"几句话惹恼了李三，从鼻孔冷笑几声，说："我得请教请教，您贵姓？"和甫不理会，答道："好说。姓任。"

李三向周围看了一眼，点头说道："好啦。任先生，是这么着，我我可得跟您结识结识。往后我赖了人家的债，也好请您帮话。"

和甫脸一红，刚要接话，李三忙抢道："您您先听我说。您说我打了他，您可有眼。他自己栽了一个跟头，起来就和我撞头拼命。难道您那国里，就教我们要账的擎着挨揍么？您劝我行好，我谢谢您。您才说得明白，这钱不是欠我的，是欠我们舍亲的，请问我凭什么拿别人的钱行好？"李三说到此处，越发有劲；又值任和甫也是口讷，只气得张口结舌，一句话也接不上。李三更得意了，舌头也不结巴了，眼瞟着任和甫又道："不怕您恼。您要行好，那是您有钱，尽请您拿出来积德吧，管保没人拦您的高兴。可是一样，您别指望我。像我这样的人，就会说风凉话，别给行好的人现眼了。我要行好，我早不说废话，早就打开我的腰包，替他垫上了，还用您操心么，我瞧您也像个读书识字的，知情达理的，怎么着……"

李三越说越毒，把任和甫挖苦得浑身打战。只见他一跺脚，一甩袖子，回身冲开人圈子，径奔店房走去。李三越发趾高气扬，嘻嘻哈哈笑了几声，手舞足蹈的正要说话。偏巧他手这么一抡，人圈子外层，又猛一挤，身旁一个看热闹的光头半大孩子，一时脚不稳，挤得往前一冲，啪的一声，李三一个反巴掌，正落在孩子的半边脸上。那孩子吓了一跳，手抚着脸，歪着头，翻着眼，气愤愤说："哎，你干吗打我?"李三回头瞧是个孩子，反唇讥道："嘿嘿，他妈的，我又没有长背后眼，这里又没舍窝窝头。谁教你抢着往前挤?"

一语未了，人圈子忽又一阵冲动，那个骑马的黑衣人，哼了一声，身子猛向里一挪，挪到李三近前。就见右手一扬，那条马鞭抡起来，鞭梢在空中一摇，嗖的一声刚待落下。一刹那间，猛听吱一响，又是一声低啸。大家急看时，那个骑马的长身黑衣人，应声把抡起来的马鞭，顺着右臂缓缓地垂落下去。那边胖矮黑衣人，举起扣着嘴的右手，一伸一曲，做了一个姿势，回头就走。骑马的人立刻低垂着头，一言不发，默默钻出人圈外。然后拉马连喊借光借光，离开众人，径入客店。只听叠声呼叫伙计，两个黑衣人全入店房了。

那任和甫一气跑进店房，摸出钥匙，慌张开了屋门，便寻皮包。点一点零款，还有三十七块，揣在怀内，一径冒雪跑出来，喘吁吁分开人，厉声叫道："李先生!"李三上下打量一过，装出笑脸道："好说任先生，怎怎么着，我听听您的?"和甫两手颤颤的，拿出皮夹，忙说："不过二十块钱么，我就行个好!"那些劝架的看热闹的，一涌上前，都睁大眼看。和甫身上是雪，脸上是汗，左手托皮夹，右手往里掏，数出二十元说："给您，二十块钱!"

李三舌头还没动，两只手早伸出来，正待接时，却从旁钻出一个人，矮身量，墨眼镜，正是那个矮胖黑衣客，不知什么时候，又从店中跟出来。他把身子一横，右手拦住道："慢点慢点。"和甫一愣，李三忙道："干干什么？"那人道："我有几句话说。"李三说："你管不着。"那黑衣人咯咯的一阵冷笑，随说："都是给你们了事的，许这位先生帮钱，就得许我帮两句话，怎么管不着？"大众哄然叫好。刚才没人帮钱，都干生气，现在趁势发作出来；七嘴八舌，将李三挖苦得敢怒而不敢言。

那黑衣人却又拦住道："诸位别吵。请问李爷，这位任先生欠你的不？"李三道："你你别绕脖子，那是人家愿意替周老茂还账。"黑衣人道："对呀。既是替周老茂还账，那就该周老茂过手。你做什么一直就接？"李三羞得脸通红。那人又道："任先生，我说的对不对？"和甫痛快已极，笑道："李先生别急，周老爷子请过来。"老茂心花怒放，抢过来要跪下。那人又拦道："老茂忙什么，磕头的时候在后头呢。你快接过来还人家吧，急出毛病来，你赔得起么？"老茂接过钱来，递给李三，李三伸手要接。忽从他身后又钻出一个人来，拦道："慢着，慢着！"

大家忙看那人，黑衣服，瘦身量，正是骑黑马的那个人，不知什么时候也单身走出店来。众人很觉着逗劲，都看着他的嘴，料想必有话打趣李三。李三此际当众坍台，气焰早挫，勉强问那瘦人道："你又干吗不让我接钱，我们要账的就该死么？"那人微笑道："那倒不至于，不过……"闹了一顿接道："不过我也是帮话了事的呀。我听说一借一贷，银钱过手，总有个凭据。现在人家交钱了，也不管是人家自己的也罢，别人代垫也罢，反正你得先拿出字据来，别尽忙着接钱啊。"众人哄然大笑，不约而同，齐声说道："是这么着，是这么着。一手还钱，一手换字。"任和甫也把肚里预备的话说出来道："对对，我花了钱行好，反倒上了当，可是冤枉。李爷，这不是众位乡亲都是这里，您先拿出字据来。"

大家七言八语催促，登时把李三催得脸红耳赤，拿右手不住摸皮袍衣袋。却见他摸来摸去，那只手只掣不出来。任和甫便含笑催道："请把借字拿出来吧，省得教人家白等着，大雪的天。"李三也不言语，把手插到衬衣里面翻找，一时又弯腰往地下看。好一会儿，不见他拿出皮夹字据，反失声哎呀了一声。那黑长瘦人大声说道："怎么了，丢了么？"

李三紫涨了脸，口中期期半晌才道："不不不能丢，许是我没没带着。……我这就拿去。"说着还往地下寻。那瘦人唬的一声笑道："对了，快回去拿来吧。一手交字，一手交钱。"说得李三眼珠转，张张嘴要说话。又迟疑一回，抬脚往外急走。人圈子中，一个糟鼻子白胡须老头子，手提一只蒲包，虚眯着眼笑道："三爷，您想着什么来着，要账可不带字？"这些人和哄起来，李三爷也不顾搭腔，手摸衣襟，连盯了那黑衣瘦人几眼，甩着袖子，愤愤冲出去。才走了几步，任和甫忙叫住道："李爷请留步。大雪天，我们可不能站在这里久等，回头咱们还是在这店里见，还是在周老爷子家里见？"李三只哼了一声，急急忙忙奔西街去了。

看热闹的雪落满身，纷纷散去，走着谈着。有的夸任和甫慷慨，有的骂李三，不问谁的钱，拿来就接，连半句人话都没有。"这还是善人的亲戚呢。"那糟鼻子老头嘻一声说："还提什么善人，没有要人命！人都夸于善人好，我就不信。这年头最讲究盗虚名，图实利。什么慈善事业，老实说都是营业性质！"一个外乡人插话道："可是我早听说密云县有个于善人，他怎么放账呢？"糟鼻子老头道："就是这话了。现在他们亲戚，就因为讨债

12

打人哩。虚名哪能信实？"又一人说："李三这东西闹得好凶。怎么为要账打架，倒忘了带字据？依我看，别是打架丢了吧？再不就教失手溜去了？你看他那神气，疑疑思思的。"

旁边一个铺伙计，忙插口道："这话很对。"回头看了看又说："你们谁也没留神，合该李三吃哑巴亏。我告诉你们吧，我正站在他身后……"一语未了，觉着脖颈上，啪的着了一下，凉冰冰顺着衣领溜下去，吓得他喊一声，忙去扪脖项，着打处已然肿痛起来。他急抬头往上看，翻回头又看后面。只街旁小巷口，有两个小孩，挑着红纸球灯，雀跃过来；此外远远有几个行人。他便探手摸了一回，在腰眼系褡包处，摸着一个小圆东西。托在掌心看，是一枚双角的银币，一路说话的，都站住看他问他。他张一张嘴，忽见岔路有两个人，此跑彼追，一面嘲笑，一面喊叫："你这小子多嘴，看你疼不疼？"嚷着贴身跑过去了。

这铺伙计一吐舌，捏着那枚双角银币，悄悄走开。正是："是非皆因多开口，烦恼只为强出头。"到底李三的借据丢了没丢。任和甫陌路倾囊，有无后患？那两个黑衣客，又是怎样人物？这铺伙计头上的双角，更从何而来？下面的故事将一桩桩展开。

第二章

兵过半城空拴儿抛母
风吹宵窗动拔箭得财

任和甫陌路仗义，倾囊解纷；等人散后，把老茂邀入店房。拂雪裹创，略询身世；才知他日暮途穷，就算还不了账仍旧过不去年。想了想把二十元交给他，另外再赠三元钱，是个救人救彻的意思。老茂感激出于望外，只是拜谢。谁知在店中等候李三，交回借据清账，只不见来。老茂喘息过来，坚约和甫到他家坐坐。和甫推却不过，只得给店伙留下话，等李三取来字据，告诉他送到老茂家去。锁好屋门，两人一同出来。冬日天短，店里店伙们，早点上院灯。雪光交映着，显得天黑地白。刚走到店门口，听见街南马嘶蹄声，极其嘈杂，转瞬近前。却是四个人，牵着三匹马。那马是黑马，人是全都穿着黑大衣黑皮帽；到祥顺店门，四个来客止步抬头，先看门匾字号，次看门扇门框。打头一人空着手没牵马，伸手一指说："是这里了。"那三个人跟着拉马进店。

和甫好奇，便不走路，让在一旁。目送人马过去，顺着那人目注手指的所在，看那边门框，崭新贴着红笺年对，写着："祥云霭霭照百年老店，顺风依依解千里征尘。"也算是嵌字格的春

14

联。却在那"征"字下，"尘"字上空处，画着小小一个粉笔画：是白磷磷一颗死人骷髅，插着一把匕首，草草数墨，逼真相像。和甫两只眼凝住了，觉得这幅画固然蹊跷，就是那几个黑大氅黑皮帽戴黑镜的人，衣饰相同，也似非偶然。忽想起来，那矮身量的黑衣人，恍惚曾经跟自己相伴走了一道。自己由天津起身，一路火车，还不理会。却从在北平车站上，好像就遇见了这个人。自此雇骡车，出齐化门，一直到这密云县城，一大段旱路，逢站打尖，傍晚落店，前后四五次，到得祥顺店，遇雪阻住，又是几天耽搁，都不时看见这个人。算起来自己走哪条路，这人便走哪条路；自己住哪座店，这人也住哪座店。这事岂非更加蹊跷？低头寻思，忘其所以。旁边周老茂拱肩缩项，立候好久，便挨到耳畔，低声说："任先生，你瞧的什么？"和甫蓦地一跳，回头来看是老茂，失声道："是你呀？"周老茂忙问："任先生，怎么了？"和甫收摄心神，冲着店门努嘴道："你看见刚才进去的那四个人没有？穿黑衣裳，牵着黑马。"老茂道："看见了。"和甫道："你认识他们不？"老茂道："不认识，许是天晚赶店的吧，您瞧怎么样？"和甫改口道："不怎么样，我闲打听打听罢了。"又道："你瞧这个。"老茂闪近门框一看道："吆，这是谁淘气。大年底下怪丧气的，画死人脑袋。准是淘气的小学生们干的。"

　　和甫听了，摇摇头道："您自己归家吧，我打算不去。"老茂一愣，双手扯着和甫，口说："任先生，您是我的救命恩人！您总得赏脸。"弯着腰要跪求。和甫没法，只好踏雪往北关走。和甫忽又问："周老爷子，你们这里太平不太平，可有劫道的么？"老茂说："城外倒免不了，城里没有。"说着走着，转了几个弯，便到老茂住的那僻巷杂院中。进得屋来，老夫妻双双叩头拜谢过了。便教田氏安排酒食，在里屋放一张炕桌，摆上菜斟酒欢饮。

和甫倒是很好的酒量，连罄几杯，面泛红色，这时外面风云依然，却喜炉火熊熊，斗室生春。田氏连吃了几个冷馒头，饱了，坐在炉旁小凳上，看两人吃喝叙谈。老茂问："任先生，我听您口音，府上大概是天津吧？"和甫点头道："小地界天津。"又问："您路过这里，大概是从热河回家过年吧！"和甫道："不，我是从天津动身，上热河去的。"田氏插话道："吱，大年底下，您上热河干吗去呀！您怎么不等在家过年呢？"和甫看她一眼道："有要紧事，不能不去。"田氏问："您有什么要紧事呢？"和甫道："不过是自己的私事。"田氏还要说，老茂拦道："你坐水了没有？"田氏道："可不是，还没坐呢。"站起来，到外屋水缸边，灌了一壶水，坐在火上。

和甫抛开话头，反问老茂，儿子是怎么丢的。老茂放下筷子，叹息一声，田氏早站起来，两手比着说："提起我们大栓儿，那才真是想不到的事呢。我们老两口子，也不知谁前世没做好事。任先生，您替我想想。就这么一个独生儿子，活泼泼的丢了。由打前年秋天到现在，音信不见，也不知生死存亡。抛下我们两个老业障，吃没吃，喝没喝……"和甫接问："令郎几岁了，怎么丢的？"田氏道："咳，怎么丢的。还不是叫他们抓走的？"又抢指揎算道："属猴的，去年二十三，今年二十四，对了，转眼就是二十五了，年轻轻的，又能挣钱，又知养家，您说多么坑人？"和甫忍笑转问老茂："令郎究竟是让谁抓去的呢，可是绑票的土匪！"老茂刚说："不。"田氏抢道："还有谁，错过是兵。"和甫道："哦，是拉夫么？兵怎么把他抓去的呢？老爷子还是请您说吧。"

老茂深叹一声，说是大栓未丢以前，本是赶脚为生。但这赶脚也是近几年的事，早先他一家三口，原开一座豆腐房。只因不

16

甚赚钱，便把铺面倒出去。家中养着一头推磨的驴，大拴儿出主意，添买两驴，从此赶起脚来。这密云县山路崎岖，既不通车，汽车道又常被山洪冲坏，骡车脚驴正是行旅好代步。拴儿做这生意，遇三两客人，他就一人承应下来，若遇孤行客，他便一头驴乘客，一头驴驮行李，剩下一头拴儿自己骑。他素来勤快和蔼，生意很不坏。人又孝顺，老茂夫妻擎吃坐喝，却也快活知足。不幸前年秋天，据老茂说，朝廷上不知为什么，也不知谁恼了谁，在口外开了仗。密云是出塞要道，大军过处，自然征发粮秣。那时节小小县城，各店各庙兵都住满，遍街贴着告示："照得大军过处，纪律森严，凡尔商民，勿得惊扰……"却是城厢关市，乱哄哄早闹着拉夫抓车，牲口也抓。

老茂讲到这里，田氏咳嗽一声接道："咳，任先生，这才是该着的呢。我那孩子本来机灵，风声刚一紧，就防备下了，整在家藏了四五天。听说兵也快过完了，打算脱过去了。哪想到，咳，也不知是哪个损根子没厚诚的，给透了风，说我们家有人有牲口。回头竟找上门来，为头的说是个正目，拿着根马鞭子，指指画画的。您可没瞧见，那简直和活强盗一样！骂骂咧咧的，直闯进来。一阵子乱搜乱翻，连人带驴，全给搜出来。您瞧，三头驴都给牵走不算，还要带人。"回手指着老茂道："我们拴子他爷太废物，就会趴在地上磕头，叫老爷老爷。不瞒您说，我真急了豁出去了。我说，你们要带，就带我；揪住我们大拴不撒手，跟他们撕掳半天。您猜怎样，到底也不成，白教他们踢了我一顿。您看，就踢我这儿。回头眼瞧着大拴子教他们牵走了，还丢了好几块钱，把一个大盆也给摔了。您想这就罢了不成？当时我就哭着教老东西，拿着钱跟去找。哪怕把驴白送给他们呢，或者再添钱呢，好歹把孩子给赎回来也罢。谁知他尽打倒退，实在逼急

17

了，凑盘川跟下去了，到底也没找着。反拉了好大亏空。我说他没用，他还骂我糊涂。”

老茂气得放下筷子，指着田氏说道：“你看你，当着任先生什么样子，老娘们就会坐在家里，说现成话，傻哭傻闹。兵荒马乱的，又不知道营头，又不知道准地方，带那几个钱，怎么会一找就找着？任先生您说是不是？”田氏愤愤说道：“人家沈三爷的二儿子，不也抓去了么，怎么人家就找得回来？”老茂大怒。和甫忙用话岔开道：“令郎从此竟一去没有信么？”老茂凄然叹道：“正是那孩子抓去之后，就没了下落。直到现在快两年了，是死是活，全不知道。他妈提起来，鼻一把，泪一把，总是抱怨我，好像孩子是教我弄丢的，任先生，像我这大年纪，遭着这事，年月又不好，还有什么活趣呢？”说着眼泪簌簌掉下来，滴得衣襟都湿了。田氏在旁禁不住心酸，也陪着涕泪横颐。

和甫替他们伤感，因劝说：“他们抓夫，不过是运子弹粮秣，挖战壕。事后总要放还的，据我想来，他二十几岁的人，自己总能照顾自己，决不致有意外。或是他们打败了仗，令郎跟溃兵逃命，不知流落在哪里，一时回不来，也是有的。您打听打听，别个抓去的人，有逃回来的没有？”老茂抹泪道：“当时花钱放回来的也有，随后趁空逃出来的也有。我也几次打听过，只说没有我们大拴。想着就怕打败仗，在炮火里没了命了……”说到这里，老茂又再三嘱托道：“任先生这回上热河去，还求你捎带打听打听。万一他有命的话，还图个父子相见。他的大名叫周长发。”田氏拿出大拴的相片，说：“这还是给他提亲时照的呢。”和甫真个接过来，把姓名年岁籍贯，都记在相片背面，插在大氅兜中，说：“看罢，等我到了热河，想法子打听打听。”

这时吃完饭，喝茶闲谈。和甫心想，这一顿饭也花了将近一

18

块钱，虽说自己帮他二十三元，却除还了于宅，所剩无几。现在老茂手中，至多还有两块钱，未必够过年用的。过了年以后，他两口子又怎么样呢？转想陌路援手，已经花了二十多块钱，再帮少无济于事，帮多又未免心疼，况自己现在又不是时候。可是眼看老夫妻如此窘迫，心又不忍。翻来覆去想算，只是委决不下。因又与老茂叙谈，问他当初怎样从于善人那里借的钱。老茂先给和甫斟一碗热茶，又叹一口气，从头说起。

说从大拴丢后，家中日不聊生，不断地哭哭闹闹。有一天，老两口正因思子忧贫，互相埋怨。恰巧于善人出城归来，从门口经过。听见里面寻死觅活的吵闹，一时好事，问起站在门口偷听吵架的街坊。有知道的，便告说一遍。又道老头子是老实人，不幸遭着这场祸。他那个女人，上了年纪，口角上有些个唠叨，常常为想失去的儿子，胡乱抱怨，逼老头子去找，却又没有盘费。于善人问明情由，掏出十元一张的钞票两张，教老茂拿去。所以这笔债，是对面借的，只写一个欠条，没定日限，也没有利息中保，周老茂又折变了些钱，寻子去了。谁料这一去，热河多伦全走一过，儿子没找着。亏空却拖下一笔。荏苒两年，终归形成不了之局。老茂说着，又难过起来。

和甫寻思一回，又问："于善人这个人究竟怎样？他既是善士的叫出名来，想总是个慷慨的人。况当初肯把钱免息借贷给您，现在为何又打发一个醉鬼来逼命呢？他是不是有名无实的伪君子，假善人？"老茂拍着膝盖道："这个连我也揣不透。要说于善人素日为人，倒真是个善家。又加他也真有钱，所以每到冬天，必然引头捐款，开粥厂，舍棉衣，近年因为年成不济，地面又不太平，并且又不时这个捐那个捐，闹的于善人家里，也许不如从前了。又没有助善的，因此由前年起，那个粥厂也停办了，几次想开，没有开起来，不过当地人有过不去的，或是做小生意亏本做不来的，求到他跟前，访查实在，他多少总周济一下的。也许出钱力，也许出人力，拒绝不管的时候倒少。可是要有人骗了他，他惩治得也很厉害。就如我上一次，也和您似的，他老人家三言两语问明白了，立刻教我立字据，当面拿出钱来。我向他叩谢，他也和您说的一样，这不算什么，这不算什么。听说他借钱，给别人，也是这样，不过字据总要立的。他怕上当，他也是要这一张纸，铺保利息全不打。但你要有钱偿还他，他也收下，你要骗他，他立刻拿借据来要账。你要是真个还不起，倒也不甚催讨。可也是我倒霉，这回不知怎的，忽然逼索起来；教李三抢打这一顿，真令人莫名其妙。如今想，或许于善人听了别人的闲话，疑心我有钱装穷，成心骗借他。再不然，便是于家教这捐那捐，闹得不从容了，临到年根，急等钱用，所以各处都去要。俗语不是说：阎王好见，小鬼难缠。于善人说了个要账，他们家里的底下人，就趁风作浪，冲穷人发威，也是有的，反正承您。我那二十块钱，还了他也就完了。赶过了年，我们两口子，再想法子。唉，有一口气，就得挣着求活路呀……"说着低下头来。

和甫点点头，且自吃茶，又翻着眼睛，暗斟酌一回，狠一狠心，对老茂说："好吧，您别着急……"翻起马褂，拿出皮夹，点了五元钱，掂一掂，抬头看看老茂，索性又倒出五元钱，一手递给老茂道："我出门在外，没带多余钱，这十块您留着，且别还账。等过了年关，可以凑合着做个小生意。不拘什么卖烟卷，进萝卜，你两口子也好糊口。"这一来，老夫妻又惊又喜，辞让一回，忙收了，起身叩谢。

田氏先说："头上末下，教您又花这些钱，怪臊的。真是您的话，趁着年景，教我大拴他爹做个小买卖，两条老命就活了。

20

一辈子忘不了您。"老茂也搓着手，对和甫恳切地说："这是怎么的。我也不说谢您的话了，我们老两口子完了，万一我们大拴儿能够回得来，我必叫他永远记着您。真是。和甫，初次见面，再一再二的，按说不该。"和甫听了，他此时心情，另有一种说不出来的滋味：一时快然自得，一时爽然若失。三言两语，扔出三十多元，究竟善财难舍。不过俗语说得好：眼不见心不烦。这次不合到老茂家来，目睹情状，要袖手走出，却也是难，又见老夫妻荷荷感激的样子。其实钱没枉花了，心里作念，面上却极力矜持着不教露出得色。只淡淡对老茂说："这不算什么，世上慷慨的人尽有，只没教咱们遇见罢了。"任和甫说这话，不觉想起了自己的身世，遂站起身来道："天不早了，我该回店了。"老茂夫妻一齐挽留，和甫说："店中有东西，不放心，咱们后会有期。"老茂忙点上灯笼，亲送出巷口；又千恩万谢，向和甫作揖。直见和甫走远，才转身回家。又等了一会儿，料想李三不会再来，便铺上被褥，老两口子欢欢喜喜睡下。

次日天明，老茂先到祥顺店，给和甫道安，并打听何日动身。据说雇不着代步，须等过了破五才能起程。下晚老茂回来，商量着那二十块钱。还是在家等于宅来取，不必送去。怕是去了，李三决不给好气，这天正是腊月二十八，后天便过年。老茂住的这大杂院，前后不下十几户，四五十口，一时灯光明亮，爆竹声欢，人来人去，街门大敞。有几家邻舍听说他家遇见侠士，得了三十多块钱，在这贫民窟，不啻发了财，便哄传动了，都跑来打听，田氏正是有钱精神足，拍着膝盖，夹七夹八，讲说不了，又拿出那三十块钱来，给这位看，给那位看，并说："今儿一早上，就打发老茂请任先生去了，我们没别的，也得包一顿饺子，请人家吃呀。人家那才真是好人哩。"邻舍们啧啧称叹，不夸和甫慷慨，却羡田氏夫妻老运亨通，最难得年关逢此奇遇。都说："大婶，您这就好了，从此一顺百顺，管保过了年，大拴也就回来了。"田氏嘻着嘴道："谢您吉言！"乱了一阵，大家各去忙着过年，到下午老茂回来，并没将任和甫请到，在家整等了一天，还不见李三拿字据来，老夫妻很觉诧异。

直到点灯以后，听外面喊："周家的信！"老夫妻慌忙出去，一个穿绿衣邮差模样的人，递过一封信，接来进屋拆看，明明白白，是他立给于宅的一张字据。只见上面用墨笔抹了个大黑叉字，还注着"此据作废"字样。另附一张短笺，老茂略识之乎，忙戴花镜看，写着铅笔字："周老茂知悉，今有人于于宅门首，拾得借据一纸。知是汝所立。怜汝贫苦，特此涂废寄还，嗣后于宅再有人来，空言索债，万勿径行付款，应行索阅原据，庶免被绐。"下署无名氏三字，在背面另画一押，是一只死人头骨，上横短刀一把。

老茂反复端看，没有看见背面的花押，又细细寻思一回，心中惊喜骇怪，对田氏说道："这又是想不到的事！竟有人拾着咱们立给于宅的借字，他偏又知道咱的住处，偏又在这一两天，还肯给咱寄来。"田氏忙说："什么，真的么？"老茂道："你看，这信寄来的就是那张借字。"田氏道："哎哟，怪不得李三不来，敢情他丢了哇。倒是谁拾着寄来的呢？"老茂道："信上说是无名氏，人家不肯留名。"田氏道："别是任先生哟。"老茂愣了愣道："不能不能，你先收起来，让我琢磨琢磨。"田氏欢喜道："我不信丢了儿子，还有点造化。这一来咱们可不是多得二十块钱么。"夫妻俩盘算，有三十块钱，总能想个生财之道了，便格外相信新年要转运，却不想内中有无别的情节。俗说：冷风热气穷撒谎。当下田氏跟老茂打算，先瞒着帮钱任先生，怕他听说了，再要回那二十块钱。直至掌灯，李三没有再来。于是老夫妻双双睡下，一夜无话。转眼到了除夕，李三仍没有来。老茂便上街去买香烛，并上祥顺店，坚邀和甫到家吃年饭，却反教任和甫留住，问他许多话。田氏在家，高高兴兴收拾家具，擦抹东西。那瓦香炉洋蜡扦，也都安排好，真像过个年的样子。忙了一阵，人老易疲，便坐在炕沿边吁气。听外面雪停风啸，户动窗摇；到得子夜，更形萧瑟，只远处东一阵西一阵爆竹响。田氏一个人守着两间空屋，觉着有些胆怯。猛又听见唰的一阵风响，风过处窗格扬动。外间屋风门更吱的一响，似乎刮开；又忽地一声，似乎关上。田氏心下发毛，竟不能下炕掀门窗看看，反往炕里坐了坐。问道："谁呀?"倾耳再听时，外屋声息不闻，户外还是风吼雪坠，这才放了胆，嘘一口气，剔亮油灯，去火炉里添上两铲煤。打算包饺子，等老茂把任先生邀到同吃。寻思到任和甫这番资助，大年底何等救急，岂不是天幸：女人家见识，虽知道和甫侠风义举，煞是难得，她仍归功于老天爷了。"人不该死终有路"，神差鬼使，送这一个救星来；偏又教李三丢了字据。这么一想，便觉老两口还有点造化；但不知老茂和她，究竟是谁沾谁的福。思索着很高兴，偌大年纪，哼哼唧唧起来。

突听院中有人踏雪而来，嘎吱嘎吱连响着，一直到自家门口停住。田氏料是丈夫回来，刚要下炕，听那扇风门呀的才拉开，却又哐噔一响，跟着屋门里，有人"哎哟"的喊了一声。田氏吓了一跳，忙三脚两步，抢到里屋门口，挑起门帘，让灯光射到外屋。手拢眼光，往地下寻看，叫道："拴他爹，是你么?"老茂匍匐在地，不住声唤，他正是刚进门，就绊倒了；直从屋门口，摔到屋当地。这一下不轻，外触着旧伤，挣扎不动，对田氏发气道："不是我是谁，还不拉我一把?"田氏忙挂上布帘，过来搀扶，又抱怨老茂："偌大岁数，还不小心，没摔着哪里么？"老茂骂道："这又是你干的，放东西再不靠排，单堵门口，漆黑的绊了我这么一下，你还有理，你这老娘们！"又拍拍身上说；"你瞧，磕膝盖准又摔破，快端出灯来照照，看是什么，趁早给我掷开，真他妈的，咳……"田氏张了张嘴，要还口，又忍住，端出那盏油灯。两个人睁着四只老眼，往地上瞧。还是田氏眼快些，手指门口道："哟，你瞧，那不是，黑乎乎的？"

老茂低下头去看时，正当门口，放着一个黑包袱，另一只小板凳，踏翻在一边，刚买来的香烛，也扔了一地。两人目视包袱，都诧异起来。老茂伸出左手，打算把它提起来，哪知包虽小，沉甸甸很有分量。老茂道："这可是什么呢？"田氏嗤道："多么废物，躲开吧，让我来提。"说着时，老茂已换手把包袱提起。田氏忙关上房门，同到里屋，将包袱打开，见里面包的是一件青缎马褂，紧紧卷着，抖开来看，又是一个黑布小口袋，用黑绳捆紧。田氏顾不得解扣，抄过剪刀，将绳剪断，从口袋中往外一掏，掏出一封一封的沉重东西，桑皮纸裹着。田氏道："是洋钱吧？"

夫妻俩手颤颤的，忙把撕开一看，白花花果然是许多银圆，点一点共是八封，每封整五十块，共合四百块，摸一摸袋底，凸凸的还有东西，老茂探手又掣出一条丝巾，也紧紧地交叉系着，解开看，是黄澄澄首饰，一共五件，大约不是赤金，便是包金的。老茂、田氏，在灯前手抚银物，面对巾包，闭口无言，两颗心特别的狂跃。半晌，老茂抬头看了看窗格，忙过去掩了那块小玻璃。这里田氏也将银物收拢起来，就手塞在被底下。田氏悄问："拴他爹，这到底是哪里来的？又是任先生给你的么。"老茂摇了摇头。田氏道："那么谁丢下的呢？"老茂按着心口，悄声答

24

道：“你问我，你始终没离屋子呀。”田氏摇头道：“我记得清清楚楚的，外屋房门口一点东西没有，并且你上街的时候，我还拿灯照着关风门呢。那时小板凳立在墙根，哪有这个包袱呀。”老茂沉吟道：“你没听见什么动静么？”田氏道：“没有啊。”仰脸寻思一回道：“别是邻舍丢的吧。”老茂摇头说：“咱们这大杂院，你瞧谁称几百块钱的家当？就算是称，怎么会把全份家当，包出包进，偏丢在咱们屋门口里？”

田氏一听有理，心想：“这可是怪事儿！这穷大院子里里外外，都是两只手糊弄一张嘴，全院凑到一块，也不值五百块钱。但此物到底从何而来呢？”老茂拦道：“你别胡猜了，等我细细看看。”再戴上花镜，从被底将青缎马褂、黑布包袱、丝巾口袋等物，逐渐掣出对灯反复展看。随又重新验看那包银封，并凑近灯光，将那首饰一件一件端详，一面沉吟道：“唔？”田氏一拍手道：“对了。你别发愣了，我知道了。”老茂瞪眼道：“你又知道什么了，冒冒失失，吓人一跳。”田氏笑道：“瞧你这胆量，我告诉你，今天不是大年三十么？”老茂道：“是大年三十又怎么样。”田氏道：“你怎的这么糊涂，大年三十，不是诸神下界么？”老茂仰脸道：“那便怎么样？”田氏道：“那便怎么样？我告诉你，这一定是财神爷惜老怜贫，保佑咱们，那不是还有一股香、两支蜡么。咱们点上它，快磕个头。”老茂道：“别胡扯了，你当是说书唱戏呢。”

田氏道：“这不是，那不是，反正我们是发定财了，这可是天意。”老茂道：“哼，你先慢欢喜，哪有凭空掉洋钱的道理。依我看，趁早包好了，在哪里捡的，还放在哪里，再不然远远抛出去……”田氏眼睛出火道：“怎么，你翻了半天眼珠子，想出什么点子来了！”老茂连忙摆手道：“你别嚷，我想了半天了，这比不得在街上拾路遗，里面怕有别的情形。"田氏拍打炕沿道："好，拿着财神往外推，有他妈的什么情形，我就不信。"老茂顿足低声道："嘘声，嘘声！若据我看，这怕是……"田氏侧耳道："怕是什么？"老茂凑近面前，悄声道："这怕是贼赃。"

田氏一怔，忙问："怎见得？"老茂看了看窗户，再从被底抽出包袱丝巾来，递给田氏。田氏铺开包袱，看了又看道："这不过是块青布包袱皮，可有什么呢？"又摸那面丝巾，随说："滑溜溜的，许是纺绸吧。"老茂把眼镜摘下来，教田氏戴上，手指着说："你再细看看。"这块包袱的四角，有一个角刺着绣，用白丝线界了一个圆光，衬着黑底，织出一幅图案，乃是白磷磷一只死人骷髅，鼻塌、齿裂，两只眼陷成一对黑窟窿，下面又撞着一把短匕首，那神情甚是触目。展开丝巾，那一角也照样绣着这么一个东西，只是小一点。田氏疑讶道："这是什么花样呢？"

老茂皱眉道："可疑就在这上头了。咱们平常人家，谁不取个吉利，哪肯在手巾包袱上绣个死人头？任先生住的那祥顺店，大街门框上也画着这个玩意儿呢。"田氏道："那么，这个是任先生闹的吧！"老茂道："不能。那天店门上画的死人头，还是他先看见的，他也很纳闷呢。据我看，这些财物的来历，实在不妙。"又将马褂首饰拿出来，对田氏说："你瞧这件马褂，倒没什么破绽，只是那两件首饰。"说着拣出一只金镯子，拢在灯前。两人对面详看，掂那分量，约有三两多重。式老极旧，看打造的铺号，是"天吉"二字，正是密云县一家大首饰楼。又同看那一只赤金戒指，上镌"丽莲"两个反文篆字。老茂并不懂这两字的意义，田氏是连字也不识。再有其余那四件首饰，都是京都打造，上有足赤足纹等小戳记。看完，依旧都塞在被底，两人面对面发呆。田氏道："依我说，咱们还是留下。你又不准知说是贼赃；

就是贼赃，又怕什么呢？有人丢，就有人拾。"

老茂道："你又来了，我告诉你，这绝不是人丢的，就丢也不会丢在咱屋里来。并且也不是人送的，一送好几百，断不会一声不响，丢下就走。仔细想，只有两条来路。一条道真是你说的，财神爷显灵，不过这工夫哪有那档子事？再有一条道，就是我猜疑的，是贼人的赃物。"田氏道："我就不信。贼偷东西，不会拿着走，单抛给我们做什么？"老茂道："你可问住我了。不过从情理上想，他们或许是东西多了。拿着坠手，暂存在此，回头还来取。再不然，教官人追急了，抛赃逃走，嫁祸别人，归总一句话，这宗意外奇财，还是一狠心，抛出去的好；要是留下，眼看恐有后患。"

田氏瞪眼听一会子，也觉这番推测，近情近理。只是手摸着这堆财物，好比一块羊肉，梦想不到会送来口边，要轻易吐出去，实在为难。仍对老茂说："老爷子，您别忘了今天是大年三十，财神下界。我不信是贼赃，要是贼赃，怎么一点动静也没有呢？"老茂道："你倒问我，你一整天没离屋子，难道也没听见一点什么么？"田氏道："我要听见，还等你问？"说至此，她想起来了：掌灯以后，她记得听见风吹窗动，风门开阖，可是她只装在肚内，不肯告诉老茂。老茂心中也是恋恋难舍；只是此物来历不明，不敢贸然留下。

踌躇半晌，教田氏端着灯，再到外屋查看一下。先到屋门口，里外上下，细察一遍，并不见眼生之物，也无异样之处，又将屋地拾包袱的原处，也持灯照看了。照样瞧不出一点形迹来。回头来看，再照南墙，猛见正对门窗处，插着一物。老茂一眼瞥到，忙取下来看。是一支铜管，细长中空，一端有螺旋盖，一端有锐形铁尖，仿佛是一只自来水笔，又像小孩玩的袖箭，老茂反复看来，试拧一下，恰巧把螺旋拧掉，从铜管中抽出一幅素纸短笺，展开来看，上有"怜汝夫妻穷老，银物均以赠汝"十二个字，这短笺是素纸墨色花边，下端一个圆形图章，恰恰又是那个死人骷髅和一把短刀，老茂暗吃一惊，忙念给田氏听了。田氏也惊疑不定。寻思一会儿，便将掌灯后，自己独在房中听见门响的动静据实告诉老茂听了。又想一想，摇头道："不妥，不妥。"点上灯笼，开了风门，齐到院中寻看，门口窗台都照到了，雪地上连个脚印也没有。

这时候已过半夜，风声愈紧，寒气侵人。老茂夫妻血脉沸腾。被风一吹，顿觉清醒。急急回到屋来，再照看四面，见纸窗上戳破一个洞，丝丝的灌风，此外再不见什么。老茂将那铜管纸笺放在灯前，掀开被，把马褂洋钱首饰，又一样样打叠起，照样包好。对田氏说："不好，还是扔出去吧。"说罢站了起来，还又坐下，瞧着包袱，只舍不得。正游移间，听轰的一声，外屋一道白光，如电火般一闪，照得布帘骤时通明。吓得老茂夫妻毛发悚然，缩作一团。一时风沙怒吼，门扇振摇，窗纸扑哧一下，铮的一声，似从院中穿进一物，隐隐听得窗外幽然悄语："周老茂不要多疑，念你年老无依，包中财物好好收用，不要声张。"以后声息寂然了。

老茂、田氏相对惊愕，不敢作声，好半晌大着胆向窗外问道："谁呀?"外面并无动静，依旧风动残雪，沙沙作响而已。夫妻俩挑起门帘，往外屋探看，只淡淡有几缕轻烟笼罩上下，一个人影也无。端灯出来，照见屋墙上，又插着一支铜管。老茂抽出纸笺，念上面字句道："神怜尔苦，以重金惠汝，其径纳勿怖，亦不得宣露。"又一行是："天与不取，必受其殃，周老茂知之。"正是："正财忽从天外来，神道还莅人间世。"

第三章

客窗见冥锸魂惊羁旅
荒亭埋地穴寄顿侠踪

　　周老茂邀天之福，意外发财，果然决心留下，依着田氏的话，焚香叩谢神明。那边阻雪住店的任和甫，在腊月二十七那晚，挑着灯笼，从周家出来，天已不早。和甫几杯酒落肚，风一吹，走起路来，飘飘的有些踉跄。不意半路上，劈头遇见一个醉汉贴近身一碰，几乎将和甫撞倒，把灯笼也烧了。那人很不通情，反而揪住和甫打架。和甫大怒，回手扯住吵闹起来。正在这时，黑影中又来了两人，忙说："别打别打！"将二人拆开。

　　这意外的横逆谁也不肯甘休，和甫大声叱道："你这东西太可恶，几乎碰倒我，烧了我的灯笼，你还先动手要打人？"谁知那醉汉不生气了，对劝架的说："要不看你两位，我非打死他不可。"一摆手，哈哈笑着走了。和甫忙伸手去抓，那劝架的单臂一格，力气很大，和甫竟过不去。和甫嚷道："这是什么事，他碰了我，还要打我。怎么你们二位倒拦我？"那两人劝道："算了吧，你出门在外的人，还是快回店吧。"和甫气愤愤罢手，刚走了几步，想道："咦，他怎么知道我住店。"再回头看，连个人影也没有了。干生了一肚皮气，又加路生，深一脚浅一脚。直走了一个多钟头，才踱到店前，就听里面吵成一团。和甫站在门外，连喊带敲，好半歇才叫开。开门的伙计，劈头一句话："任先生刚回来，你瞧，三更半夜，咱们店里会丢了人了。"和甫诧异道："谁丢了?"伙计道："就是咱们店里的客人呀，不但丢人，还丢了马呢。一共五个人，四匹马，全丢了。门可是锁着，一点形迹也没有，您说怪不怪。"

和甫一面听，一面往里走，果见院中站着不少人，掌柜、伙计、灯倌、更倌，都提着灯，各处乱照。细问才知是隔壁八号里一位寓客，和当晚进店的四个骑马客人，住在二十三、二十四两号房间的，不知什么时候走掉了。和甫心中一动，晓得是那几个穿黑衣服的人。又听大家七言八语，纷纷称怪。据说先是更倌觉察出马棚丢了客人的马，慌得告诉店主，一面查找，一面通知客人。谁想屋里灯点着，叫唤不应，等敲开门去看，人影不见，物件全无，便喧嚷动了。掌柜大声对众人说："诸位请回屋吧，查点查点，看丢了什么没有?"

和甫忙回到自己屋门前，开锁点灯，看了一看，只见土炕铺的皮褥上，放着一个包，正好像行李卷中密藏的那只钱包。他这次出门，一共带着九百五十块钱，生恐初次做客，会遇见窃贼打眼。所以将钱分别包放着。内中五百现钞票打一包，四百元现款另打作一包，再总包裹起来，分装手提皮包行李卷中。只那五十元零款，充作往返路费。为顺手用着方便，装在皮夹里面，带在身上。刚才资助周老茂，就是从这里倾囊拿出来的，并没有打开手提包，也没有拆动行李卷。如今皮褥上，忽又有两个包儿，和手提包行李卷中的九百元钱一样，明摆在外面，好教他暗吃一惊。忙伸手去提，沉甸甸很像是钱。

和甫惊出一身冷汗，便甩去大氅，急急将包拆解开看，果然是小包包扎五百元钞票，大包包扎四百元现款，都好好照样包封着。还不放心，忙忙地撕开纸封，逐一细细察看，正是一点不错，白花花的洋钱，崭新十元一张的纸币，数目也正对，独不解怎的会弄到外面明摆着？稍一寻思，看了看外面无人，回身掩上门，加了闩，急忙剔亮了油灯，搬过手提包和行李卷将提包暗锁打开，把行李绳扣也一齐扯开。却是奇怪，掣出钱包来看，那里面照样也有那两个包，包皮颜色大小形式，也都不差。提起掂一掂，分量也不相上下。

和甫暗道："闹鬼么，怎么两包银钱会变成四包。"只管想着，忙隔着封皮，用手按一按，那五百元钞票包，一叠一叠紧扎着，依旧不短。又掏出那四百元现款的大包，用力按下去，那洋钱边纹，棱然触手。这一来越发出人意外，扭头看了看门窗，伸手先撕去洋钱包封，咦，那里面哗啷啷散露出来，却也是洋钱。一块一块就灯光看，似乎颜色发青发暗。又通通撕开，这才看明白，行李卷中的这些洋钱，不知何时变成了假的，都是些铅质赝鼎，又急去撕那钞票封，这个更奇了，原来一叠一叠的，虽都是纸币，而纸币发行的行号，都印着"酆都中央银行"。百元一张，千元一张都有，更没有一张是人间通用的纸币。

任和甫愕愣半晌，将那皮褥上的真钱、行囊中的伪钞，都收拾掩藏了，便叫伙计来问："我出去这半天，有谁到屋来找我没有？"伙计摆手道，"没有，你临走不是锁了门么？"又问："李三来过没有？"伙计答说："也没有。"任和甫想了想，便叫伙计生炭火盆，沏壶茶喝着，也想不出用什么法来究问。又在屋里屋外，察看一回。忽然心中一动，若有所悟，忙持灯照看四壁，果在门框上，又发现了那死人骷髅下横短刀的粉笔画！

任和甫害怕起来，满头冷汗淋漓，忙向大氅兜内掏取手巾，有一物触手生硬。想起这是周大栓的照片，顺手掏出来，哪知道照片已不翼而飞，竟变作一张硬白纸片。和甫越发惊骇，拿纸片就灯光看时，纸片上写着一行字，是"告沽上来客，非法之财岂可求？救人之事获现报！"读了又读，搔头回想：想到路上被那醉汉一碰，原来是妙手空空儿故意逞能，把照片窃走。自己头次出门，竟被黑贼打眼，前途路上更不知有何颠险，不觉惴惴惶惧起来。转念自己不过是个落拓世家子，此次赴热河，求取非分之财，也是实逼处此，出此下策。偏被雪阻在客店，偏又遇上这些尴尬事；所有九百块钱，是怎么被人掉换，失而复得，自己竟一点觉察不出，自己还是一个书痴，太没有自卫的能力了。钱财被窃，又被送还，莫非自己资助周老茂，露出白么？那个黑衣人行踪如此飘忽，必是剧贼，他们紧跟自己，更非无故，难道自己当真教人窥破行藏了么？那么，这一路上，是吉是凶。自己是退是进，殊不可测，和甫暗暗猜思，惊疑不定，一夜中翻来覆去，如何睡得着。那店中人乱了一阵，也就各自归寝了。

但是任和甫这番猜测，居然猜对。那几个黑衣客果然不是寻常人，现在他们五个人！四匹马，忽从店中失踪，他们潜投何处去了？

原来距离祥顺店不远，往南三里多地，靠城边空巷尽头，有一所倾圮的大院落，正不知是谁家的别墅。沧海历劫，年久失修，便渐荒废了，院中才剩得枯池乱草，残砖断垣，只一角凉亭，颓然尚在，隐埋在荆棘丛莽中，其实看不见；这几天狂雪横飞，漫得里外皆呈白色。二十七这晚，雪势稍煞，夜暗星黑，只闻得萎草枯杨，伴着阵阵悲风，瑟瑟哀啸，远近寂然，人迹不见。忽听敲打三更，黑影之中，雪地之上，三五错落，由北来了几个人。个个乌衣黑帽，行走如风，霎时聚齐在荒亭里，拂雪披

32

榛，在亭畔巡回。

　　几个人忽将亭阶刨开，把阶石掀起，四五尺长的石条，一层层挪开，暴出一大块方板，上有铁环，一个人揪住铁环，较了较劲，猛一搬。方板开处，露出一洞。洞穴很深，洞口有阶，几个人践阶走下地穴，另留一人，在亭上眺望。探穴数人中一人，先把手灯捻亮，才看见这座地穴，有很长的地道，入口不远，是三间屋大的地室。但里面空气阴沉，尘垢甚厚，像是久废不用的样子。地室中虽无桌凳，却有一卷新芦席，和地毯大褥，像是新近预备的。各人展巾拂尘，打圈坐下。有几只手提包，随便放在当中，各人膝前，杂陈饼干肉脯。另有盛酒暖壶，几人轮流传饮，悄声商量事情，问讯近来作为。

　　内中有两个人，对面侧坐，一个拧着手灯，一个拿一本手册翻看，抽出水笔，写了几句。想因天寒指僵，复又住了手，自去啜一口酒，吃块干肉。外面那一人，不时蹬着亭栏，隔丛莽向外探望。有好半歇，低低打一声呼哨，地穴一行人哄然站起来，说："来了，来了。"便有一个黑衣人，从东南越过断垣，蹑脚择路，疾走过来，到亭前问讯一二语，那人便蹬着亭栏，四下里眺望，悄然说："还好，你们都来了么？"先来的几人，齐声报道："二哥，四哥，六姐，七弟，我们四个今天赶到的。五哥本早来了几天，现在上北关去，大约快回来了。"后来的那人看了看，招呼众人，走进地室。

　　这个后到的人，正是这小小部众的领袖，青衫粉骷髅党的第一豪，绰号胡鲁，姓胡名声伯。生得体质瘦小，微生胡须，也披着黑大衣，戴紫貂帽，架黑镜，只左手套着一只白铜指环，上镌图记。他一挥手，请众人打圈坐下，自己居中，彼此引杯传饮，这首领随即问道："九弟没到么？"一人答道："九弟的事还没有

33

完，那天接着首领的急报，已把盘报译妥，原想差支线副手送来。随后我和他商量，还是连同钱码，由我带到这里好。这次下手倒很利落，同伴一个也没失手，报上也始终没有见，想是对方胆怯，明知亡羊，认吃暗亏。只是那十二万全是现货，保藏运汇，都费手脚。九弟就留在那里布置，要等风声稍缓，再扫数解北分区去。他说就在分区，听候首领的信箭，打算不再赶到这里来了，现在他正忙着下窖。"

首领听完话点头笑说："他们这伙贪吏武夫刮了地皮，只知道存现银好，放在家里妥靠，还不相信存放银行，倒像给我们添许多麻烦，回头劳你替他托盘吧。"又问："八弟呢?"一个胖大魁梧的黑衣青年，膝前放着个黑包袱，应声答道："他还在大连等着呢，据说一时还不能下手，要请首领加派副手，或请知会附近支线派人协助。"首领道："一个色厉内荏的污吏，还不好对付? 八弟也过于仔细了。你知道近情么?"答道："我不详细，还是前六天，得他一封信，现在我带来了。"首领道："好。"

几个人喝酒过话，少缓片刻，首领对众发言道："兄弟们准备着，先报一报。我还有急事，等商量定了，要赶于五日内，动身到热河，再转回上海。上次那个恋家鬼，又弄出麻烦来了。"说着，侧首一个黑衣人，瘦长身材，旁边放着手提皮包，便是日间骑马过来，要对李三抢鞭的那人，此人便是骷髅党的第二豪王彭。王彭应声说："哪位兄弟先报?"群豪同声答道："就请二哥先来，都是一样。"

二豪王彭道："我就先说了。刚才我和五哥，已经先后各到西街去了一趟，路是探好了。于善人家，上下共是六十几口，有更夫和护院的五六个人，都有火器，前后三层院，跨院前面马号。后面是小花园。内有于氏家塾和藏书楼，并请着一位家庭教

34

师，一位西席。外院有外书房，大客厅，账房，住着七八个管事的和些朋友，正在那里忙年，算账，打牌。门房下房有十几份铺盖，推算起来，当有男仆杂役十五六名。内院是住宅，上房五间，暗三明两，西套间看是于善人之妻的卧房，箱笼银柜，那里最多，东西厢房都住内眷，后罩房七间。是女仆下房和内厨房。据闻于善人尚在北京办事，要赶年前回家过年，李三今天在于家，整混了一下半天，没再出门。我去的时候，他哄着两个纨绔小孩，拉胡琴唱戏，现在已经在外店南客厅里套间睡下了。他对人说，他被风灌着了，肚子疼，要账的事没听他说起。这里套间一共两架床，他睡在迎门床上。靠里面对着窗户那架床，想是于宅司账人的宿处。所有出进路线，我这里画有草图，大家可以斟酌。再有于善人的身世此地人传说纷纭，多不深悉，据说他并非本地土著，清末才迁来的，此人是将军府的将军，能骑劣马，善打双枪；有人传言他还会武术，不知确否。"首领道："哦。"二豪王彭又道："至于于善人的为人，据我打听，和五弟告诉我的，很令人动疑。耳闻他在北京政界，幕后非常活跃。今日那祥顺店门口看热闹的人有的说：什么善人，还不要了人的命！我又访问于家左右近邻，都说：咳，左不过是那档子事，善人善人空叫响罢了，我若有钱，我也是善士云云。只有两三个老人，还说于善人本人不坏，不知是好人难做，还是欺世盗名。"

首领侧耳倾听，插言道："但据察看情形呢？"二哥道："这里有五哥的笔录，我可以代读。"便诵道："十一点半，我从小花园假山前，穿到于善人之妻的卧房。恰好窗前有穿廊花墙影着，我就伏下去，戳破纸窥看。见他躺在狼皮褥上，吸食鸦片；地下跪着一个美貌女子，半新布衣，好像是个婢妾，或穷人家的女孩子，只在床前叩头泣哭；那位太太佯佯不睬，就是听不出说什

35

么话。"

群豪愕然道："唔？"首领忙问："还有呢？"答道："还有在内厅，见一老一少两个华服绅士，拿着一纸，鬼鬼祟祟，不知做什么，后来便点火烧了许多。还说，教这些穷小子们吃一惊，又叫进一个仆役来，吩咐了几句话。那个仆役出去了，我暗跟在后面，贴屏门廊柱，听他骂道：'老头子再不出好点子！'寻到外院，带进一个短打扮的中年男子，听那动静，一进门就跪下，想是磕头央告什么。随后抹着眼泪出来，好像从身上掏钱送给那仆役，这个仆役大剌剌地骂着收下，却将男子推到一个黑屋子里，锁上了门。少时又有一个使女模样的女孩子，手挑着灯笼，领一个青年女子，从后院沿游廊走来。那青年女子一面走，一面也是抹泪。等到了内客厅，使女退出来，那华服少年绅士也笑着躲到一边，只有那华服老头子，留在屋里，和这青年女子说话。我忙绕到后窗偷看，见女子也只是磕头。忽见老头子笑嘻嘻伸手拉那女子，女子忙站起来躲闪。看面目，才知并不是刚才在于善人之妻面前下跪哀求的那一个。这一个模样更俊俏，衣履也比较入时，看年纪，不过二十一二岁。此时因听见后面有人喊叫，我忙着躲开。稍隔一会儿，再去伏窗窃看，见这女子已自靠茶几坐在小凳上，掩面不语。那老头子站在她面前，扪胡须说话，只听说：'你要想开了，在这里吃好的穿好的，大太太又没脾气。'女子只把头微摇一摇，忽然，只那老头子往前探一步，张两只手去抱住那女子，伸着脖子强要接吻……"

首领手扪髯微哼一声道："往后如何？"二豪王彭道："那女子杀猪也似的惨号起来，两手乱推乱抓，只叫杀人了。登时听见那边跑过几个仆妇使女来；老头子松了手，在一旁嘻嘻哈哈的笑，并说道：'好厉害丫头！'那女子却往外跑，想是刚到外间，便被人拦住了。只听见乱吵乱叫，碰得东西响。当时我听后面又有人开风门声，只得转到前面。听那大客厅里打牌玩闹。人声嘈杂，说的话也都脱不了势力臭味，全不像行善人家气派。有个麻子，论起索租的事，张口便骂：'枪毙了他！'也不知要毙谁。那气焰煞是肉麻，想都是于宅的高亲贵友，清客篾片，等我再溜到隔壁，听那短袄中年穷汉关在里面，走来走去，只有叹息。半晌，敲板墙道：'老爷们行好，上去言语一声，放了我吧。'反复说只是这个意思，也没人搭理他。'王彭述完，便喝一杯酒，又道："他家有这等情形，究竟该怎么办，听首领分派。"对面那个魁梧黑衣少年，将膝盖一拍，插言道："这不用说，这是强逼良家女做妾。那中年男子必定欠了他们的钱，硬被扣起来了，好个善人！"

中坐的首领暂时默然，仰脸想一想，沉着说道："明天通查各方盘报，后天你再细探听一回。如果劣迹确实，便即下手做他；李三正是所谓豪奴面孔，也休要轻易放过。只是你画的房图，线路虽探好，四下的形势，还须顾及。邻户都是甚样人，这也要探明。"二豪王彭道："这层我也约略探听过，还有没探过的地方。至于如何进步，还听首领支派，看该有几个帮手。"

那青年黑衣人，即是七豪孔亚平，挺身道："这妙极，首领。我愿随二哥、五哥同去看看。二哥，那老头子可就是所谓于善人么？"首领侧脸看一眼道："恐怕不是他，七弟你愿去么？这也好。二弟，还是你同五弟看事做事，不必拘泥。"又沉吟一回道："我是急待要走的人，临发动那天再看。如果你二人还分拨不开，就叫七弟助你。他现在没事，又愿意去，目下本帮大长还在青林，三弟是正养伤，六妹妹可以多留几天，帮个小忙，再看三弟去，可以么？"说时一笑。原来三豪马翘和六豪女侠卢正英乃是

37

夫妻。首领胡声伯又道："我接到十一弟来报，大约届时也会赶到。那时他也可以伸手，便有五六个人。足够足够了。并且还可以临时从古北口调几个副手。只不知于家有多少底子，二弟你要探好。"

二豪王彭笑道："我这里有一张清单。"一按手灯，照着手册，上面罗列清晰。田地房产不计，珍贵衣饰除外，共计现款约达二十六七万，元宝金锭，也不在少数，在小小县份也算最大富户了。首领看毕说道："你同九弟经办的事，可再托盘报说一下。"

二豪应了一声，取出密码，诵了一遍，并提出要点，对大家申说道："这件事当地支线很帮忙。计从上月初计划，直到十九才得手，共收现货十二万。货是本月十二上午四点过付的，票是当日下午，拿车送到原交换地点。共开销不到六百，拨给支线二千，九弟和我备用四百，其余十一万七千，就解到北分区。钱码盘报，请首领收起。"

首领接过密码的报告和账单，对右首一个黑衣人说："四弟你呢？"这青衫第四豪名唤吴朗，粗声粗气说道："我这回又失脚了。"首领笑道："又遇见女侦探了么？"四豪抱惭道："哪能总遇见针扎，我这回是上了骗子当了。我遵大长的吩咐，从某相家，取了十万钞票，去上河南交给芸轩主人准备动用；不意半路上遇见学生打扮的一个少年人，竟叫他全给拐骗去了。恨得我立刻要追缉他，后因首领限我年前赶回来，不得已，请当地分区帮忙，另从一个退职军家，挪动十万现金，交割给芸轩主人，我就忙着回来了。沿路经过支线，我都通传过了，我想抽空找他算账。"

大家听了，不禁失笑道："四哥专遇这些事，可真是狼衔来，教狗吃了。到底是怎么一个圈套，快些说给我们听听。"四豪吴朗笑道："说总要说，不过说出来，真是丢人。那天我搭车，走过保定时，同车中有一个学生失窃。据他说，不但皮夹里的钱全被掏去，并连车票也一同丢了。当时为查票员所窘，急得他要跳下火车。我看他不过二十来岁，穿戴齐整，外表似是个少不经事的书痴，我便帮了他十几块钱，给他补了票。他感激不尽，叙谈起来，说是鄂籍留京负笈的大学生，现趁着放寒假，回家完婚。身边原带着一百三十块钱，不知什么时候露了白，给绺窃全数偷了去，所以弄得如此局促。问起我来，知道我是上南方去的，便要同我一身走，还要请我到他家去，一者是还钱道谢，一者是盘桓盘桓，结识做个朋友。他那态度虽然表示感激，却保持高介，处处不脱大学生气习。又问我职业行踪，我含糊应着。到了郑州，我下车住店，要访问我们的同路，他也竟跟下来，意思很恳切。谁想就在那天，我又看见一个被指名追捕的异路朋友，才教暗探跟逐下来。我忙关照当地分区，设法转移视线，并搭救他，安插他。哪知这个学生竟趁隙偷开了我的皮夹，盗着钞票走了。十万元一点没剩，临走还在皮包内，给我留下一封信，一张名片，内说他家贫母老，度日窘苦。今迫于母命，借贷完娶，以延嗣续；暂借义士之款，别有所为。他日但获寸进，定图重报，不敢便尔负心也。……他竟跟我玩了这样一套把戏。"

首领十分注意，遂问："他自说叫什么名字？"四豪道："据他自称，叫卢笑邻，我怕是假托的，或是借用别人的姓名。我这里还留着他的信笺名片。"珍重取出来，内中一人忙再拧亮一只手灯，争相详看。这张名片印得很精雅，六七个字："卢笑邻，湖北汉阳。"首领捏着那张螺纹短笺细察纸色墨迹，用指甲轻轻一弹，墨迹竟随手脱落许多，只淡淡留下几行微黄色的浅痕。众人齐声诧道："这是铡墨，好四哥又遇见高手了，他是安心给我们过不去。"首领沉吟不语，擎起纸笺，留神映看纸纹，把名片也细看了。半晌，将纸片好好包藏起，对四豪说："这人究竟是什么模样，有无随身行囊，会否遗落下东西。"四豪吴朗道："我也诧异着，他只披着皮大氅白围巾，手提一只很大的皮包，又一只手巾包，并没有书篮被套，也没遗落下东西，只一份晨报，丢在店中，日期是当天在北京车站买的，上有消费社的戳印。这人的模样，倒也平平常常，没甚特异之处。面色微黄，脸是圆的，身材不高不矮，不瘦不胖，和七哥差不多；眼睛好像近视，架着一只铜丝眼镜，看年纪不过二十三四岁。他虽自说是湖北人，听谈话口音，柔和清脆，好像是浙江人。如今追想起来，他比较异人处，只有鬓角生着白发，额有头纹，似曾饱经忧患，口唇两角下垂，微带坚决冷笑的神情，两只眼睛虚眯着类似近视，瞳子炯透，顾盼却甚锐利。又他左手上有一只指环，是金质烧蓝，映出文字。"

首领道："可还记得什么字？"四豪笑道："这倒留神了，是心印两个字，我因为这不像人名，所以倒看着注了意，猜疑这或是订婚指环。"首领点一点头，大家便一杯一杯饮着酒，纷纷议论起事，并再三向四豪询问种种情形。接着首领说："好了，大家记在心里，现在且丢开。六妹妹你呢。"

那对面的黑衣人，应声说出话来，柔腔细语，恰是个男装女子。此人正是青衫第六豪卢正英，接声说道："奉命办理的事，我已经办完，当地报纸已见披露，不过稍有不符。现在我已剪存，请读给大家听。"随即取出一段剪报念道："本市近发生一离奇之绑票案，租界寓公许某之爱女许季美女士，日前偕女友赴影院观剧，突告失踪。当晚许宅接到勒赎函一件，条件之严苛，措辞之诙谐，颇堪疑骇。尤其令人咋舌者，索赎现钞十万，不准报

40

官，并指定交款地点，限三日内，预置伊女妆阁镜台抽屉内，届时准派人送票提款。竟不畏探警围捕，岂非大胆已极。许绅家本豪富，爱女心切，又震于撕票之惨酷，及赎票之非法，当时未敢声张，亦未报警。竟一面照函贮款备取，一面潜聘私探，暗布宅次，以为接票及缉凶之计。许绅自身，则携眷离宅，避居他处，以防意外。在许绅本意，不啻暗张网罗，贮款作饵，讵有出人意外者，次日（即昨日）下午，伊女竟携女友翩然归来，询其行踪，实为女友强邀到家小住，并非被绑。比告勒赎函件之由来，则系女友十五岁幼弟之恶作剧。彼读惯侦查小说，幼童无知，出此戏举云。言讫一笑，即偕女友入室，并电告伊父速携眷归家，遣去私探。本案至此，似已告一段落。乃当日薄暮，奇峰陡起，在许绅命驾言归之前，伊女许季美女士忽又失踪，并十万现钞亦同时失去。据询许宅留守之女仆及司阍云，四小姐昨晚归后，偕其女友同归妆阁，小休片刻，即手提皮包，与女友相伴，缓步离宅。司阍敬询小姐何往，则称系送女友归家，二小时后即回。并饬告老爷太太，晚餐可不必候伊。且语且行，一去未归；唯察其面容，似微含惨戚。于是阖宅惊惶，四出探询，然竟杳如黄鹤。现许宅深疑此女友或系绑匪同谋，许女之再度离家，必系被迫。所可疑者，此女友以前虽疏往还，在最近半月中，实与许女过从甚密，曾屡相访候，亦尝下榻。两人聚谈甚欢。讵意出此？且绑票志在得赎，当时留质自卫，事后似当放还；何以许女从此失踪？案情惝恍，颇滋疑窦。闻许绅颇为悲愤，已具报警局，并延私探多人，从事查缉云云……"

六豪卢正英读到这里，笑一笑又道："还有一段剪报，是出事五天后登的，略云：'本市富绅许氏爱女失踪一案，业志前报。本社当时即疑案情离奇，恐非绑案，内幕或当另有别情。唯许宅

41

坚决否认，谅有隐讳之处。兹经本社特派记者，从各方面切实调查。已得真相。许女之失踪，实系携爱人出走。爱人之名字未详。但闻姓苟，系某大学学生，与伊相偕之女友，即此大学生所乔饰者。缘许女之爱人，多才貌美，而家计清贫，尝一度求姻，为许绅所拒，然男女两人心心相印，已誓白头，遭此打击，许女士情出无奈，特弄此狡狯。从伊父手，骗取奁资十万，以与爱人偕逃。据闻刻已与其爱人正式成婚，将相偕买舟西渡，赴美留学云……彼于离境前，有函致家。文云：父母亲大人钧鉴，敬叮陈者，女前诉下情，未邀俯许。现女迫不获已，持款告别，自辟生路去矣。女此次所为，似于孝行有亏，其实女长终须嫁人，与其嫁不相识之男子，何如自择良偶？此十万金，女今持去，即用为来日生活之费，望父无须追究，径视为赐作女儿妆奁费可也，不告而取，女诚自愧，然若不出此计，恐大人赐金为数必无如是之多，且婚事亦恐不谐。女之忍于罔亲，女之不得已也，现女已与婿正式成婚，即将买舟西渡，赴美留学。他日学成归国，再向膝前伏罪尽孝，望勿以女儿为念。今当远别，临禀泫然。诸乞矜鉴，更恳千万守秘，不足为外人道也。女季美叩。"

六妹念罢，众人大笑道："妙不可言，这报上所谓爱人，一定是六妹假扮的了？"六妹笑道："就算是我吧，便是这封告别信，也是我拟的。原为转移他们的视线，果然连警探都信实了。"群豪道："六妹和三哥真是我党健将，难为这假中假的假局，你这么想来。现在我们的新同道来了没有？"六妹道："现在许季美已经输款加入北分区，她志愿参加走盘工作，但是检验她的胆气体力，多有未合，已经介绍她到保定女校当教员，同时暂委她筹备当地东道主的工作。她的真爱人，也由总干介绍到保定去了。我经办的事就是这样。还有黄家那个孀妇，我曾假托妇女救济会

42

调查员，访问了两次。自经我们强制设法，吓住她的无耻谋产的夫兄，替她卖去田产，除支线收留八百，其余共折给七千五百元。她得款后，已经和她的夫兄分居另过。她的夫兄黄文静起初还要啰唣她，后经我打破他的悭囊，割去豚尾，并在佛堂留下黄柬，说再不念亡弟手足情，逼嫁孀妇，唯妇言是听，则此不肖子孙，触怒神明，必褫其魄，地下先人亦难吁救。这样一来，黄文静吓得说，祖宗怪罪下来，果然痛改前非了。"

说到这里，首领一挥手，仰望星月道："五弟怎么还不回来？现在时间来不及，你们有纸面盘报的，都交给我。有不必商议的，便不要口头再讲了。"几个人听了都将密码文书交出，只有那个魁梧青年，便是七豪孔亚平，抢着诉说："只是五哥的物件都还在我这里，他的事也要我代他报告。他说他跟的那人，叫任和甫，怕是要撒手的了。"便打开提包，拿出一本手册，看了看说道："据五哥说这任和甫是上热河贩私货的，他家住在天津三条石，原是不通世故、不明世艰的纨绔。他父亲从前任官，已经殁了。因为金山乍倒，依傍毫无，他母子坐守遗产，日用排场不能撙节，便日苦坐食山空，反复想找出路，那时节，正是树倒猢狲散，束身自好的戚友，因他孀孤没有远见，信甘言不听忠告，多相率避嫌。偏那些寄生虫，不肖亲友，有的饱攫远飏，有的还啃住不放，乘机诓产骗财。或怂恿他做生意，或劝他买差事，甚而至于连他家一个拙裁缝，也哄他在布店入股。他父生前的一个车夫，居然也骗动他开车行，出凭马车洋车。最可笑是一个老妈，竟劝得老太太要到三河县置地务农。于是实心划策者无人，随缘觊产者大有人在。偏他娘俩走入迷途，一心要发财，好恢复往日风光。他一窍不通，百端营运，左上当，右学乖，六七万的家当，竟不上五年，全毁掉了。这也由于他父生时，只储浮财，不置产业之故；更加上他读书呆子，多遇坏人，才落到这般结局。新近他因事无可为，天天忧虑，又听人撺掇，将他父生前的藏书，变卖了三千多元，身带一千，要上热河巴沟，贩卖阿芙蓉。并找当地一个做厅长的老世交，就便打秋风谋差事。临行之前，他家母子哭泣通夜，引起五哥注意。跟了他一路，已经是下了他的手了，将他五百元钞票，四百元现金，全数窃盗在手。但因一路窥察，见为人行事，良心尚好，所以未忍灭绝他的生路。正在考虑着，不料今天他竟在这里，做了一件慷慨的事。五哥便决定了主见，今晚把钱如数退还给他。并因他走入歧途，五哥说，还要设法警戒他，保护他。"

首领道："你说的不是他曾周济老茂么？"孔亚平道："五哥正是看取他这一点。大哥你说这人不也很难得么？"首领解释道："这还得分别看。他若纯为恻隐起见，自属可取。假使他只是和李三赌气，那么一个贩私货的落拓公子，使气挥财，又值什么呢？这等五哥本人回来，问明再计。你们谁去找五哥去？七弟，还是你辛苦一趟。"众人一一听着，那魁梧青年便站起来，扎束停当，出地穴下荒亭，黑影一闪，如风驰电射，径奔北关去了。不一时，五豪秦铮，七豪孔亚平，两人一同回来。

五豪坐下说："周老茂确是很穷。有一个儿子，前年内乱失踪，大约流落在热河一带。有张相片，交给任和甫，现在我已取过来。任和甫怜老茂谋生无路，刚才又帮助他十几块钱。"首领道："哦！他竟有此热心？"五豪秦铮道："因此我已把那九百块钱又还了他了。"二豪问道："怎么个还法？"答道："原是任某喝醉，从周家出来，我故意撞他一下，把他手中的灯笼扑灭，趁势取出周长发的相片，打算就此将钱包还他。后来七弟找到，又想钱多包重，况他夜深酒醉，恐出差错，所以交七弟抛在任某住的店房里。"七豪笑接道："那时祥顺店正吵闹我们人马失踪的事，乱嚷胡猜很是可笑。我稍一迟延，险教灯馆碰见。我只得将钱包留放在铺上，来不及抽换手提包，行李卷中的假货了。"

首领正色道："这宗举动不大妥当。虽然我们以任侠集款，以震俗集众，可是昼投店夜潜踪，多余的惹人惊怪，大可不必。若竟遇高手，反致误事。再者既决要退款给任某，我以为第一先撤回伪币，使他不觉。平白惹他骇疑，便不免引他趋避，这都不好。"五豪、七豪低头说是。五豪掣出两件东西，擎着说："这是周老茂之子周长发的照片，请首领收下，可不可以交热河支线备查。这是周老茂的借据，原是二哥从李三马褂内取来的，交给我教我顺便还给周老茂。因我另想出一个办法，所以又带回来了。我的意思，打算借于善人的名，写信直接寄去。就算善人新年恤贫，捐金赠契，倒还不突兀。"

首领道："这个很好。我还打算在这里或古北口，再设个支线。新年我探着一个消息，不久这热河地方，又要划成战区了。但是这里一个东道主也没有，生下手很难。我的意思，要酌量情形，利用周老茂一下。因此我想先设法多资助他些，对他动之以利，胁之以威，更诱之以代觅失踪的儿，然后教他给我们做眼线，做东道主。前次我踏勘本地，发现这道地穴通城外，可惜出口被人建房，现时又有人住着，我打算设法租买来。由我们出头，不如利用本地人，可以在那里开一座商店或是学校。暗作我们的西北路机关。这可以相机买说周老茂的。还有在这两个月来的成绩，非常之糟。我们人又少，路又远，算来尽跑了道了。"

四豪说道："大哥何妨再收罗几个同道，分散在各大埠，沿着一条铁路，多成立几处支线；岂不省事多了，而且消息也灵。"首领笑道："谈何容易？殊不知我们的生涯，人少则易守秘密，利于进行。人多则树大招风，难免有败类混入。我们现在只有老巢一处，分区两处，支线数条。主干共计不过二十来人，同心同德，事事妥靠易举。你还记得霍云路么？我们好容易把他试探好。检验合格，又好容易将他训练成了。我们仍不敢过分信任他，只不过教他采探消息，传递电信罢了。我们的老巢和内部组织，还未告诉给他。谁想他眷恋一个女学生，求爱呀，失恋呀，害得丢了魂似的。虽不致变节卖党，可是他总是中道而废。当他看穿爱的假面，痛不欲生的时候，便将我们的消息阻延；险些你找不着我，我找不着你；是多么误事呀，现在将他解往南洋，永不许回国。到底我何曾放心？生恐走漏我党的机密，大长劝我除掉他，究竟过于残忍。所以当强盗的最忌同伙洗手，也就是多此一层疑虑，我又焉敢随便募集同志呢？"说时喟然一叹。

沉吟片刻，首领胡声伯又道："现在我们到场的一共六人，可以定规一下。第一件，密云县于善人的事。我交给二哥、五哥，六妹、七弟、十一弟算是副手，人不敷还可电调。这限三五天内动手才好，办法是自行规拟，较为妥当；或仍旧用劫夺黑珠的成例也可。周老茂的事，任和甫的事，算是附带着办。另由四哥担任临时走盘的工作。"二豪王彭、五豪秦铮应了，记在手册上。首领又道："可惜雪天太坏。缘因我们最喜星黑风高，最忌明月积雪。只好见机而进，切莫像三哥那般执拗，以至棘手不退，便失策了。……第二件，北京的事，二弟事后可径会同九弟，将那十二万，从北分区抽提，抽八万，解交云轩主人，再候我的电信，并可以顺便探听那个卢笑邻。第三件，寓公的事，八弟既觉不好对付，七弟也候这里事毕赶回去。拿信箭，教支线照派助手。如仍不敷，或是费手脚，可和三哥、六妹商量。信箭等明天译好给你。第四件，卢笑邻的事，这时虽来不及找他，四哥可以赶回京城，告诉三哥，请他画一张像，发交各线注意。热河有一个惨无人道的仇杀灭门的案件，当地孙家立全家四十余口，被仇家诸石夷诬作匪人枪杀。案发之后，诸石夷仗着财势，被捕下狱，应得之罪迄未判决。我这回去，是要设法给他戳漏的。事后我打算赶回上海，候大长将那长腿将军购运枪械的合同，经手人，交货上岸的确期，一一清查报到，便即设法进行。这一层办到，比这次工作又强十倍，从此何愁没有工具。只是几天没接来电，好教人悬切。"说至此，点一点头道："你们自己计议去吧。"

一声呼哨，哄然起立。于是地穴复闭，雪迹重铺，听更锣已打四点，这六个黑衣人各自散去。残雪横飞，夜气慢散，转瞬间鸡鸣破晓。到了腊月二十八，内中两个黑衣人，匿迹密云县城，把通盘计划打好。这便是王彭，秦铮所要做的事。二豪王彭自去关照六妹卢正英和七弟孔亚平，同时十一豪祁季良，也已赶到。四豪吴朗则是遄赴北京，传递消息。五豪秦铮改装混在一家小茶馆内，用笔起草电报函稿，又到电报局邮政局去了一趟，应用的衣饰器械箱笼礼物，一一安排好。最感困难的，自然是雪天，又苦无集合地点，他们有的是勇气和智谋，这也不怕。于是忙碌了一天，等接到北京回电，就要进行预定的办法，正是："安排罗网擒飞翼，垂下香饵钓游麟。"

第四章

信道燕覆巢宿留佳丽
惊传鬼瞰室盗劫善人

年关已到，密云县城里于善人宅，内外上下，忙碌异常。于善人在京办事，原说年前赶回。所以于府有些个事，不能就办，要等于善人回来，才定主见。至于眼前的事，内宅由于太太做主；外面是于三太爷，和赵师爷、马七爷，会同照料，管事人等只听候指挥。于善人名鸿字仲翔，曾做过将军，后来厌倦宦海生涯，才专办慈善事业。在北京政界上，他的活动能力很大，消息也很灵通，人缘也很不恶。他的家庭户大人众，有一妻一妾，二子一女，和一个本家老叔，人家称为于三太爷，字叫晓汀。又一个堂侄，名唤继武，都住在于氏密云本宅。还有两位西席，一是书记姓赵，一位教师姓梁字苏庵，是山东曹州人，年约四旬，在于府设帐，专教两个公子，绍武、继武，和一位小姐绚武。此外便是管事仆妇护院了。

腊月下旬，于宅执事人，奉命从城外抓获一个男子，两个女子。那天把女子隔别询问一过，又将男子严讯了，囚在室屋中。腊月二十八夜半，内客厅里，于三太爷正和赵师爷对坐，商量往北京发快信。忽然街门敲响，值夜的开锁，接进一封电报。拆开译呈，见是于善人从北京拍来的急电，上面说："急，晓汀叔鉴：刻因要事留京，年后方回。涛公内眷来密借寓，鸿已允，速将婉室腾出应用。涛妻钱蕙如等三口如到，应优礼，对外勿播。余函详。鸿勘。"

三太爷看罢，不晓得这涛公是何等人物。想着许是政界的要人，可是怎么寄眷到这僻远的地方来呢？便叫侄少爷继武，去到内宅告诉一声。现在已经是腊月二十八，赶快布置一下，省得明早客来，没处安置。又嘱咐打听一下，看这位涛公与宅主是什么交情。继武答应着，拿了电报，面见于太太，讲说一回，又请问姨太太。

这位姨太太，年才二十一二，生得姿容秀丽，细腰朱唇，并且粗识文字，常替于善人掌理机要文件。她名叫楚婉华，原是个被难女儿，救于宅解救了全家性命，现在嫁给他做侧室。当时要过电报看了，也不知涛公二字是名是字，说："等我查查。"到西套间寻找一回，拿出两张名片，说道："这张是窦晴涛，字锦明，是个高级军官。这张是吴峻，字松涛，是财政部次长，都和将军有来往，不知究竟是哪个。"又想道："恐怕是吴松涛。报上不是说他下台了么？"于太太道："仲翔来电，既这么紧急，不拘是谁，想必交情很深，我们总得招待。要真是吴松涛，那更应该。听仲翔说过，他们曾在湖北共事很久。等明天叫他们收拾屋子就是了。不过人家是女客，想必还带着人，让在上房住，不大方便。况又是大年下，二妹妹可住在哪里呢？要不，咱们住在一块吧。"姨太太笑道："他做事不许别人异议，只可先依着。等他回来再说，我就同您住吧。"

商量一会儿，侄少爷回去告诉三太爷，并知会门房。当晚无事，次日上午，又接到专差急递的一封密信。内中说明北京政变，事情紧急。于善人大约在正月初六以后，方能离京。又说同寅挚交吴松涛，此次政潮，惨被牺牲。他的财产有一部分幸未籍没，现正由于善人设法代为起出。他的如夫人钱蕙如女士，携女仆即日来密避难。应留她借住内堂西耳房。婉华可速让出卧室，暂住东厢，与女儿绚武同榻。好在女客只寄留一周半月，容事稍缓，于善人将财产交清，还要送赴大连。又此递信专人，应格外优礼。此人实系松涛的内弟，名钱平欧，可留在内客厅与三太爷同住。这封信字迹潦草，下不具名，只着"仲翔"二字的阳文图章。函尾并注有"阅后付内室，详询平欧兄"字样。

三太爷看完信，忙交给侄少爷，低声嘱咐几句，教他拿着原信，进内宅去说一声。这里赶紧将来人让到内客厅，净面逊坐，献茶叙谈。看来人约二十六七，身体魁梧，双眉浓重，面皮微黑，穿戴粗敝，气概豪爽洒落，是像个改装下人的模样。问起来，原是吴松涛的妻弟。吴氏本人现在已被通缉出走，家产也被查封。所幸内眷承蒙于善人预先送信救出，现在前站，下晚可以到县。钱平欧说着，很是道歉称谢："正赶上新年，府上添麻烦，还求千万对外守秘。"说时流下惭惶之泪来。三太爷再三劝慰，说是："仲翔与涛公至交，应该分忧，借住不妨，勿嫌简慢。至于对外，尽请放心。因为仲翔早有急电预嘱，就连仆役也都不知真相，今早也已格外吩饬他们了。"平欧又道："来时仓促，也没带一点人事。"从身上掏出四十块钱，送给小世兄们买花炮。寒暄一会儿，侄少爷出来，叫厨役预备便饭。又叫从内宅拿几件长衣服，给钱老爷换上。

饭后叙谈，遂又说起此次政变的缘由经过。平欧说要人殒命的有两个，被通缉的有十几个。在座数人听了，共叹政海风涛险恶。约到晚八点左右，才听街门外轿车，在辘辘声中停下，吴太太已到。

于宅家人照料着。卸下几件箱笼，慌忙报进内宅。于太太率领内眷，在二门迎接。只见进来一个苗条婀娜的少妇，手提一只皮包，后面随着一个粗眉大脚的青年老妈，捧着许多礼物，都是进了密云县城现买的。端详这位吴太太的装束：穿着灰色短袄，青布长裙，头挽盘髻，鬂压绒女帽，项围紫毛线长巾，下面敞腿深碧色缎裤，露出尖尖的两只小足，盈盈瘦小，走起路来，娉娉婷婷，越显得细腰纤影，如春柳迎风。只是身材稍高一点，脸上粉香脂腻，眉弯微蹙，双眸下垂，似于悲惶中略露羞惭。说起话来，却很透亮，一口清脆的北京话，与乃弟钱平欧不同。一面走着，一面问讯，相让至内堂东套间，叙礼攀谈。

只见这钱蕙如羞怯怯地说："我们次长遭这腻事，他自己跑到东交民巷去了，家里一点信也不知道。多亏了于叔叔，冒险透信，救了我们一家性命，又设法替我们保全财产。姐姐，我们可是来的冒昧，有什么法子呢？您要多多担待吧。"叫那大脚老妈，拿出各种礼物；又从小皮篓中，取出一包，说这是我孝敬姐姐的。茶话一时，请于太太领到各屋，拜见各房内眷，随后开筵接风，于太太和姨太太相陪。问起出逃的详情，女客一一说了；又道："那天军警杜门搜查，没把人吓杀。直到如今，我还心跳呢。"饭后，由姨太太陪送到西套间，里面早已布置好；女客带来的箱笼等件，也都放置妥当。当晚叙谈到夜十二时。吴太太行路辛苦便道了安置，携女仆李妈回房，扣门就寝。外面钱平欧，不住声打呵欠，也早于十一时，拉开他的褥套，在内客厅睡了。唯有于宅上下，因为明天过年，上下还都没睡。

三太爷在内书房，吸着水烟；心想正值年关，偏来避难借寓之客，真是忙上加忙。忽听门外一声咳嗽，那位家庭教师梁苏

51

庵，掀帘进来，悄声说："有几句话，要对太东翁讲。"一使眼色，小童退去，梁苏庵道："翔翁有信来么？"笑道："昨晚来了一封电报，今早又来一封专信，他年前不能回来。"苏庵道："晚生要多嘴，听说由京来了男女三位客，要在府上借居。依晚生看，这事有些尴尬，不可不小心。现在骗局盗案很多！"三太爷道："哦！"苏庵道："晚生此疑，并非无因。那位男客，我刚才会过，神色太不对。我叫学生问内宅，也说旧日并不熟识，不知翔翁电信怎么说的？"三太爷哈哈的笑道："仲翔电信切嘱款留来客。他们是至交，还能假冒不成，再说咱家还有人敢来捣鬼么？"苏庵把脸一沉道："那就是晚生多虑了，太东翁留神后看吧。"站起来告辞，径回花园家塾。把护院张二叫来，暗嘱几句。遂将自己小箱打开，拿出一只铁弩，一包铅丸，哼哼冷笑一阵，熄灯上床闭目而坐。

宅里面内堂上房西套间，新来女客睡下不久，带来的大脚青年李妈，复又开门出来，见到椅子上，坐着两个值夜的丫鬟，便过来悄问："你们太太睡了没有？"丫鬟答道："没有。您一路辛苦，怎么还没睡？"李妈道："不怎么，我们太太要大解，劳您驾，给开开屋门。"丫鬟道："外头怪冷的，这里有便桶。"这青年李妈笑道："不成，我们太太用不惯马桶。"丫鬟忙到东外间取钥匙，开了屋门，又点上灯笼，李妈扶着吴太太去了。半小时后，钱蕙如净手回来，自进西套间，和衣睡下。那个李妈打着呵欠，和值夜的使女，有一搭没一搭的闲谈。问起五间上房共有几人住，回答说平时就只主人妻妾三位，分住东西套间。每间有值夜的两个使女，一个女仆。小姐和舅太太、乳母，住东厢。西厢本是女客厅，今天才腾出来，归姨太太暂住。这都有值夜的女佣，男仆不准进内院。夜晚护院的，也只在东西夹道巡逻；但如有动静，还可以由四隅角门进来。李妈又问："老姐们都住在哪里？"回答说："不值宿的统归后罩房休歇。"又问："于太太这早晚还不睡么？"两个使女笑了，低声说："她老人家是吸鸦片烟的，现时还在东套间吸烟呢；就是那个值夜的妈妈伺候着。"说了一会子，李妈回到套间睡觉，先将屋门闩好，又将油灯捻得小小的，在地铺上躺下。

约到四点以后，便跳起来，轻轻叫了一声。那位吴太太一跃而起，坐在床头，揉一揉眼，解下长裙，将敞腿裤卷起，翘起尖尖的四寸莲足，却用手解开双行缠。把鞋脚一齐褪下，露出两只天足，原来纤纤双钩，只是踩得一对木屧。急换上软底鞋，扎束利落，一跃站起。将纸窗戳破一小孔，往外窥看。这窗外迎面堵着画廊花墙，再前便是西厢房山墙，阻成死夹道；虽有假圆门，虚设不开。这女客点一点头，又验看窗缝。跳下来，和李妈商量，悄说："上面纸窗划开难免有缝，起玻璃如何呢？"女仆点头，手里正拿着几条钢丝，比着蜡模子，用来剪赶做钥匙。不一刻做成，忙轻轻将屋内箱笼铜锁，挨个打开，又轻轻搬下掀起，轻轻翻动。

那女客钱蕙如，也将窗上玻璃，轻轻起下一扇；站在床头，比量一下，嗖的一声，窜出窗外，侧耳听一听，别无动静，即在窗前墙下，转了一圈，靠墙角插了几只长钉，登上去四面眺望。取出手巾，将雪迹掩平；跳下来，复将脚印擦去。一按窗台，又嗖的窜进屋来。忙将玻璃慢慢安上，从包中取出鳔胶，抹上稳住，洒上灰尘，看没有什么形迹，才住了手。李妈此时，已将各箱各柜，翻了一过，做了暗记，却仍旧锁住，安放原处，轻吁一口气说："这也有限。"钱蕙如说："本来是姨太太的屋么。"遂将妆台抽屉、床头小箧，逐个弄开。又将信札文件，几上书册，检

53

查一遍，也照样放好。

主奴忙了一阵，觉得天已不早。钱蕙如又将脚缠裹上，穿好弓样小鞋，系起长裙，扯被上床，垂帐就寝。那个大脚李妈，呵欠一声，也倒在地铺上，不一刻睡着。

一夜无话，次日已到除夕。于宅上下照往年一样，忙个不住。送礼收礼，人往人来，街门大敞，凡出入门口，都悬灯结彩，天井更高悬着红灯，气象煊赫。只那位家庭教师梁苏庵，年假无事，在馆中坐不住，默默寻想一回，抄着手，由书房花园，到马号、门房、后院、跨院、夹院、后门各处，往来散步。只是内宅不便去，也到角门屏门边，站了一会儿。忽然失声说："对了。"急忙叫书童要钥匙，将藏书楼门开开。也不嫌风劲天寒，独在楼头，盘旋半晌才下去，到了下晚，辞岁迎神，满院灯火辉煌，爆竹乱响。阖宅内外，更形热闹。前院酒阑筵罢，先生们打麻雀，推牌九。有的就掷骰子，押宝；两位公子拿出锣鼓敲打，叫李三唱戏，李三满面烧红，酒气喷人，直着嗓子唱："呼啦啦打罢三通鼓，蔡阳的人头落在马前。"奇腔怪调，引得少爷们哄笑。于是外院两处大厅，喧成一片。

到夜十二点左右，内客厅借寓的钱平欧，说："喝醉了，要吐。"推扃出去见风。站在廊下，看望屏门。一霎时那个李妈从内宅走来，说道："舅爷你过来，太太教我告诉你。"平欧忙迎上去，找了个僻静所在。李妈悄声问："空屋囚着的那人，到底叫什么？"平欧道："亲口问他确叫陈老么。"李妈诧异道："他不叫秦壁东么。你怎么问的？"答道："说是巴沟人。带着胞表妹妹，进京送亲，被于宅因债务扣留了。我已暗和他约好，听动静放他逃走。"李妈忙道："使不得，刚才探问两个女子，答话满不接对。我先问年长的女子，愿欲离开此地么？她竟瞠目不答。再问你愿和你哥哥见面不？她掉泪说："哥哥秦璧东失陷窟窖，要见怎能够呢？"提到陈老么，她说不知是谁。问她何以至此，她说与不相识的兄妹二人，搭伴逃难被截。再问那幼些的女子，竟说没有哥哥。有一个人拐骗了她，可不是姓陈。到底陈老么是个什么人，又因何被囚此处呢？"

平欧摸不清头脑，沉吟不语，半晌道："唔，这样看对这两女一男，是不可冒昧举动的了。"李妈道："我找你就是为此，刚才已和六姐商量了。她的意思专办正事，这附带问题，不妨访实再计。你预备着吧，哥们都来了，准三点一刻见。"说完进了内宅。

这时候于府内宅女眷，也都齐聚在堂屋，乐度新年。姨太太和小姐，邀着舅太太们，和新来女客，猜枚抢红、掷升官图、玩牙牌叶子戏，种种玩具，那钱蕙如，也煞有兴趣，忘了遇难做客，腕镯抢得叮当，直玩到两点以后。于太太由东间出来，要催小姐歇歇，好起五更吃饺子。一见女客，又不好意思开口，便笑道："玩得好热闹啊。"钱蕙如忽放下手中玩具，眉峰一皱，双手按着小肚子。于太太忙问："您怎么了？"钱蕙如摇头，李妈在旁边便笑道："于太太您不知道，我们太太有三个月的孕了。许是惊吓劳累，动了胎气，昨晚上疼了一夜呢。要有鸦片，吸口才好呢。"钱蕙如红着脸啐了一口，道："多嘴。"于太太笑道："您有喜了？这怕什么，妹妹跟我来。"把钱蕙如让至东套间去，摆上烟具。

外面小姐姨太太们，还是玩着。那个李妈和本宅女仆相伴，只在圆桌左右伺候，这时候，听壁钟已打三钟。李三在外院，早唱哑嗓子了，大呼小叫地说："打牌吧，打牌吧。马七爷，我替你打两把。"刚刚就座，把牌推得哗哗的响。忽然哎哟一声，直跳起来，仰面往后，连椅子一齐摔倒，众人一怔。只听窗外一人叫道："有鬼！"厅中十几个人一齐惊寻，咦，门口挂的棉帘忽支起一角来，探进一颗人头，白磷磷毫无血色，两眼眶漆黑，鼻头如墨，嘴大张着，也是黑乎乎的豁开；伸出一只枯瘠惨白的手腕，在这里摇晃。

众人大惊，忽然嗤嗤几声响，满屋灯盏蜡烛全灭。又吱的一声惨号，满屋鬼声啾啾；吓得屋中人，黑影里乱扑乱叫，纸窗外面，也黑暗不见院中天灯壁灯的光影，只听得狂风翻积雪，沙沙打窗。远近爆竹还是乒乓乱响，厅中两位小少爷吓得哭喊，不住声叫妈。一个听差胆大，摸着一匣洋火，刚划得亮，突一股冷气打来，他哎呀一声怪叫，撞倒在地，将桌椅撞翻，把别人也碰倒。

侄少爷于继武，胆气本豪，素又多智，虽也碰倒，惊魄乍定，心里猛想："唔？"急从黑影中向外爬摸，约莫到屋门，提椅子猛碰数下。却不料门虽碰着，只是拉不开，仗胆摸去，有一条铁链将门锁住。

于继武正在惊慌，乱叫："值夜的护院的快来。"却又听西跨院靠后边，砰砰啪啪一阵发响，似爆竹又似枪火。跟着轰隆一声，好似晴天霹雳，又宛如地雷爆炸。听一个山东口音的人，在高处大喊："护院的快上来，快敲锣，快开枪，有贼有贼。"赶着乒乓乱响，似已开火，夹杂着嚷骂："好贼，好大胆，你不打听打听！"这一来，竟吓得大厅内的人，全躲倒在地下，没一人敢出来。正在害怕，隐约又听见后面内宅，有一个女子声音惨叫，又当啷一声，啪喳一声，似摔出一样响器，一件瓷器，又似玻璃窗碰碎。

于宅护院的六人从夹道扑出来。男仆十几人，也有几个提着火枪、刀矛之类，抢出来乱喊，向天空连放几响，各处连叫有贼，马号车门哗啦一响，窜出两条黑影，沿小巷躲躲闪闪跑去。佟少爷到底能事，情知屋门难开，定一定神，就大厅黑影里，摸到玻璃窗前。却喜百叶窗没上，登上窗畔桌子，使劲猛踢一脚，玻璃粉碎。大叫："你们快奔内宅！"一面窜出来，奔更楼拿枪。那些护院颇有懂武术的，就分两路抢到第二层屏门，打算入护内宅。哪想刚贴着游廊柱，一步步往前进，却从黑影里唰的射出一物，为首一人应声倒地，一伙人吓得往回跑。

忽见跨院门开处，护院张二吆喝着跑来。他预受塾里教师梁苏庵密嘱，如今赶到，连喊："别退呀，别退呀，贼在后罩房夹道，梁师爷开弓打他们哩。快跟我来，由这边抄过去。"便从西夹道，绕至内堂角门，其时角门早已紧闭。张二抢上前，当的就是一脚，竟踢不开，原来里面倒锁上了。正设法要攻，后面佟少爷于继武率男仆持枪赶到，更楼上锣声也隆隆的敲起。一见角门不开，忙喝众掀起一块石阶，扯上门楣结的彩绸，四人掀起石阶，晃两晃对准门扇，尽力一送，砰的一声，哗啦啦将扇角门砸下来，众人一拥而进，早听见上房里面，女人叫，孩子哭，已经不成人声……这时候，按寄寓客钱平欧的手表，时计正指三点十分。

在两点五十五分的时候，于宅内眷在内堂乐度新年，女客钱蕙如忽然肚疼，于太太素有烟癖，便笑说："这个我能治。"将蕙如让至东套间，对面躺在床头。钱蕙如微呻着，重坐起来道："姐姐您先用，我这就来。"走出东套间，到东外间门帘前，将隔扇门轻轻掩上，扣紧门闩。原来这内堂五间，东西套间而外，正房是两明一暗；西外间和堂屋打通，只这东外间也有屋门的，钱蕙如再进东套间，一面关门，一面回头对于太太说："大姐姐，

57

我有几句心腹话，要单跟您商量商量，我先关上门。"回转身来，眼望于太太，正在烧烟，便轻轻走到近前，从衣底取出一方湿巾，上面黄浓浓饱渍着不知什么水，举着说："大姐姐，您看这个。"

于太太抬起头来，刚要问："什么?"猛觉得口鼻上，湿漉漉堵上极强烈的恶臭东西。钱蕙如早电光石火般一跃上身，两裆跨项，只膝压腕，一手扣咽喉，一手持湿巾下死劲蒙脸。于太太虚弱身躯，仓促挣扎不得，气堵眼翻，双足渐挺，不一分钟，懵然丧失知觉。那女客缓一缓手，嗤的一声，袖中射出一物，透窗穿过。刹那间，纸窗悠悠掀起，嗖的窜进一人，黑衣蒙面，电炬短刀，一把手枪斜插在腰。蹲在床头，将于太太捆上，口里勒上嚼带。急急地撤下床头的被罩棉褥，把于太太作一卷捆牢。悄叫一声："接着!"窗外早又伸进两只手，把人轻托出窗外，也一跃进来。那女客急忙扯解长裙，掀去假发，解下双行缠，把弓样的纤履剥落，连木屧作一堆，投入火炉，蹬上天足软鞋，将全身男用短装结束利落，一跃至妆台，翻出一串钥匙，递给先来那人，暗嘱："东西在铁柜里，别无毛病，须小心铡手。皮箱也有些，我都画暗记了，临走千万抹去。我可先走了。"后来那人忙道："快去快去。西北角扎手，请财神的钉着哩。六姐姐快帮一把，我们势孤，耽误不得。"女客依言，一跃出屋。

于太太已遭暗算，堂屋十来位女眷，还是热闹闹玩着，不知祸之已临；鬓影脂香，笑语喧腾，不曾辜负了除夕良宵。忽一个老妈跑到东外间，这手提一把水壶，那手便捧棉帘。却见门扇双掩，试推一把不开，猛撼一下不动。这是从不会有的事，不禁自说道："怎么关上门啦!"在座女眷齐回头看，姨太太楚婉华便放下手中牌。当此时，不知是屋里屋外，哎呀一声："吓死我了。

有鬼！"阖屋妇女惊忙四顾。却听嗤嗤嗤，连响数声，满屋灯烛全灭。一时屋中桌椅乱砸，人声鼎沸。

姨太太楚婉华，是个聪明女子，忙闭闭眼，按方向探身舒腕，将绚武小姐搂住，才对耳说道"不怕"二字，觉喉头有一只手来扼，怀中有一人来撕夺。心中大骇，狂喊一声，趁势向前一扑。刚刚两手捞着一把，裙下一只脚，却被人猛踩了一下，痛入骨髓，不禁蹲倒。恰又头碰在木器角上，眼冒金星，几失知觉；纤弱的身子早禁不住躺下了。黑暗中，听得小姐乱叫："妈呀！"随即哭声闷哑，进了西套间。楚婉华情知不好，便不顾一切，急急暗认方向，爬滚到窗前，扶摇立起，顺桌面乱摸一把，恰抄起一把茶壶，一只铜盘，拼死力对玻璃猛掷去。大叫："救人呀，上房！"铜盘破窗落地，庭前大响一声。忽然，腰际着人环住，一扯而倒；跟着耳门轰的一声，目中金花飞迸，楚婉华不声不动了。

上房昏暗无光，正门早闩。黑影中猛扑过来一人，将那绚武小姐，扣喉夹起，认准地步，嗖的窜入西套间。西套间窗扇大开，屋门骤塞。电炬一闪，一个黑衣人也将一块蘸黄湿巾，裹住绚武小姐口鼻。取一条长巾，把她驮起，一跃登床，穿窗落地。那大脚李妈褪发解衫，投入火炉，急急地开箱倒柜，收拾现成打好的四个包，肩背腕挎，也一跨出窗。将窗倒扣，攀上花墙。猛听啪一声响，忙往墙外看。见前行的黑衣人，在平地应声一跃，立刻回头。接着啪啪啪连响几声，立时辨出声从西南角房上发来。前行那人左闪右窜，恍惚失足，一倒复起，背后获得之物已经脱下。情势紧急，响声不断。前行人就地一滚，这才够着隐身墙后，也把手连扬几扬，对来响处，突突的还响数下。

那壁厢，大脚李妈站在墙头，早已看明白，急急将腕提黑

59

包，遥抛出墙外。登时跳在西厢山墙后，将全身隐住，身带手枪，握在掌中，保险机扳开待放。却又一寻思，只将右手一扬，也突突的连发数响。北风怒吼中，音声不大。一霎时房上墙上地上，做成三角形的攻斗，一来一往。只听得突突啪啪，在雪光中响个不住。地上两包物件，一个肉票，竟取携不得。

内宅绑票，外厅闹鬼，于府内外乱作一团，但是外厅诸人已知是盗警了。于善人的族叔于晓汀三太爷吓得抖抖擞擞的嘶声叫人："快快快报官。"侄少爷于继武率个有胆男仆，攻进内院，要救上房。若干人漫散着破门冲进三层内院。其时壁灯天灯齐灭，天井上积雪虽除，雪痕犹在。借映余光，见有一只铜盘，几片碎瓷，撒落廊前。看上房正室三幢，黑成一片，门掩窗碎，冲出妇女惊唤声音。顾盼四面，黑影沉沉。才待登阶，内中一个男仆眼尖，嚷道："贼在房上呢。"大众回头上看，内院四合房，果然南面房脊上，一片雪光中，黑乎乎伏着一人，五六只大枪立刻瞄线扳机，轰然乱射；那黑影昂然不动，护院的大侉，疾将标枪遥掷，一声恰中，黑影随枪滚坠，扑噔一声，落在中层阶前，齐嚷："打着一个贼，打着一个贼！"

几个人跑过去，拔开穿堂门闩，跑到中院，果然阶前一人。一个大胆男仆，挺花枪戳去，竟挑起来。继武喊道："快进上房吧，这是假幌子！"照样硬开堂屋门，挑灯笼扑进去，借光照看着，先点上屋中灯盏。四顾周围，才见桌翻椅倒，舅太太抱着一个丫鬟，作一堆发抖，其余内眷、使女、老妈，都吓得藏在屋角。又看西明间，姨太太楚婉华，死人般横躺在地板上，额角汩汩出血。窗前玻璃已碎，东西暗间，门都紧闭，继武催女仆快扶救婉华，叠声问："太太，小姐呢?"急奔到东间要紧所在，硬开格扇，继武连叫："婶娘，三妹妹！"寂无人声。继武心中狂跳，

60

挑灯照看东套间，满屋箱笼全都打开，掀得衣饰东一堆，西一叠，于太太、于小姐影也不见。一行人急急抢到西套间，也将门敲开看，满屋凌乱不堪，那位避难寄寓的女客钱蕙如，和她那大脚李妈，踪迹渺然。

继武大愕，心中有几分明白。几个人满屋乱嚷，折回堂屋，叫女仆快把姨太太楚婉华搭上床，极力灌救，并盘问女眷，验看贼踪。东西套间，早有人登床寻见窗缝折裂，知是贼人出路，佺少爷忙叫大胆地掀开东窗，跳进夹墙看。这人一到夹墙，即叫道："这夹壁地上有个被卷，好像是人。"招呼几人跳入，卷起来，仍穿窗抱到屋内，打开看，果包的是于太太，面色惨黄，瞑目亡魂。佺少爷惨然叫人灌救，又留人保护上房，加派人再去报官缉贼。心想婶娘既已寻着，三妹妹也许在西套间窗外，便照样率仆扑到床前，刚叫人登床推窗，却是窗缝虽裂，关得很紧，一时推不动，正要用铁器硬打，却听窗外不远处，砰砰的继续发响，贼人原来还没走！

窗前站立的，惊叫一声，失足倒地。人人大骇，急急后退，端枪当窗，连放数下。于继武悄叫："你们几个人在这里把着，我带人绕出去。"急急招呼几个护院，退回堂屋，要大转弯绕出西角门，截堵后门断贼出路。正忙乱处，只听一个人吆喝着，跑进内院，连叫："佺少爷，我是王三，我是王三！"于继武忙止住众人，幸未开枪。王三喘息道："贼没走净，还在后跨院后罩房哪，是内客勾进来的。梁师爷教我来报信，我好容易才溜过来。"众护院一听齐嚷："贼在哪里，快开枪追。"虚张声势，要扑奔西角门；王三忙道："那里过不去，贼卡着呢。"对继武说："佺少爷，您快分派。梁师爷说：要分拨护院缉贼。缉贼的一路从东面绕过去，一路抄花园开枪，还要有人堵前面。再叫一两人瞭高，千万留出后门，好把贼吓走了。"继武闻言，立刻分派，家中男丁上下将近三十名，能事的也有一二十个，查点家中枪火，共步枪匣枪八九支，手枪六把，刀矛充备，却喜未落贼手。便悉数找齐，分给众人。继武急问王三："贼有多少，怎么进来的，你怎么知道的，看见小姐没有，可是叫贼架去了?"王三摇头，只连声催促道："快点快点，我怎么知道的，人家梁师爷昨天就看透，避难的客来得尴尬，三太爷只不信，当真出了事啦。……小姐么，没看见。贼都得手啦，抢走好些包裹，多亏梁师爷截下些个，如今还盯着呢。露面的贼就有六七个，快上啊。"

继武听罢，始明真相，男女三客果是卧底之贼。便叫管事亲友，分护内堂外厅各处，要紧是保护两位少爷和三太爷。教他们爷三个全躺在地下，千万别站起来，又命护院众仆，有动静尽管开枪，自家人要先打招呼，自己报名，更楼上仍饬人继续鸣锣惊贼。又叫大众抄贼的，分地上房上两路。平地上的不可一直跑，要贴墙攀廊，逐步自障，蛇行雀跃，忽慢忽快，遇敌更要小心自相践踏。上房的要登梯扶脊，眺高击贼，切不可露全身。如见有短衣人在房上，或单人在院，形迹可疑，尽管开枪打。嘱咐已毕，便叫王三领两个护院，五六个男仆，抄花园，奔西路搜贼。那东西一路，须穿东夹道，这些下人个个持重，不敢猛进。气得于继武嚷骂一阵，许下重赏，这才亲自督率着三个护院，七八个男仆，持械穿过夹道，到上房东套间的后墙外。见花墙根，对面邻墙下，都掉落着一片一片的雪，分明这是贼路。继武便叫众人分散寻查形迹，又叫一人搬梯瞭看，早已不见贼影。

这时枪声已绝，外面爆竹声却东一处、西一处乱响。众人往宅后一步一步地搜。忽然又听"吧、吧"的连响两声，其声清脆，又似枪声。登房瞭贼的一个仆，猛然狂喊一声，吓得掉下梯来，叫道："贼还在后面呢。"继武急命冲破后罩房东角门，进入后院，先四面查看，并无可疑。才待穿西面角门，又听见一声破空疾响，后厢房后檐簌簌掉雪，跟着一团黑从上面滚落下来，大众连嚷："贼。贼！"一个护院胆大手快，挺手中枪刺，跳过去猛扎一下。那人遍体黑衣，刚要翻身跃起；这一枪恰戳住下腿，血流溅地。只见那人一退身，腾的一脚，将枪踢飞。如电光石火般，又一个箭步，窜近东角门。回身一枪，啪的打倒瞄枪待放的另一个护院。

这时节，仓促遇贼，于宅在场八九人，少数乱喊，多半乱窜。于继武惊叫："快放枪！"刚错落响得三五声，角门扇上穿透两孔，那黑衣人又扑倒在地。家人乱叫："打倒一个贼！"却不意刹那间，后房起脊楼上，火光四射，枪声陡作，本宅又有两人倒地。在场的空有三支快枪，一支手枪，五六把刀矛，早吓得散退西隅墙后。那黑衣人就势一滚，逃出角门，借现成梯子，越墙跳入邻院。继武大愤，手枪连举，喝命开枪。对邻院连发十数响，再窥探上面，不见人影，也不闻还击，后院只剩受伤的二人，吓倒的一人，挣扎爬起。继武气极，立逼余众拾械追出角门，四探早不见贼踪。却听西面枪声又起，夹杂着呼喊声，便催着冲开西角门，驰往击贼，坠房中弹的贼趁此逃脱性命。这贼便是青衫盗群的新人物，第十一豪祁季良，乔装年轻女仆李妈，混进于宅的。那吴次长的如夫人钱蕙如，和妾弟钱平欧，便是青衫六豪卢正英，七豪孔亚平分扮的，他们按预定之计，打劫于善人，看着得手，却偏遇上一个西席梁苏庵，便给扰了局！正是："除夕突来不速客，深宵倏见粉骷髅。"

第五章

捉弩弹铅挺身急主难
游刃穿窬到手失掌珍

　　那梁苏庵，从除夕前晚看出破绽，情知这男女三寓客，突如其来，其中挟诈，料定宅内要出事故，却不知贼用何法，何时发动。到大年夜，他托病不赴席，独饮酒数杯，换上小皮袄，全身青色短装，铁弩铅丸短刀，都拿在手头，把护院张二找来，细细告诉他一番，张二半信半疑，自去预备，实抱着有备无患的心。又借词教王三，从管事那里，借取一柄短枪，以备必需，却只给得两排子弹，管事说："师爷，这不是闹玩儿的。"苏庵一笑接过，装上一排子弹。到十二点后，只身出去，踏看一回，料想过两点出动不妨。只是贼人既伏有内线，须多防一手，便提早预备。出塾仰看，天色如墨，雪光平铺，心中微动。便回身取白布小裈裤，勉强套上，外面更加罩一件青长衫，低嘱塾役数语，穿过花园，上了藏书楼。这楼高峙西北，与东南更楼遥遥斜对。当初建造，不为无意，若登临俯视，便可将全院一览无余。

　　苏庵隐身四眺，院内灯火辉煌，院外雪路漫漫，只当不得寒风砭骨。两小时后，竟见后罩房东，邻院墙头背阴处，有两条黑影摇曳，梁苏庵心想："来了，这是探路。"忙一摸铁弩，暗道：

64

"可惜距离远点。"遂端出手枪，想这一下打中，可以将他惊走；只是宅内卧着祸水，怕别出花样，还是容他动手，再截击他，也给于老头看看。谅这贼必是设局暗窃，当不致伤动人命，便又耐住，只睁眼看他动作。那墙头黑影连晃数次，只是不去；后门起脊门楼上，忽见火光一闪，心想：这是手灯，巡风的。看前院廊下，也闪出一线白光，东墙头黑影一长，似两个人鹤行鹭伏，爬奔上房，倏忽不见。又从后罩房后面，露了一条黑影，爬下夹道。少时后门楼，上房两侧，电光交射，一连数次。

苏庵道："不好，快动手了。"急急下楼，奔赴花园，到假山腰洞窟，暗打招呼。护院张二持械钻出，问："师爷，怎么样了？可是真的么？"苏庵冷笑道："怎么会假，都快下手了。"张二吃了一惊，忙问："有几个？"答道："看见进来四个，怕还有。"张二扭头就走，苏庵急忙叫住，切嘱须按预计。分两路截断贼人出入线，逼他必走后门。再跟踪暗缉不舍，擒贼劫赃，此为上着，以速为妙，别乱开枪。嘱罢，张二驰去。

苏庵脱掉长衫，至跨院中层，攀墙四窥无碍，便爬上西平台。这台位置恰好，北靠高轩，南接院门，东面长墙，夹道即在脚下，宅内上房，后院街门，也都一一在望，是日间寻妥的所在。只有内宅东面，被墙遮蔽不见。苏庵从平台爬上高轩，伏脊伺察，一连见前厅和内院，倏上倏下白光迭闪，有三四条黑影，公然分踞前后房脊。苏庵大惊道："这是多少贼呀，看这来派，又不止是偷盗。"暗恨于晓汀老头子太仗势疏虞，急急探身挺弩，极目下窥内院。

廊柱后人影憧憧，出没隐现，空际嘶然一响，院中灯倏然多灭，堂屋外厅也顿时黑昏，虽远隔不闻声息，情知贼已发动，方搓手自虑势孤，瞥见上房西耳室花墙上，窜出一人，背负一物。

苏庵略一游移，先不开枪，铁弩腾地打出一粒铅丸。只见那人应声扭头一闪，苏庵"吧、吧"又是两弹，好像打中要害，那人一跌复起，正是青衫二豪王彭。如电驰般弃物在地，跃奔十数步，到达夹道墙角，探头扬腕，找寻对手还击。苏庵三弹发出，一伏身，从高轩溜回平台垛后，花墙上早又窜出一人，正是假李妈十一豪祁季良，也便送上两弹。却被十一豪瞥见，弃手中包，跃藏墙头西厢房山墙后，张袖发箭，直击平台，下面王彭勃然大怒，喝问："对方是本宅，还是外路同道？"

梁苏庵并不答话，更不还击，他藏之处甚妙，单等地上的贼要回身拾赃，墙上的贼要探头下墙，便开弓放弩，一心牵制取胜。却不道青林二豪王彭支持不住，岂可恋战，将怀中电炬取出，冲北连照，后罩房顶，后门楼上巡风同伙立即回应，一霎时，白光频闪，有三个黑衫客，是五哥、七弟，从东西分道抄来。五豪吴朗急助二豪裹伤退走，七豪孔亚平绕跨院，企图转移战线，轰然一声，放出一颗炸弹，跨院外墙凭空添多一条出路。十一豪截留在西套间花墙上，远听炸弹已发，近听屋内人声嘈杂，敲窗欲出。事机已迫，劲敌当前，竟进退不得，急当窗虚发手枪镇慑。砰然连响，果阻住窗口敌人。趁空向夹道墙角，暗递口号，七豪才赶来，据守墙角出入线，知十一豪身陷重地，不能脱走，便还报暗号，冒险径去花墙下面抢赃。那墙下两包财物，一包肉票，就是被麻醉失知晓的于绚武小姐，童躯蜷伏不及三尺。梁苏庵在平台分明看见，只料是赃，并没想到是人，七豪孔亚平右手开手枪拒战，左手抢飞抓，候窜候跳，试离墙角，如此几次，苏庵两眼直注，早借雪光看见，大喝一声："好大胆的贼，还敢恋赃不退！"忙开弩连发十数弹，七豪公然不惧，竟发枪仰击，一面探抓，要揪地下包裹。

苏庵大怒，掣手枪砰砰两下，平台上周围火花迸射。七豪早一溜烟贴墙逃回，刹那间，十一豪乘隙扑到花墙北头，刚刚爬到上房顶，苏庵偏一眼瞥见，叫道："中了贼人声东击西之计。"竟不是抢赃，是解围。苏庵道："好贼！"急转身，对上房扳机开枪，说时迟，那时快，墙角七豪早左手虚放一枪，右手张袖发箭，借苏庵枪口火光，认准立身地位，腾然一箭，如电驰般射出，劈风嘶嘶有声，已到苏庵身畔。

这一箭来得极骤。苏庵只顾转身瞄击房顶奔逃之贼，听枪轰箭啸，交攻之下，急避不迭，箭穿左肋皮袄，贴肉刮过去，就在此时，他那右手的枪，不觉砰然自发，枪瞄得极准，经此一闪，结果是失之毫厘，差之千里。十一豪在上房顶大吃一惊，他才听七豪孔亚平开枪，误认是敌人所发，暮地一跃，回头惊顾，便身失重心力，紧跟苏庵枪声继作，急向后檐窜避。偏房檐太坡斜，竟踏滑瓦屋上雪，站立不牢，直溜下来，坠落后院；幸身手便捷，一跃而起，又被护院兜上来，腿部受了一枪刺，仰伏巡风的同伴，开枪相救，忙逃奔东邻院墙，扶梯而过，只因伤痛，脚步稍嫌笨重，被东邻住户听出。这家已知于宅有警，吓得闩门熄灯，伏地不动。忽听院中有人去开街门，仗胆问声："谁呀！"十一豪祁季良应声叱道："借路的，不干你事。"竟得逃出巷外。

当其时，其余同党，多半退出于宅，只留四个人，散伏要路，接应落后之人，于宅院内暴客，还剩下五哥、七弟，绊住梁苏庵，估摸负伤同伙已得脱身，便各隐有去志。一时枪声继续，尚在互击。双方瞭高的人，齐见西南屋顶墙隅人影憧憧，火光隐隐，护院张二一行人，步步逼来。于继武等东西一伙，截击十一豪未获，追寻枪声，才从西角门抄过来。却顿违苏庵给贼留后门的切嘱，相距不过十数丈，把个青衫第七豪截在中间。他又贴在房后墙隅，还不知后路已断，危险万分。巡风的虽然看明，不住地闪晃电炬，警告风紧，偏七豪一心援救十一豪出笼，只顾和苏庵拒战，背后电光射来，迄未措意。

这一来，倒把五豪秦铮急煞。他救走同伴后，又放炸弹，攻倒一堵墙，预留出路之后，疾奔到跨院后层，登高极望，一见西路全局，败在梁苏庵一人之手，便勃然大怒。蛇行近前，咬一咬牙，扑到平台下，抡左手飞抓，对苏庵打去，打个正着。那梁苏庵棋胜不顾家，眼见宅内援手已到，贼人陷入围中，就故意紧一枪、慢一枪，和对方作耗。出其不意，被人抓着一只腿，只往下揪，才知背后有敌人拼命。叫声不好，肘扳台垛，翻手打出一枪，又不曾打着。当下砰然一响，身体已被人凭空拖下。

五豪口打呼哨，一个饿虎扑食，抢上去，先夺住苏庵拿枪之右手腕，腾出一手，便挺短刀，对右肩头急刺。苏庵更不弱，身虽倒眼不乱，争撒手拧腰，飞起一腿，正踹着五豪的膝盖，抢左手铁弩，打飞短刀。五豪急退不迭，也闪倒在一边，那只手枪却抢夺到己手，苏庵早一跃而起，也张两只手，扑过去抢枪。两个人，四只手，扭住一把手枪，下面各用腿脚，对踢对绊。五豪乘机早将敌人相貌看清，心中暗暗诧异，此人似曾相识。

倏然间，又有一条黑影，翻过夹道墙头，口打呼哨，如箭驰来，五豪忙叫："粉骷髅，快来拔刺！"

梁苏庵也大喊："贼在这里，快来救人！"当这刻不容缓、间不容发的时机，护院张二一伙人，恰有半数在房上，一眼瞥见，大喊："平台这里有贼，快来人呀！"啪啪几枪，直往下打来，立刻将奔来驰救的青衫七豪截回，不能前进。张二连叫："往这边打，别伤着梁师爷。"跳下房来，飞奔平台援救。七豪早退到墙隅，探头一看，忙抽枪截击，逼得张二赶紧退回。一霎时，群豪巡风人，也见情势紧急，越房攀垣，赶来拔救自己的人。偏有佥少爷于继武一伙扑来，从中截断，这两面开火对打起来。在跨院后院一带，一上一下，各据住藏身地点，枪弹往来砰砰飞啸，那平台下，五豪和苏庵，一个胆大力猛，一个武技超越，互扭夺枪两不相下，拆离不开。那平台后，七豪一人隐身墙角。和藏在那边亭阶旁的护院张二，错落互击。只是两相牵住，不准对方上前。

东路抄来的于宅打手，分从西南面高处放枪，弹如雨下，声声乱喊，都不肯舍命近前。又是投鼠忌器，不敢往平台那边打。这一来爱屋及乌，五豪倒得保全性命。这其间于宅不知贼有多少，未免惊惶。到底主客异势，最危急的还是青衫群盗。五豪和苏庵一面拼肉搏，一面心中焦灼，恐持久落网，连吹呼哨求救。七豪旁观更着急不能相救，又恐怕子弹将尽。一面断续开枪挡着，一面再将飞抓取出，冷不防，跃身转出墙角，抢抓打去，抓着苏庵的腿，急撤身退回，用力猛揪。五豪乘势将苏庵按倒，抢得手枪到手。就借苏庵为障身物，就地一滚，够着墙角，急跃起会着七豪，贴墙根且战且走。

那梁苏庵生平未曾如此狼狈，奋不顾身，摘抓拾刀，随后追去。护院张二也挺匣枪，大呼追出。西南房上打手见了，又不敢开枪，只一片声乱喊追贼。那五豪、七豪两人，便乘隙贴墙急退。因五豪披着钢叶护甲，便教七豪前行，自己断后。抄到跨院后层，翻上一堵长墙，停身四顾。早瞥见巡风副手，射来红光灯号，忙取电炬，也连连摇闪，却将蓝光回射过去，这才跳下墙头，眼望前面炸开的墙洞，如鱼得水，一直奔过去。不意猛回头看，梁苏庵已经跟踪赶上，正攀墙探身，似乎也要跳下去。护院张二领三个人，也从墙西面盘绕过来。两路夹进，枪声已作，铁弩也发，五豪大恐，四顾急切无处退藏，便急奔到附近花房里。这里面漆黑无光，只有几颗寒花。五豪秦铮忙将身上一个布囊摘下，递给七豪，却要过七豪掌中的手枪，急急装弹，左右手双枪并举，伏身地窖扳机拒战。

苏庵一见大笑，高叫："快来人，贼党钻入花房了，快来堵住花房后窗。"张二也大喜，喊嚷："看你哪里跑!"只听劈劈啪啪一阵乱响，花房玻璃窗碎了好几扇。那里面青衫七豪，早从皮囊中，取出一对铜盅，将螺旋扣紧，合成一只铜球，等对面整排的枪声响过去，便也喊一声，当门抛出去，轰然落地爆炸，浓烟弥漫，将整个院落笼罩在黑雾之中，对面不能见人。

就在这时候，后罩房西跨间夹道前后，于继武一伙伏身墙隅截击房上巡风贼人。忽见上面电光连闪，枪声顿住，正不解其意。瞭高的仆人大喊："贼溜下去了。"继武催众寻缉，赶到花墙下，立刻发现贼踪，忙叫人打开，竟是绚武小姐，试一试，还有鼻息。于继武大喜道："好了，三妹妹救出来了!"就分人护送到内院灌救，自己仍带人追贼，照样一步步试探前进。只听西面轰隆一声大震，如地雷从天而降，方在张惶，却又听北面枪声连绵不断。半晌，又听正院偏东面，砰然一声巨响，似炸弹爆炸，北面远处更闻得一片呐喊声音。正是："剧贼脱身飞烟幕，壮士惊心平地雷。"

第六章

张虚势队官诬良拼盗去
辨伪书宅主勘贼邀探来

　　除夕夜里，密云县东街富户于宅，通宵闹贼。到上午四点半，天色未明，鸡声已唱。青衫暴客五豪、七豪两人断后被围，退据花房。见本宅锣声响动，深怕警捕掩至，脱身不得，先后掷出两颗烟弹，乘着浓雾迷蒙，闯出地窖，拔枪越墙，向后街退走。房上巡风副手接到号灯，故意连吹呼哨，在北面乱开空枪。临走埋下两颗炸筒，拨好机针，一颗过五分钟响，一颗过一刻钟轰炸。于继武正要追贼，忽听后面震响，果然害怕贼人再袭内宅，急率打手还救。扑到内院，不见贼踪。忙叫人登梯瞭望，并往各处各屋搜查，自己先进堂屋，慰问女宅。内宅已有十多人，各均持械伏地，看守门户，西套间是贼人出入线，也有人把住。继武稍稍放心，便告诉他们，贼已赶跑，不致再来。说着走进内室，见女眷十数人，俱都铺褥卧地，惊慌满面，不敢言动。衣饰什物散落得不堪，桌椅木器也多翻倒。这时于太太和姨太太楚婉华，都已救苏，只绚武小姐，被蒙药迷得工夫过久，还是昏迷不醒。教仆女撕开衣领验看，后脖颈上肿起一个紫泡，都血洇了。家人看了，俱都不解。再想不到这是被架时，教梁苏庵弩弓打伤

71

的。姨太太头上缠着一条丝巾，一根腿带，连药也没顾得找，正挣扎着要起来查点失物。舅太太忙摇手将她止住。于太太面色青黄，呻吟不已；她惊悸过度，几乎张口说不出话来。

继武见此情形，又惭又愤。觉得对不住出门的叔父；自己看家，竟出了偌大的岔错。刚对着于太太，叫了一声婶娘，忽听南面轰然一声，宛然又似地雷爆炸，吓得众内眷失声惊叫。继武顾不得说话，连忙拿了手枪，又奔出去，招呼护院打手，各处查勘；就在中层院墙后东角落，发现平地炸起两座深坑，把东厢房后墙，也掀起一个窟窿。料是贼人埋放地雷，却又炸力很小。继武不解，便叫众人快快查找，又不见有贼。大众正在房后，来回盘查，忽听瞭高的仆人大喊："有一个贼钻进马号去。"

继武又惊又怒，这贼竟如此胆大，直闹了半夜，劫了赃，交了手，还敢逗留。恨得跺一跺脚，催众持械，扑奔跨院，到夹道角门，贴墙窥看，果见一人正在偷开车门，已经拔闩扳闸，推开门缝。继武一声断喝，两支快枪，一支手枪，砰然齐响，直奔那人下部射去，只听哎呀一声，那人窜出车门。众人急忙赶出，眼见那人在街头踏雪贴墙，奔跑十数步，扑地栽倒。大众齐喝："站住。"那人挣扎起来，扭头一看，抬腿又抢行几步，一声惨叫，重复跌倒。几个打手挺枪哄然跑过去，继武连叫："留活口！"便掉枪狠捣数下，解带捆上，捉进院内，关好车门，交给留守的家丁看住，暂不盘问。

继武遂遣护院到跨院花园，细细寻查。自己先到书房，见三太爷和两位少爷，有人保护着，俱都无恙。便慰问了几句话，才知派往报官的，先后遣去两拨，业已多时，只是还不见官人到场。李三此时，已有人将他救起，左眼左肩溁溁出血，躺在地板上呻吟。继武遂问这是怎的，仆役拿着两支短箭，说："李三爷

72

是受这暗器伤的。"继武恍然，忙把箭接过收起，叫家丁快到内客厅，将那个男客钱平欧遗留的物件，一齐拿来，以备搜验。又查问受伤的人数，答说共有护院两个挂彩，现在下房，幸喜都不是致命伤。

继武略定心神，刚要站起，只见另有两个护院，慌慌张张闯进来，说道："侄少爷，梁师爷他不知哪里去了。"继武愕然，急领众扑到跨院，在花园、平台、凉亭、花房、家塾、书楼各处，细细巡绕了一转。但见平台下一把短刀，花墙根一个包袱，雪地上足迹纵横，隐有血痕；花房前淡烟未退，轻雾朦胧。只是前前后后，不见半个人影。遍寻梁苏庵和护院张二，俱各不见。继武心中惊疑不定，便叫着护院男仆，再到后面寻找，只见后院门扇大开，那炸倒的院墙洞口内外，有许多残砖碎瓦。一直出院到后街，小心察看，但见这雪色漫漫，寒风嗖嗖，街东街西渺然不见人影。只见街门、街心和破墙洞，印着散乱的行人足迹。可是这雪昨日白昼已晴，早教人往来踏乱，如何能看出形迹？继武至此，顾不得照苏庵预嘱，再分途跟缉贼踪了，且查找自己的人要紧。这时候已快到五点，心上茫然无措，只得叫着众护院家丁闩门堵墙，折回花园家塾。挑灯进屋，查看一遍出来。且在这平台、花房一带，苏庵拒贼的所在，前后来回，喊叫了半晌。听得假山上，似有动静，又凑近叫了一遍，才见山腰洞中，钻出一个人来。忙抢枪逼住，喝问是谁。那人两手高举道："别打，是我。"继武喊问："你是谁？"那人答道："我是小五。"

继武才知是家塾书童，急问："梁师爷哪里去了？"小五战战兢兢说道："吓死我了。"气得继武顿足催骂，小五吃吃地说："我不知道，师爷叫我藏在这里瞭贼。我、我害怕。师爷他和贼打起来了，贼会妖法，下了一阵雾。回头看见两条黑影，冒出

73

来，一闪上了房，不见了。回头师爷喊叫张二，要手枪；枪响啦，又打起来啦；回头雾散了，师爷不见了，张二也不见了。"继武听了，越加纳闷。心想梁师爷万一叫贼绑了票去，怎好。况又是大年下，我怎么对得起仲翔叔父？正自着急，一个家丁近前摇手说道："佺少爷你听。"继武侧耳听时，东北面枪声又作，顿吃一惊。急登假山亭遥望，隐隐望见远处火光散漫，忽高忽低，从东面迤逦而行，辨方向，似正渐往东街这边推进。跟着枪声哩啦，恍惚夹杂着冲锋喊杀声，声声不绝，越逼越近。

继武心中疑惧，无奈天色尚黑，看不分明。为防备万一计，就招集阖宅男丁，催他们各自补充枪弹，持械严守前后大门。唯有后院炸破的墙洞最不好守，想起宅内原有许多盖房的木料，便催人搬来，将洞口好歹塞上。刚刚布置粗定，渐听人声嘈杂，枪声噼啪，已迫临切近。却又豁地分成两路，将于宅前后包围，于是呐喊声四起，铜笛乱鸣，枪弹砰砰直攻进来，高墙屋顶，已有多处打坏。惊得于宅全眷不知所为，都道是刚才强贼把大批土匪勾来了。

于继武只得退据后罩房，对后门摆好排枪，严防贼众攻进，那前院街门，跨院车门，也叫男丁退藏要路，装弹备御贼人冲入。只听得东街后街，人声沸腾，笛吹枪鸣，往来脚步奔驰践踏之声不绝。直乱了好久工夫，渐渐听见枪声止住。又过了好久工夫，才听见有人砸门。登高一望，门前乃是一队黑衣人，像是地方队警，接着隔门缝探问："贼跑净了没有？"继武至此心知无碍，刚要上前开门，一个持重的家丁，连忙拦住道："佺少爷使不得，万一要是为使诈语呢。"说着躲躲闪闪，凑到街门侧首，站好了避弹退身步。然后冒险问道："喂，你们是干什么的？"门外哄然答道："我们是队警，来你们这里拿贼。"

继武不禁失声冷笑，刚要答话，门外迫不及待，迭声追问道："你们宅里到底还有贼没有，快说呀！"那个持重的家丁，还要盘诘，继武忍不住一肚皮气，抢过来，哗啦啦将门拨开。刚一抬头外看，不觉惊得向后倒退，原来当街不远，正冲院门，早支着一架机关枪，若干武装队，严阵以待，如临大敌，门两旁挑出八九支快枪，枪口支支交指，直对继武心窝，举枪的便是队警。这十几个队警，是悬赏选出的冲锋敢死队，个个英雄，才听门扇响动，个个瞄枪扳机预备放，那情势好不紧张。

继武抬头望时，对宅邻房上，还藏伏着兵，暗影中不见人面只见枪，枪刺映闪白光。再望两旁，一条街由东直到西，每逢路角墙隅，影壁土堆，凡形势之地，都埋伏着人，黑压压看不清，估计至少也有四五十名，街口小巷内，更隐隐有炬光人影，影中露出一匹马头，骑马的是个队长，只见相隔太远瞧不分明。这是后街警察队剿贼的布置情形，全以于宅后门为中心，还有东街前门。是由保卫团担任剿贼，那情形更为严重。队兵往来梭巡，远远喊叫拿贼；东西街口，有两架机关枪卡住。若还有贼，插翅也难逃，只是出其不意，倒吓得继武倒吸一口凉气，还未等说话，八九个敢死队，一拥上前，将继武围住，七嘴八舌，乱问："你是干吗的，怎么携带枪火？可是这里闹贼，有多少个？都打跑了么？"

继武怒气满胸，旁边一个家丁忙说："这是我们少爷。你们先别问，请你们长官来吧，贼早抢完跑了。"这才有一个警兵跑回去，到小巷口内，面禀队长王荣升，说："失主宅门已经攻开，贼都打跑了。"王老爷听了，立即催马出巷，举着指挥刀，一声吹笛，将部下集合在一处。便忙传令，派十个人架机关枪，严守后门；二十人随官进宅，查勘贼踪；其余队警，立命排散开，沿街尽力搜查。左右邻舍为注意，要严密翻搜一遍，恐防窝藏余贼，隐匿遗贼。然后顺着这条街，挨门挨户，排搜出去。直过了街口半里多地，可惜不见一个贼。只在西口，抓获两个嫌疑犯。本想带来见官邀赏，不意内中一个敢死队，不肯答应。他说：那个嫌疑犯，实在是他舅舅，就是天天在县衙街前，卖老豆腐的沈老椿。沈老椿却又说：另外那个嫌疑犯，是他的表侄女女婿的叔伯哥哥。因为今天大年初一，两人要出城门下乡，给亲戚拜年去，走猛了些，路过此处，听见人喊枪响，吓得急藏急躲，竟被老总抓来。这位敢死队怒气冲冲说："小舅子谁没亲戚，诬良邀赏，我老子不恼，我老子也干过。怎么他娘的诬到俺家亲戚头上！"比手画脚，骂不绝声。同队弟兄哄然一笑，只得释放了，空手进于宅。见官交差道："贼都打跑了。"

这时候，东街剿贼的队兵，也由一位施连奎施排长牵领着，做完了四邻搜缉的工作，便分兵设伏守宅。自己带着部下，偕同王老爷，进了于宅。由事主陪伴，到前后院，跨院花园，各处细细查勘一回。查到东西夹道，上房花墙根一带，上下雪印依然。王老爷哦的一声，便对施老爷点点头；施排长微微一笑，又到内堂。此时女眷早已回避，就在堂屋盘旋一回。直过了一点多钟，才折回外客厅坐下。三太爷于晓汀、侄少爷于继武、书记赵师爷、管事马七爷，都陪着谈话，细诉失盗情由。一位队长、一位排长，教一名识字警目，拿着手册，在旁听一句，录一句，警兵都在院里院外，探头探脑，登梯上高，大呼小叫。却是跟随王老爷的警卒，都噘着嘴；跟随着施老爷的队兵，个个都很得意。

原来施老爷率部进攻东街于宅前门，在半路上，居然和打劫的贼党交了仗。据报有几十个贼，都有飞檐走壁之能，多亏施队长临敌无惧，指挥若定，将机关枪架上，掩护匣子炮快枪，一阵

76

苦战，士卒用命，便将贼击溃。当场枪毙的，已经被活贼运尸逃走，不知实数多少，活捉的可真有五个贼首。施老爷指手画脚、兴高采烈的，正对事主和同事王老爷，夸说作战经过。那五个遭擒的贼首，五花大绑，捆牢双手，两个脸上蒙着白巾，三个暂由队兵脱下单衫，将头蒙住。这是施排长出的高招，生怕被人识出贼人的面貌，传说出去，发生劫牢的变故。同时也怕贼眼看人，诬攀泄愤。常言说，贼咬一口，入骨三分，更不可不防。还有贼人明知是死，必定恶声骂人，狡诈的又要极口呼冤，所以将五个贼头脸包住，个个口中又塞上一个麻核桃，省得他乱叫唤。就教二十多个队兵押解着，暂推到于宅，在下房拘留，等回队再加讯问。

官绅在客厅说了一回话，天早大亮，壁上时钟已过七点一刻。所有开失单、勘贼踪，也都办完。施排长兴冲冲首先站起告辞，于三太爷冷笑说道："我们报官很早，贵队何故派来很迟呢？"那神情很不客气。施老爷一团高兴顿打回去，便与王队长说明耽误的缘故。无非是因过年，各处弹压的公事太忙，兵队临时集合，又费时间等话。报案的人没有说明，误是东街别家出了大窃，最后便说："好在当场捉住了这几个贼首，回去严加审讯，必能究个水落石出。只要得着余党窝藏地点，那时破案追赃，手到擒来。"

继武听了，便插话道："我打算看看被捉的贼。"王队长道："可以。"施排长道："这个……"似乎面有难色，又想一想，才教队兵押上来。继武过去，要扯贼人蒙的手巾，施队长急忙拦住道："使不得，阁下别忘了贼咬一口，他要趁势给你手指头来一口呢。"说着便叫："孙得胜，你给解开。"队兵孙得胜忙道："着！"上前替贼解开幕面白巾，继武等一看贼人面目，不禁失声惊叫。你道这贼是谁？原来正是于宅一个护院打手，名叫牛二愣，牛二愣倒绑二臂，张嘴瞪眼，只是摇头，继武见了，如坠五里雾中。忙要求队兵，将贼人蒙头巾，逐个解下，全露出庐山真面目。继武一看，更吃惊不小，这贼里面，就有一个是百觅不得、仗义拯难的教师梁苏庵，第三个是护院张二，第四、第五，也是于宅家人。他们五个就是除夕闻警，东路拒贼的那一伙人。不知怎的，被队警当贼拿住。

继武骇得半晌莫知所措，便叫道："这是怎的？"苏庵怒目不语，他嘴中也塞着一枚麻核桃，自然有苦难诉。要问这是什么缘故，说出来好像不近人情。昨夜两点以后，苏庵看情形不妥，私遣塾役，去警局驰报盗警。那时节正是大除夕，队长早回公馆过年，警队值班查夜的未回，不值班的呼么喝六，饮酒耍钱，凭空来这大煞年景的事，都很不悦。一位胡子警目，出来诘问几句，对这盗警二字先挑了眼。他说："本城治安甚好，盗风久戢，何来这种谣言？要是年根闹个把小窃盗，还许有的，贼又没动手，你怎么知道是明火绑票。"瞎吵一顿，塾役急得搓手，那警目便支使塾役去找就近的岗警。不意三太爷第二批派来报官的也赶到，满头热汗，劈面就说："十几个强盗动了手啦！"

胡子无法，暗叫一个勤务警，悄往队长公馆送信，这里且办报案的手续。胡子拿着笔，诘问出案的地点，事主的姓名、年龄、籍贯、职业等等。又对于宅家丁说："你应该递呈文。填报单。报单两角钱，呈文纸也是两角，另有一元钱的代书费。"从两点直磨缠快到四点，好容易才把队长请到。队长进署，骂骂咧咧问道："谁家闹贼呀？黑更半夜，大年底下，真他妈的不拣好日子！"于宅家丁从旁插言道："老爷，是我们东街于将军府上闹贼，你瞧着办吧，贼可开了火啦。"队长一听是于将军，失声道：

78

"吓，我的姥姥!"慌忙传令整队出发。一面知会保卫团派队会剿，一面骂值夜警太浑蛋了:"他老人家宅里出事，怎么还这样不紧不慢的，送信也不提明!"勤务警忙说:"回老爷，他们头一拨报案的，只说是东街出了窃案，本来就没提官衔么!"

当下兵警双方乱抓一阵，急凑足五六十人，由施排长、王队长率领，打着火把。匣子炮，快枪刺刀，长枪大砍刀，乱哄哄出发。一路上鸣笛呐喊，只欠没有吹洋号，打洋鼓。总算军警会同亮出队伍，上街剿贼。二位老爷先商量方略，决定大周转。绕道前进，好截断贼人去路。这时候，青衫暴客一放烟弹，早逃出于宅，往后街西面退走，梁苏庵定计缀贼，暗领护院张二一行人，追出后门，到后街街心一望，眼见两条黑影，往街东奔去，已出了东口。他不知这是青衫盗群打接应的人，故意诱敌，便紧紧跟追下去。连转了几个弯，遥见远处黑影憧憧，忙相率扑过去。这一来竟被引入歧路，和保卫团走个碰头。忽然一片喊声如雷，苏庵刚惊慌四顾，只听得喝道:"站住!"语未了，枪声砰然已作。

苏庵一伙急退不迭，声辩无从，立被十数支快枪包围，喝命:"举起手来!"张二还要支拒，苏庵却懂得，连忙弃枪在地，将双手高高举起，悄叫张二等，快快照样办，否则对方人多，自家势孤，一个便宜不了，走不脱。这五人刚刚将手举起，那十几杆快枪便紧凑过来，直对着胸口。从后转出几个拿匣子炮的，上前将苏庵五人，先解除武装，次搜检身体;便掏出法绳，挨个捆上。张二忙说:"我们是好人，我们本是……"一个兵谩骂一句，抢手掌劈面一掌道:"好人挟带枪火，半夜满街跑!"苏庵这时一语不发，只细察对方的神色。见得不是贼党，料无大碍;又明知此时多言取辱，便默不声辩，任他摆布。张二还要说话，又一个骑马的，过来喝道:"堵上他的嘴。"

五个人一伙儿，便这样生生当贼遭擒，押到于宅。即撤去蒙面巾一看，真是出人意外，于宅上下哗然，无不惊诧。经一番严词交涉，先给苏庵五人解了缚，掏出口中塞的麻团，呕吐一阵。这一出活剧，当场闹得不好下台；倒把个王队长笑得两嘴角，差些豁到耳根。像这捉贼误绑失主，原是太嫌冒失一点；施排长当不得前后左右被王老爷冷讥热嘲，早窘得面红过耳。他起初不肯认错，还要抱怨苏庵等，应该早些说明。张二是一肚皮气苦，便瞪着眼喊道："你们让人说话么？你们张嘴就骂，抬手就捆，这可真是拿人当臭贼。施老爷，你瞧我这半边脸，教你们打的。诬良为盗，好么，贼就是教你们耽误跑的。等我们将军回来反正有地方说理。"说着气哼哼，竟当着主人，一屁股坐在小凳上，闭目摇头，那神气好像欠债的抓住了债主的把柄。倒是梁苏庵，经学东恳切慰谢，献上药物酒食，他都屏去不用，略喘息一回，先告退回塾。自取药敷治浮伤，倒在睡椅上，懊悔自己失策。遭这挫辱倒是小节，由此露出真面目来，预料于善人等，必要探询自己的身世，和谙习武术的缘由，那时如何回答？况且只截回肉票，贼人逃走，还怕有后患。想到这里，心上忐忑不安，也是不住地闭目摇头。

那边客厅中，于三太爷自以城中巨绅，年关失盗，对于有司这样的玩忽纵贼，早含不快。偏又出这岔错，更是愤不可遏。竟不留余地，抵面痛加诘责，直逼得施排长恼羞成怒，双方言辞冲突起来。他道："肇事地方，遇见形迹可疑的人，当然要抓，这是我们的公事。请问一伙人拿着枪乱跑，是不是有嫌疑？老实说吧，这错过是府上。若在别处我还不能当场就放哩，嫌疑犯也得过堂讯供。"

王队长一见情形要僵，忙站起来劝解道："倒是绑得冒失一点，不过贼一遇官面，往往使诈语，冒充事主，不留神就上当受害。总之事是过去了，我们回去，务必严限缉拿，务必人赃俱获就是了。”施排长也趁风转舵，再三道歉。两人又道：“将来将军回府时，还请三太爷美言。我们绝不敢不尽心，我们一定赶快办贼。”侄少爷也说：“咱们办正事要紧。”

三太爷点头不语。继武便将三个不速客遗下的物件，和从房顶打下来的那个皮假人，交警官检查。从中找出贼人的标记，每块包袱上，都绣着粉白色一颗死人骷髅，下面插一把短刀。那个皮人脑部，也绘着同样的图案。另有一卷白绢，藏在那个假吴太太的皮包里面，绢上题着“惩治伪善”四个字，继武立刻藏起来，没教官人看见。王队长道：“既有这贼人的标记，就好踩缉了。”便和施排长告辞，将全部军警整队撤退，单留二十人，临时驻守于宅，防范贼人再来。

这一场风波，发生在大除夕，贼去官来，是在元旦。越是噩耗，越会不胫而走。什么青衫贼夜劫德人，留下粉骷髅标记，什么梁苏庵以一个文弱书生，单身支弩拒贼，什么官面上误拿事主，放走了贼等等话头，当午已经传遍全城，听见的人个个骇异。唯有祥顺店过客任和甫，和北关贫民周老茂，他两人都亲眼看见过粉骷髅标记，不觉地格外惊心。和甫忙起身，离开密云县。老茂悄和妻子商量，那晚凭空来的财物，定是贼赃无疑，现在既无抛去之理，只可不动声色，秘藏缓用。就中最苦了于宅上下，通宵失眠，个个面无人色。想不到留下三个不速客，过了这样一个热闹年。

于继武和三太爷强打精神，先拍一封急电，报告京城。随后亲友邻舍纷来道惊，县长也差人拿名片来慰问，只得应酬一阵。提起贼人明留标记，都道，这贼忒也胆大妄为，只怕是成帮的巨盗，倒要严缉务获，免留后患才好。入夜于宅自不免提心吊胆，多加防范。却喜连夜没事。于太太和绚武小姐，却吓病了，自请医诊治着。继武又去县署，面见县长，详说盗情，拜托催案。整乱了好几天，连发去四封快信，只不见于善人从北平赶回，更不见只电寸札寄回。到了破五，本地缉贼的事渺无头绪，于宅上下焦灼起来。

忽于正月初六日，下午四点半钟，接到一封信，满盼是于善人的家报。看下款，却写着"涛自津寄"。继武忙拆封皮，从封套中又掣出一个复封来，用桑皮纸紧裹，分量很重，上题"于仲翔兄密启，内详，外人不得私拆"等语。继武忙持函请三太爷商量，恐怕有别的事泄露了，受家主抱怨，那梁苏庵在旁，眉头一皱道："不然，依我看，还是拆阅。翔翁至今不归，不是学生又多虑，这还怕有别情。"原来自经事变，梁苏庵在于宅地位陡增，事事都要请教他。三太爷想一想道："就拆开看看吧。"

继武用剖纸刀轻轻启封，抽出五页长笺，另外附着一封短函，内写"转交梁苏庵先生亲拆"。苏庵心中一动，忙将短函要来，察看笔迹，也是没有下款，只题"内详"二字。苏庵道："继武兄先看看下款，是谁来的信。"继武抽看底页，叫道："没有下款，只盖着一个图章。吆，这也是那个粉骷髅，下面还横着短刀！"三太爷大惊，苏庵微吁一口气道："继武兄可否念念？"继武眼望三太爷，三太爷皱眉略略点头。继武道："这个开头也没有称谓……"遂念道："此函警告伪善隐匿之于鸿……"才念到这里，立刻咽回。原来函里面罗列罪状，直讦于善人假名善举，贼民营私。最重一款说他私拘平民，侮辱良女，凡是腊月二十七日，青衫盗群夜探于宅所见闻的事，都条条列入，责令回复。并说："如此恶行，似此败类，吾党誓予纠正。兹依党规，先予以事实的警告，次予以文字的警告，限于一星期内明白答辩，若有理由，另法对待，倘犹漠忽视，若掩恶饰词，决杀无恕。"这分明是粉骷髅青衫盗群一封恫信。继武吞吞吐吐念完，在座的人相顾失色。暗想二十七夜间，贼已潜入本宅。还有李三索义债殴贫叟的话，也不知真假，可是怎么又教贼知道了呢？这封信的来意又在哪里？梁苏庵听完信词，只是沉吟不语，暗自斟酌话头，要试探三太爷，因何调戏良女，私拘平民。这里三太爷等，眼望苏庵，将贼人附寄给他的短函揣起，意思也要苏庵当场拆阅，大家好明白，却一时都不好措辞互诘，只泛泛地讨论应付办法，打算次日派人，上京找宅主。到晚间议还未定，忽听庭前有许多脚步践踏。继武才要探问，院外有人回道："好了，将军回来了。"

于仲翔赤面矮身，唇有短髯，相貌颇形厚重，两眼却有精神，此时满脸尘汗，伴着一位男客。下了汽车，走进大厅。一见继武，忙问："家中有什么岔错没有？"继武暗吃一惊，忙道："二十七，有男女三客，拿叔父的电信来借寓，除夕三点，勾引外贼，入宅打抢，留下粉骷髅标记……"仲翔顿足道："果然。"一阵懈劲，扑到睡椅坐下。又问："伤人没有？丢了多少东西，报了官，捉住贼没有？"三太爷等据情详说一遍，仲翔一听女儿被绑抢回，便上下眼瞟着苏庵，深深道谢。三太爷问："家中连给你去了两封电报、四封快信，你怎么今天才回来，也没发回信？"

仲翔摇头道："休提！我在北京，上了贼的圈套，前晚好容易才出来。"家人一齐吃惊要问，仲翔忙止住，眼望家人，介绍这位来客道："此位是北京密探长，邵剑平先生，特为来此，踩缉青衫粉骷髅党的。你们只道咱家出事，还不知道这伙贼声势浩大，在京城连连作案哩。"又咳道："想不到他们竟光顾了我，到底为什么呢？"说着，叫家人竭诚招待来客，敬烟献茶。自己忙忙地进内宅，询慰妻女。那梁苏庵一见于善人陪着探长来到，说几句客气话，乘隙回塾，贼人给他的短函，到底没当众拆阅。

继武看邵剑平探长，年约四旬，果然精神满面，两只眼很凶，闪动如球，一面吃茶，一面跟三太爷、侄少爷谈话。但是他极少问贼情，只绕着弯子，探询家庭教师梁苏庵的年贯身世，就馆多年。何人荐介，素日如何，此次与贼拒战又是如何。问得侄少爷继武也纳罕起来。

到晚饭以后，仲翔问明家中被盗情由，又看了贼人来信，不禁恍然大悟，勃然大怒，晓得这贼必非寻常。究竟他们这伙青衫党，是为侠为盗，姑且不论。自己二十年经营，负此善人空名，想不到家人不谅，做出那类事情。就算居心为好，可是形迹上太有嫌疑，无怪惹毛贼打眼，招盗侠嫉视，以致妻女险些被绑。想到此愤火中烧，按捺不住，便叫家丁，请李三爷来，李三左眼已瞎，肩伤未愈，忍痛过来。仲翔便将贼人警告函，掷给他看，痛骂了一阵，力逼李三，明日到周老茂家赔罪。还有三太爷于晓汀办的事，前在庄下抓住拐犯陈老么，既是人赃俱获，就该送官讯办。无端把他扣在家中，岂不违法？又自恃年老，不避嫌疑，无端要试验那两个被拐女子的贞操，故意做出逼奸的把戏，也嫌过火了。但三太爷是于善人的堂叔，又是年老的人，怎好深深责怨他，于仲翔想了想，也命人把三太爷请来，商量补救方法。那两女子一时无家可归，只得暂且留下，慢慢替她们查询亲属，陈老么除夕乘乱逃出车门，脚中弹伤，也只好从权调治，容后送官。

仲翔草草定好了，便眼望三太爷道："叔父，您可是做错了。"三太爷默然良久，才说道："我原意是想你一二天就回家，所以没将陈老么即时送官，好等你回来，再定规办法。谁知第二天夜间，就被贼看到眼里，列为罪状，如今倒无私有弊了。想什么办法辩解呢？这伙青衫盗到底是哪一路盗贼？若真是任侠一流，我想终好办吧。"仲翔摇头不语，寻思一回，便将匿未交官的贼人遗物，冒做留客的急电专函，连同失单，和刚接来的警告信，都取来细细推敲。他手指粉骷髅图案，说道："我在京也见到此物。"继武忙问："叔父在京，究竟遇见什么了？家中去的函电，一封也未接着么？同来的这位探长，可是特邀来的？"仲翔叹一声，说出误中青衫党的调虎离山的诡计，竟被盗群由北京诱到天津，由天津押到济南，囚禁了多时！好容易挣脱出来，唯恐家中出错，才连夜返回密云。不意贼早得手，事已无及了。于将军为人机警，是不容易上套的。青衫七侠预定三着，同时并举，值到第二着，才得成功。他们开始活动那一天，正是腊月二十八。

那于仲翔将军系从腊月中旬，离家进京，一来提款，二来办事，同时参加政治上某种活动。到腊月二十六，诸事完结，就要回程。二十八傍午，忽接上海急电，内称："北京打磨厂于仲翔兄鉴：菊冲因事在沪被扣，刻正设法营救，火请年前来沪，共商保释。华峰叩。"拍电人袁华峰，乃是上海富绅，与仲翔相识。这被扣的菊冲姓沈，乃是仲翔最莫逆的朋友，五六年前脱离政界，在沪经营实业；近来与于仲翔，久未通音讯。他此次在沪，到底为了什么被押，自然揣摸不出。仲翔自己虽与上海军政当局，有相当联络，若不明案情真相，贸然赴沪，当这年底，似无益于人，有碍于己。

仲翔沉思一回，先发一封快电，给一个接近上海当局的至友，探询菊冲究因何事被拘，及可否保释等语。又拍一电，答复华峰，内说："要务羁身，年前难远出，菊冲何事被押，请详示，再定行计。"两电立刻拍发出去。仲翔自己在寓所，默想应付办法。又通了两次电话，请托北京要人，去电给沪方，查询案情，商酌保释。忽一位公府武官来访。便提到此事。那位武官诧异道："我听说袁华峰已赴南洋，怎么还在上海？"仲翔听了，越费猜想。

正在谈议，司阍仆从忽投进一张名片。仲翔接来一看，上写："大律师霍云轩，江办吴县。"还题着一行铅笔字，说是："有机密事奉商，务请一面。"仲翔不认得这人，便向仆役盘问来人形容服饰。仆役回答："来客年约二三十岁，像位绅士，是坐汽车来的。"仲翔叫请进来，那位武官见有生客，起身告辞去了。于仲翔接见生客，一看此人身长貌美，衣服华丽，手擎呢帽说："阁下就是仲翔将军？久仰久仰！"逊坐献茶，一番寒暄后，主客开谈。

来人霍云轩低声说道："小弟此来，非为别事，乃是受人重托，和阁下商量一笔百万巨产，捐作善款的问题。这里面曲折很多，咱们打开窗子说亮话，请您斟酌，可行则行。原因天津某租界，有一位寓公，久在北京政界活动。后来罢官改途，投入实业界，又在一家银行入股，生平积蓄资产，不下数百万金。可惜他发妻早卒，虽有姬妾，却是膝下无儿无女。近年才过继了一个侄儿，在他膝下承欢，日后便承受这份遗产。哪知道这里面忽出了岔子！他这侄儿年甫弱冠，素好文学，向日品行也还不错，父子感情倒也看得过。……翔翁，咱们是照直地说。……这位寓公有四位如夫人，他那第三位如夫人，本是个时髦女学生，知书识字，又会跳舞，据闻也是极嗜好新文学的。这位如夫人和他那继公子两人，在名义下，有母子之分；在艺术上，却是一对年貌相

86

当，趣味相投的同志。因此两人感情既然接近，形迹便稍微地亲密一点。翔翁当知道，大凡富贵人家，人口繁多，人心不齐，上上下下，免不了七嘴八舌。思想再旧一点，众人之间，有时就泛出些闲话。种种猜度之词，其实都是望风扑影，毫不足信。偏值这位寓公，事务繁忙，不断进京办事，在家纳福的时候，反倒较少。金屋既贮多娇，任蓝田坐荒，根本原是失计。那位继公子和如夫人，有时在内书房，聚谈新旧文学，言笑甚欢。有时偕往电影院走走，本算不了什么，这位寓公不是不知道，他自己也碰见过。却由不得下人嚼舌，晓得不大好听。偏这时那位四姨太太，对这位继公子，潜存不利孺子之心。据继公子说，她很有几次，露出不大好的态度，继公子只有退避。结果是用情见拒，变爱成仇，从中多加了几句妒言妒语，两路夹攻，竟然弄得他们父子不和。寓公新近严申家法，禁止男进内室，女会男亲。继公子和如夫人为避嫌疑，欣然照办。谁知上星期，寓公带着上海新到的艳月楼校书，去三和饭店开房间的时候，忽瞥见电梯上，有一男一女，这寓公手指目注，低哼了一声，顿时气壅色变，几乎晕绝。"

那律师说到这里，啜了一口茶，接道："次日寓公卧在病榻上，预写遗嘱。要将全部家产，重新分酬。还要提出一百万元，捐作善款；一者忏悔自己浮沉宦海的政绩，二者报复继公子的特别孝心。这自然是他一时的感情激变。然而当地许多专门营业的善绅，都闻风兴起，要包揽善事。不过在寓公心里，似对他们，未必信得过，听他打算要将这一百万金，一次捐给某某某善会。这事却被继公子探得，恐慌万状，极力设法挽回。因为若照新遗嘱这样分法，摊到继公子名下的，还不到十五万元，岂不白辜负他一番继承的孝心？如今经他定计辗转恳求，应继承的遗产，已由十五万增改至三十五万。还有那一百万善捐，也得想法子保留。因悉翔翁是我们北方唯一信誉素孚的大善绅，人人都钦仰，继公子便想出一着。他的意思，是要委婉设法，介绍翔翁去见他继父，下一番布置，费一番说辞，必能得到信任；将这一百万指作善捐的遗产，一手弄过去。继公子情愿从中只承七十万，其余三十万，仍充善款，交由阁下任意支配用途。三七分账，公私两得，想阁下必然赞同。他的继公子特托我来致意，只要阁下认可，请即刻赴津，与继公子商订条件。料想阁下在慈善界的高名盛德，敢断这三十万金手到拿来。至于寓公那方面，已是快死的人了，无妻无儿，也无近亲，并且他对于阁下的仁风义举，久已信仰。日来继公子暗暗托人向他继父探试，他继父果然也说，如果于善人在津，我全数捐给他也愿意。总之这是恤嗣保产，分金助善的好事。只仲翔翁首肯，便坐得三十万金。用来发慈善，推广事业，同时也助了继公子，使他得享遗产，竭尽继子之情，真是一举两得。"

律师霍云轩滔滔讲说，于仲翔听了，低头沉吟，这笔款是有些蹊跷的，但若得三十万金，贫民造纸厂的计划，是可以实施了。便问律师道："寓公是谁？继公子叫什么？与执事有何关系？"那人拿右手中指，蘸着茶水，在桌上写了三个字："就是他，想必您也知道。他的继公子是……"说着又在桌上写了三个字道："他和我从前是同学，现在我是他的法律顾问。"言罢目注仲翔。仲翔道："让我考虑考虑。"律师道："这时间很紧，决不能迟疑，可否就请一言。翔翁觉着不便办，他还好再找别人。"说着拿出几封信件文书，交阅看。

仲翔沉思至再，仍然舍不得这三十万造纸厂的计划，便说："就是这样，我先去津与那继公子当面接洽一下，可行则行，免留笑柄。"律师道："很好，很好，就请阁下下午动身。"仲翔道：

"这怕不行，我还要等一封电报，明天早车上津好不好？"霍律师道："就是这样，我告辞了，明天一早再来拜访。就在您这里，咱们一同起程。"仲翔点头，霍律师上了汽车。仲翔忙问："阁下现寓何处？"律师道："六国饭店六十七号。"说着汽车突突的开去。

到晚六点，仲翔接到上海回电，袁华峰电报先一步来到，内说："菊冲系因某西人百六十万元军火骗案，涉嫌被逮。指探主谋，生命危殆。刻多方筹金营救，疏通某方，非兄不可。务请拨冗速来，迟恐无及。"后到的电报是接近沪当局的友人电报，也说："委查菊冲案情，传因串通西商，为某方购械，故唆别派截留。有通敌骗款重嫌，当道震怒，决严究，须备款赔偿，乞某某说项，或得缓图保释。"仲翔看了，暗道："这可是难题，菊冲以制军装起家，素日为人诡秘，怎么这么胆大呢？"再想思索办法。

到晚十一点，才接到公署秘书长亲信人打来的电话。忙接机侧耳听道："于将军么，喂，仲翔托代查的事件，这边当时拍出急电。九点半得着上海回电，秘书长刚才派人给您送去了。还没收到么？"仲翔应道："是，谢谢，还没收到。电文怎么说的？"那边说道："电文说遍询军警各方，并无沈某一案，谅系讹传等语。"仲翔诧异道："什么？"那边又重述一遍道："秘书长还说，西商购械骗财案内，合谋华人，只有姓黄、姓雷几个买办，的确没闻有姓沈的，更没有叫沈菊冲的。怕是您听错了吧？"

仲翔听了，顿时迷惑起来。过了半点钟，公府专差将电报送来。又过了半点多钟，交通部杨次长代询的复电也转到，内只说："遍询沈菊冲未在押，静叩。"十个字。仲翔越发糊涂了，眼看这两封代查的沪电，心中暗想："我直接收到的和托友代查的，三起五封电报，怎么有两样情形呢？我直接收到的沪电三封，初次闻耗请救，二次详复催程，公私两面，都证实了菊冲被捕，案情重大，而间接代查的两电，同由沪发，却根本都否认菊冲有案。这到底是怎么回事呢？又是谁的消息算对呢？"

仲翔寻思一回，便取出直接收到的三封沪电，将原封原纸，就电灯细细察看，见得封皮电纸确是真的，也有戳记，发电日期和到京时刻，推算来却也相符。发电处署着上海电报局，收电人写着北京打磨厂于仲翔，这也毫无可疑。仲翔反复看来，猜不透内中情弊，便将五封电报排在一处，再细细地比较。忽然掉头道："哦，是了。这直接给我的三电，一定是谁冒名拍出的假电稿。"想自己家居密云，虽然时常来京，却无一定寓所。与袁华峰又久未通讯，他怎么知道，我正当年关，恰巧在京，又怎么知道我恰巧住在打磨厂？由此看来，这电必非华峰拍发的，并且必有阴谋诡计在内。

仲翔口衔烟管，冥目深思。觉得这猜想很有道理，只是左思右想，想不出冒名拍电的人，究竟是谁？骗他赴沪，到底安的是什么心？因把仆从叫来，严加询问。又给电报局，打了一个电话，却也没有究问明白。那仆从发誓说："老爷拍往上海的两封电报确已遵命送到电局，中途并没偷懒，也没叫别人看见。"电报局方面，经查问收电处，确曾接到上海来"寄交北京于仲翔"的先后三封电报，已经专差照送，收据亦经盖章。仲翔到此也就无法，因道："好在他骗不动我，我更无心赴沪，去他的吧。"打算着随后再留心调查。倒是明天上天津的事，若无干碍，不妨去看看。和寓公的嗣子面计一下，那百万遗产提三成的善捐，果能合法取到，用来完成我心中的计划，倒算是适应之财。仲翔盘算一回，熄灯就寝。

次日早晨，律师霍云轩坐汽车到来。这时距特别快车开行的

90

时刻已近，主客两人略谈几句话，仲翔预备完毕，便坐着霍律师的汽车，一同赴站。律师伴行的仆人，早在那里候买车票。两人便一直登车，占据头等车一个房间。脚夫将律师的四五件行囊，搬来放好，讨赏自去。霍律师打开手提包，取出一匣云茄烟，三两包糖果；又买了三四份报，一壶茶，请仲翔享用。少时钟鸣车开，律师吩咐从仆，掩门出来，不叫不必来。两人才谈起事情来。仲翔又细细叩问寓公父子间的情形，斟酌进行三十万善捐的办法。

约过了三点多钟，车快到天津新站，霍律师另取出两支云茄，自吸一支，递给仲翔一支道："翔翁尝尝，这是十七元五角一匣的埃及烟。"划着自来火，让仲翔吸着。自己仰靠车座，徐徐喷吐着，眼望仲翔道："味道怎么样？"仲翔点头说好，连吸数口，觉到另有一种风味。约莫过了两三分钟，仲翔深吸了一口气，忽然迷糊，斜倚车座，昏昏地瞌睡起来。对面霍律师叫道："翔翁困了么？"

仲翔闭目摇头，鼻发微鼾，恍惚做了一梦。见那寓公昏在床上，手里拿着十几封电报。那继公子面对自己微笑，递过几张支票。他照样伴同律师出来，要上汽车。猛然大雨倾盆，把自己浑身淋湿，脸上只滴水点。于仲翔心中着急，忙要躲避。忽觉扑的一声，那汽车直闯过来，将雨水溅起，直溅了自己一脸。仲翔大怒，却兀地眼涩难睁，要举手揉眼，手腕偏抬不起来。

正自惶惑，耳畔忽听吵嚷，似有人喝道："别装死，快给我滚起来吧！"跟着肩头被什么东西猛击一下，痛不可禁。仲翔哎哟一声，努力睁两眼。只见前面站着一人，手托水盅，正口含凉水，要劈面喷来。仲翔使劲挣出一句说道："别喷！"耳后又听人叱骂道："这家伙还装死哩。"

仲翔心里迷迷糊糊。侧身肘地，好容易坐起来。才觉左右两臂，已被人用白绳扎上，自己正在砖地上坐着，身上只觉寒噤。愣愣地环顾四面，早景物皆非，全不像头等车室。这是阴暗暗的一间空房，只有几条长凳，小门小户，挡着百叶窗。空气阴沉，仿佛像个拘犯所，又似架财神的票房。四周还围着十几个人。只三两个穿便衣的，其余全穿着灰色和黑色短装，手里都携着武器，正像军警。在里边凳上，还放着四五只行囊皮包，全已打开。三四个短装人，一个便衣人，正在那里逐件翻检。

仲翔醒来多时，心中有些明白，竟不知此刻自己置身何地。忙寻那位同行的霍云轩律师，却早不见影了。仲翔心头跳动，暗道："糟了。"站起身来，要想门外探看。那身旁一人像个军官，见状断喝一声，一张手抓住，就势用力一推，把仲翔直推到长凳上，喝骂道："奶奶的，你哪里跑，枪毙了你舅子的就是了！你们检出什么来了？"围着行囊搜检的三四个人，忙直腰来回道："给副官回，这不错，大概就是他。"仲翔这才知道不是绑票，竟像是办案，又像是检查。

第七章

穷林失路孤雁触机关
探阱救人联骑试身手

于仲翔方待申诉，忽听门外哗啦啦地响，走进一个灰色短装人，对那领袖说："屈副官，警厅王长胜王老爷来拜。"那领袖立刻脖颈涨得粗红，拍着长凳高声说："去他奶奶的吧。你告诉他，我们老爷挡驾，这差使立刻要赶津浦特别快。解到济南去，忙得很。督办有话，不许耽搁！……怎么他要公事，要他娘的什么公事？你告诉他没有。他一定要交代，叫他们头儿打电报上督办公署去，咱们管不着。咱们就知道奉令办案，办了案，就解走。"

仲翔至此，又听出原是缉犯。不知自己以何等罪名，远隔千里，得罪了那位杀人不眨眼的常督办，要解到济南去。偷眼看着，容他们把当地官厅拒绝出去，便对那位领袖屈副官婉言道："你们诸位多辛苦了，我有几句话请教。刚才检查的那些行李，不是我的，是一位同车赴津的律师的。这怕有别情。我和常督办素无来往，我是密云县人，我叫于仲翔，原任镇守使，现充将军府将军，诸位想必也有个耳闻。"

那屈副官一脸不耐烦，听到于仲翔三字，面色忽然松缓下

93

来，笑嘻嘻地说："你是于善人于仲翔？"仲翔暗地惊喜，稍觉放心，忙答道："正是，我正是于仲翔。"屈副官含笑问道："哦，哦，你可是跟一位霍云轩霍律师，搭伴上天津去么？"仲翔道："不错不错，是霍云轩律师。"说着却有些惊异，他怎会知道呢？便接道："可是半路上，他给我一支烟吸，我就昏迷过去了。因此我猜疑……"

那位屈副官越发高兴，笑道："好了好了，不用说了。来呀，赵谍报员。"只听门外应了一声，进来一个黄瘦的灰色短装人，站在面前，行了个军礼。屈副官开言笑道："果然一点也不差。"手指仲翔笑道："他果然说他是于将军。"又掏出手表，看了看道："是时候了，走吧。"赵谍报员喊了一声，门外走进八九个人，七手八脚，将行李皮包搭出去，次后张过手来给仲翔上绑，并且要罩面塞嘴，仲翔慌忙站起来，叫道："慢来，我还有话。屈副官，我们都是军界人，请你稍留体面。我实是于仲翔。这里军政界要人，多有我的朋友。请你准许我通个电话，他们准能作保。"屈副官笑道："善人老爷包涵一点吧。"

仲翔焦急万分，忙又说道："到底我为什么案情，劳动诸位？"屈副官鞠躬道："将军大人为什么案情，就为你是将军大人。咱们有话到济南说去，你多屈尊吧。"扭头发令，手下几个兵，立刻将仲翔头脸蒙上。只听说一声走，推推搡搡，恍惚出了屋门。到外面，人声嘈杂，一阵皮靴刀练声，旋被推上车，轮动身颠，走了不远，又被推下来，又被架上去。仲翔隐约觉出身已在火车上，少时汽笛放响，车轮晃动，渐渐离站。一个人走到面前道："伙计，我给你摘下来吧。"蒙头布应手撤下来，仲翔吐一口气，张目四顾，果然是在铁棚车中。不用问，这定是津浦车了……于仲翔便是这样误中圈套，被解到济南去的。

这时节，直鲁正有联结，互派着代表，分驻在天津、济南。这山东督办第二十七房姨太太，恰于半月前囊括金珠，与她姘识的男伶何芸先，席卷金珠，携手不翼而飞。那督办装在鼓里，不知被何人诱拐，只猜疑她必逃回天津娘家。便拍一封密报，拍到驻津办事处，严令牛处长，代缉逃妾，以凭归案团圆。但大海捞鱼，无非是拖泥带水，未得迹萍。谁知两日前，忽接到一封告密函，指称著名拆白党首领倪四铁头，窝藏逃妾男伶，现在他们要来津销赃，倪四冒充善绅于仲翔将军，男伶冒充霍云轩律师，定明后日偕乘特别快车来津，函中附着两人照片，详注年贯口音。告密人自称是同党，因分赃不匀，愤而告密，说来好像近情近理。当天晚上，赵谍报员又从一家旅馆里，踩探着一些消息，正与上事有关；两面印证起来，越觉八九不离十。牛处长便认作奇功一件，立刻打电报到济南，派遣兵弁出发。果在今午火车进站时，从头等车上，搜得于仲翔，斜坐在车厢昏睡。看相貌与照片正相符合，以为这人一定是冒牌的善绅，拆白党倪四了。结果弄真成假。再急找那何芸先，却已不见，只丢下四五件行囊皮包。由屈副官督众动手，连人带物，一齐搭到督察处。

经加讯问，于仲翔已中雪茄烟的麻药，只是错沉不语。屈副官疑心他是装着玩，用冷水喷脸，连踢带打，才将仲翔惊醒。等到讯问起来，仲翔越自认是于仲翔，他们越猜是冒充。又搜行李，虽不曾寻着金珠财物，却发现一把手枪，许多文件，件件坐实了冒充善绅、诱拐督办逃妾的案情，这一来更以为是真赃实犯。结果就由屈副官，搭顺路车，一径解往济南。又偏赶上过旧历年，在鲁垣押了好几天。还亏仲翔素日交游广，情面宽，等到开讯，头一堂便摘弄明白。公事上批了"事出误会"四字；私谈上说了"很对不住"四字，也没交保，将他释放出来。

于仲翔一肚皮闷气，发泄不出，去到督署，看见那告密函件抄本，才晓得是受了暗算。与骗他赴沪的电报，联想起来，恍然大悟。暗幕中有人一意要诳他离京；但诳自己离京，有何取处呢？由此推想下去，恐必有人要利用机会，假借名义。想到这里，不胜焦急，连夜搭车赶回北京。他再想不到粉骷髅此番设计，不为诳他离京，乃是阻他迟归密云。

于仲翔到京后，急赴打磨厂寓所。家中拍发的函电，一封也没接着，却有一封异样的函札，放在案头。仲翔拆开来看，劈头见到粉骷髅的标记，仲翔大惊，忽又听仆从传报，侦缉队邵剑平探长来拜，仲翔慌忙延入。正要将自身连日遭遇的事说出来，请教应付趋避之策，邵探长却先说道："仲翔兄，这两日没遇见什么特别事故么？"仲翔睁眼反诘道："你怎么晓得？"邵探长不语，两目炯炯注视桌上，伸手将那粉骷髅标记的信笺取过来，自语道："又是粉骷髅帮闹事！"

邵探长对于粉骷髅盗群的阴谋活动，早有所闻，公府三小姐的十二颗葵形钻纽，被人用十二颗死人骷髅形的赝品，在宴会席上，抵换了去，二十多天没有破案。目下邵探长正从事侦查，他手下检查密码商电，蛛丝马迹略得端倪。此次来访仲翔，乃是要证明密电，是不是粉骷髅盗群拍发的。仲翔便将过去情形，连骗他赴沪的假电，诬他为匪的告密书，都和盘托出。邵探长两下参详，料定贼谋，多半要有事于密云于仲翔家，便报告长官。要和于仲翔同乘汽车，驰赴密云县城。

启程前，于仲翔以熟朋友的资格，向邵探长打听这粉骷髅贼党的潜力与内情。据说：这伙贼党究竟人数有多少，老巢在何处迄难探悉；粉骷髅首领的姓名却已访出，是胡鲁二字，却又疑心那是葫芦二字的谐音。他们作案的地点，京津沪杭武汉，以至山东晋陕等处，都不时发现粉骷髅标记。作案的方法，明劫暗窃，巧骗强讹，很不一定，只是每一作案，便在万元以上。被害的都是势利之家，轻易不伤人，却敢拒捕。近据密报，说他们大批北上，好像往古北口承德朝阳一带去。究竟他们是泛常作案，还是别有诡谋，这一点很难捉摸。

于仲翔听了，不禁咋舌。两人同车来到密云。果然于宅被抢，邵探长益为先见。当夜仲翔将贼人遗物和投书，都交给邵探长侦查。休息一会儿，次日踏勘各处。到第三日，邵探长部下的副手搭骡车赶到。邵探长揣度情形，认定贼人护赃未走，便协同当地官厅，在城内外施行搜缉的工作。凡是旅舍娼寮，娱乐场所，杂乱地方，都派人密加盘查。又购眼线，四出踩访。一座密云县城，顿时无形戒严，风声骤紧。

粉骷髅领袖胡鲁，年才四旬，人极机警。事发后他在热河，忽接飞报，据说作案的弟兄，虽已得手，却有两个负伤，因当场遇着梁苏庵一个劲敌。又接续报，利物数万仍在城中，风紧暂难运出。负伤的三哥堡和十一弟祁季良，已送至古北口养伤。胡鲁遥加测度，发信指示，切嘱留下专人，查探梁苏庵的底细和于善人遭抢后的态度。并说自己事结，还想过路来密，倒要会会梁苏庵这个人。

那一边，祥顺店旅客任和甫，自两次目睹粉骷髅标记，心中早已怙慑。到元旦闻变，阖店哄传粉骷髅贼抢了于善人，他更暗自吃惊。急于初三日，出了加三倍的车价，弄妥一辆破骡车，离开密云，自庆出了是非地，却不道反蹈入险途！但凡骡车行，搭上乘客，例由车行或店家，代开保票，担保一个人财安全，准送到地头，不误程期，并且也断不会遗失财物，讹害雇主的。任和甫在密云阻雪落店，误雇了捎脚短盘的车，一到年关，车行歇业过年，非过初六不能上路，任和甫心焦要走，竟又急抓了一辆短盘车。既不在车行，又未开保票，那车夫高二，直眉瞪眼，相貌伧野，他自承赶车外行，这只是趁年下抓把外找。也是和甫没出过远门，孤身携带着千把块钱，竟敢放心大胆，搭上他这样一辆没来由的车。

从密云出发的那天，按车行向例，都是搭伙儿在半夜四更动身，傍午进栈打尖，到晚四五点落店投宿，正所谓结伴登程，早行早住。这车夫高二，却劈头来了个生面别开。照寻常走近道的时刻，约莫七点半钟，他才套车，并还说天才刚亮，早着哩。一路上孤零零，再会不着同行车伴；直走了两点多，才到站头。打尖以后，已快三点半。栈房劝和甫："还有四五十里路。"高二冷笑一声道："那还赶不到！"鞭子一摇，踏雪登程。

山风甚大，残雪翻飞，四望白漫漫无垠，天地一色相接。当真走不上十几里路，便走岔了道，因为是新正初四，又错过行旅时间，半路上几乎遇不见行人。并且那些惯家，每赶车爬岭，车后必支一根木棍，下坡时再横栓在轮前，为的是轮行阻难，不致溜翻滑倒。高二偏就不懂，上山难免倒退，下山一直奔驰，险些摔断了牲口腿。多亏他力大，把缰拢住，一步步蹲下山来，骡子腿肿了。直弄到夜十点以后，才算爬上古北口那座山镇。半夜三更打店，惊动了店中早到的客人。

任和甫非常懊丧，高二又找上来，要借那一半的车价，给骡治腿，给自己打酒。和甫不依，高二更不依，两人吵嚷起来。店中的堂倌灯倌，先后进来劝解："天晚了，别搅了别位睡觉。"又悄道："隔壁住着两个病人，人家刚才就问下来了。"正说着就听隔壁叫道："茶房过来。"声音洪亮，似南方口音，堂倌应声出去。

任和甫无法，只得打开皮包，拿出两块钱，掷给高二才罢。和甫越想越气，高二的神气，实在凶横。因想起车船店脚衙，果然难对付。旧小说上常描写行旅中图财害命的故事，自己现在独行旷野，未免担心，夜宿贼店，尤其可怕。和甫闭着眼乱想一阵，隐约听见隔壁有三五个人，继续谈话，声音乍低乍高。忽然啪的一声，一人提高喉咙说："告诉你行路最难，自小没出过里门，竟敢孤身远行，携带巨款，又不搭伴，要多危险有多危险，你要想想。"一人笑接道："取瑟而歌之，书痴未必懂得，五哥还是你辛苦一趟吧。"又一人道："同去也好，反正是顺路。只是二哥你怎么样呢？"听另一人答道："我们俩也能吃也能动，怕什么？就是老邵亲来，又算怎么。你看一扎绷带，不跟好人一样么？"先说话的那人笑说："看舌头吧。"跟着一阵嬉笑，不再谈了。任和甫耳根清净，倚枕睡熟。

到次早整装上路，连过了两道摆渡，两道山岭，才得到站打尖。过午复又登程。和甫旅途颠顿，疲闷上来，天气又寒冷，就用一床棉被盖着下身，在车中半躺半靠，昏昏睡去。猛然嘭的一声，车轮震撼。和甫头触在车棚，好生疼痛。茫然睁开眼看，天色渐晚，这辆骡车正走上三道梁子，这条山岭，栈道盘曲崎岖异常。车夫高二手拉扯手，紧拢车辕，往上赶车，却是很觉阻难。和甫害怕车翻，忙下来步行。登上岭巅，只觉山风砭骨，雪气逼人。远望暮烟苍茫，天似穹庐，东一堆白，西一堆黑，不是山峦积雪，就是林落人家。车夫高二费了很大力，把车盘上山。歇了歇，又极力往回扯着缰，往山下盘。高二出了一身大汗，方才把车押下平地，任和甫却被山风吹得发抖。

车走上平阳大道，和甫上了车。旋又走上一个险阻地段，高二一面摇鞭，一面四顾旷野，涩声发话道："老客，你害怕不？"

和甫道："怕什么？"高二道："你老不知道，就是这里，上半月出了一回路劫。抢了五辆车，还打死两个客人。因为这客人身上有手枪，大概他要开枪打贼，反倒教贼打死了。"和甫听了，毛发耸然，一桩心事又兜上心来。自己孤身一人，新春出来，万一真遇上抢匪，又假如这车夫竟是匪人眼线，这便如何了得！看那高二，东张西望，把车扯得忽东忽西，任和甫越发害怕，潜存戒心。正走着，前面愈加荒凉，前面有一道土坡，坡上有几间破庙。坡下分出三岔，一道投西北，一道投正北，一道投东，蹄痕辙迹纵横。高二忽然跳下车来，细寻车辙，口中骂道："这该怎么走才对呢？"原来他迷路了。选了一条道，往前紧赶。任和甫看手表，已近七点半，越走越不见人家了。高二骂骂咧咧，一定是迷了路，他还不认账。和甫道："车把式，你别瞎闯了，快找个人问问路吧。"高二气哼哼道："这哪里有人？"乱赶一阵，天色愈黑，忽见东北丛林中，火光明灭。高二道："好了，前边许是镇甸。"和甫道："可以投过去么？"高二道："只要有人家，总可以问道。"狠狠一鞭，骤车巡奔东北，渐到林间。这是几座坟园，与荒林衔接，中间数条狭路，曲折回旋；偏东有一座很大的坟园，好似建着家祠和看坟人住房，火光便由此透漏，此外仿佛别无人家。高二将骤子挥鞭数下，直投过去。才走数十步，旁边一道土岗，火光连闪，黑乎乎走出几个人。突然间厉声喝道："站住。"数盏孔明灯，直射过来。高二扑噔一声，从车辕栽下去，爬起身抹头往回跑，不顾一切，钻入丛林。

任和甫目瞪口呆，也要从车中爬出来，却已无及。土岗上的人连喝站住，一伙急跑下来，直到骤车前，揽住牲口，提灯照着车箱，一迭声叱令任和甫："你是干什么的？上哪里去？同行的还有几个人？"和甫战战兢兢回答："上热河投人谋事，只我一人，没有伙伴。"又问："你叫什么名字？"和甫如实说了。偷眼看对方这六个人，个个是彪形壮汉。四个人穿蓝色军装，类似民团，手中拿着木棒花枪短刀，也有一把手枪。

为首那人像个小头目，手拿马棒，厉声又问："车里头带的什么？"和甫道："没带什么，只有铺盖行李。"另一人道："带着枪火私货没有？"答道："没有。"头目道："这得细搜搜。"便叫一人，提着孔明灯，爬进车箱，将行李翻检了一遍。和甫惴惴，正担心那九百多块钱，只听那人说："头，这里有好几百块钱，还有几封信。"那头目接信一看，又打开钱包，忽勃然斥道："你说上热河找事，带这些钱干什么？"又一人说道："头，还有一个赶车的哩。"和甫道："他不知是什么事，想是害怕跑了。诸位老爷，我实是过路行人，放了我吧。"几个人哄然发话道："好俏皮话。"那头目便一吹口笛，林那边、土岗后、狭路中，陆续钻出十来个人，坟园棚门开处也走出两个人。头儿和这两人商量几句话，便大声传令道："喂，伙计们，你们快赶车。"众人哄然答应。头目便叫两个人挟着任和甫，一个人持鞭赶车，一齐躲进坟园。那一来，任和甫误走歧路，险些送掉性命！

那车夫高二，倒运是由于他，侥幸却是他。初听黑影中有人阻喝，他就心想了不得，准是那话儿来了。抛下车骡，更不管乘客死活，自己奔走狂逃。周围荒林丛莽，他一头钻进去，不顾荆棘刺人，匍匐到深邃处躲藏。一时膺裂心摇，两只手堵着嘴喷气。从林隙窥见火光人声，分向各处搜寻。幸亏都奔大道小路走去，没瞧见自己反在近处，喘息着稍觉安心。明知此处不是善地，该赶紧脱离。挨过一会儿，却喜天过二更，月暗星黑，草木丛杂，便侧耳听动静，仗着胆慢慢蹭出去。离开树林，蹲身四顾，昏黑无人。急急站起来，弯着腰往南投荒跑去。一口气来到高坡附近，惊悸过度，疲乏不堪，喘息不住，便伏在路旁破庙内，睁眼四望。这地方正是三岔道口，回望东北面险地，已不见火光。

高二长叹一声，心说："这可倾家败产了，我那车我那骡子全完了！"得命思财，正自捣鬼，却听正北面马蹄奔驰过来。高二心胆已落，待要再跑，只觉两腿僵直，急爬出破庙，伏在路旁土坑内，不敢响动。转瞬间，那边奔马扑到坡前，是两匹黑马，骑着的是两人。身临切近，白光一闪，起镫离鞍，一高一矮才下马，便捻着手电灯，在路口来回寻觅。身高的那人说："唔，岔到哪里去了？"身矮的说："你来看。"两个人凑在一处，就电光低头细细照看地面，忽同声说道："毫无可疑，唯投东北去了。"齐将手电灯，向四周探照了一转，才待扳鞍上马，身高的那人忽一眼瞥见，忙道："这里面有人。"一语未了，两道白光不期扫射到坑边。

高二哼了一声，爬起来扑噔又复坐下。电光笼罩里，分明看见两支手枪，直指胸膛，高二半晌只叫出"饶命"二字。那两个骑士，置若罔闻；将高二捉小鸡似的，拖出土坑。喝命高举双手，抬起头来，将电灯照着面目。高二道："老爷饶命，那套车骡送给老爷们使，我不要了。家里有老娘，全指着我。"骑士嗤然失笑，拍高二肩头道："我们不是路劫，别害怕，你不是载那姓任客人的车夫么？你那车呢？客人呢？"遂即善言盘问高二，何以致此。

高二惊魂乍定，身子摇摇地只想坐倒，哭声道："任客人这光景早教他们绑去了，就在那边，我的骡子车子都完了。"二骑士相顾变色道："这人不能不救。"两人耳对耳商量着，便叫高二："我告诉你，我们正是办案的，你愿意将车骡找回么？"高二两眼放光，忙说："敢情那么好。"趴在地下便磕头道："老爷行好吧。"两骑士齐动手，身高的手捻电灯，身矮的抽出纸本，用铅笔忽忽写了一些话。撕下这一页，用丝巾包好，即嘱高二道："我们是办案的侦探，前站有我们的人……你认字么？"高二道："不认得字。"骑士道："这好极了，我告诉你，你给我送一趟信，管保给你把车骡弄回来。"

高二又磕了几个头，喃喃拜谢。骑士斥道："别打岔，你拿我这个手巾包，立刻回前站，到德发店十二号，找姓温的客人，要亲手交给他本人，他自能照信行事，派兵捉贼。"又道："你走不快，就骑我的马去，你会骑马么？你明白么？你办得了么？"高二想一想道："我行。老爷说的什么话？好找么？"骑士道："就是你们前站住的那座店，十二号温老爷，就住在你们隔壁。"身高的骑士，随将所穿的黑大氅脱下，手中马鞭也给高二，立刻催他披上大氅，将信包好揣好。临行又嘱道："现在九点二十七分，限你十点半以前赶到德发店，可别误了。误了贼要跑掉，不但你那车骡完了，我还要重办你。"高二欢喜答应。二骑士催高二扳鞍上马，向北驰去，又追着喊道："还要快，你只管打马，越快越好。"目送高二去远，二骑士合跨一马，猛鞭数下，直奔东北驰去。

这两人便是粉骷髅青衫党的二健将。矮身量的是五豪秦铮，他始终暗跟任和甫的。高身量的那一个，是十豪金岱。他们劫了于善人家，先来到古北口。要从古北口，转赴热河，半路中才又跟上任和甫，和甫却不知道。当时下，两个粉骷髅侠盗一马双跨，不一刻来到林边。将马拴在林中，脱去大氅扎束停当。未入虎穴，先探虎迹，两个人爬上一棵大树，拢一拢眼光，四面张望，丛林全景一览无余。那成行的树木，忽高忽低，时疏时密，由此看来当有几条截林的小道，纵横于行列间。林中还有几座大坟园，圈着长墙，里面时透火光，隐有人声。两人侧耳倾听，但闻树摇风啸，半晌听不出动静，却只在相距不远的路口上，见有几条黑影出没，那光景不似林村的住户。

两人下来，悄悄商量。因虚实难料，便不走正路，只穿林拂莽，向各处探进。夜影中，忽见白茫茫一条大道，向东西展开，切断数条小路。当前摆着一座绝大坟园，把口处恍惚有几个短衣持械，黑影中看不仔细，推测似是哨兵一类的人。五豪秦铮揣不透这是匪窟，是盗阱，还是防营，遂隐身树后，窥看这灯光闪烁的坟园形势。一带长墙，松林古坟，另建起一座两进四合的院舍，像是茔地附建祠堂；也有左右廊庑，也有上坟人住所和看坟人住房，想必是贵族的祖茔，年久失修了。

五豪秦铮，十豪金岱，觉得自己势孤，又不知任和甫准落在何处，便不现身直闯，绕林径奔坟园院内。火光照耀，空院中残雪无踪，早已扫净。当地上停放着几辆大车，两辆轿车，另外一堆铁锹木棍绳索，却不见有牲口，也不见车夫。也不知正祠中有多少人，更不知他们夜近三更，在这荒郊古墓，明灯辉煌地照着，将要干什么事。

五豪秦铮悄对十豪金岱说："老弟你是夜眼，那两辆轿车，可有一辆是任和甫的车么？"金岱摇头，不敢断定，却只说："这情形很尴尬，非盗即匪，决不像驻防军，也不似民团乡勇，哥哥你不见这里，还有七八个穿便衣的人，拿着武器把门哩。"五豪忙投目下望，坟园栅门当真交掩着，门后有八九条黑影，逡巡往来，只是距火光较远，看不清手中拿的是什么兵器。随问十豪道："老弟，他们手中拿的可是枪火么？"十豪金岱仔细端详道："好像不是，看枪头支支长过头顶，必是花枪棍棒。"五豪道：

104

"那一定是盗匪一流了。"金岱点头。

却不料他这一点头，却猜错了。祠堂中差不多有三十人，虽然个个武装，却不是劫盗，也不是胡匪，当然更不是正规军队，乃是潜伏在北口数百里，占绝大势力的一支帮会。说起来，不禁令人叹息军阀的毒害。这一支帮会，实是应运而兴的，由联庄会和各大地主护院武师合组而成，专为对付那骚乱地方的马贼、绑匪、溃兵、游军才办的。那时节，有许多没来由的军队，打着各色旗号，不时来烦恼街坊，商会地主不得安生。到后来当地数度公议，不惜重资，扩大组织，编成这么一支黑枪会。他们会中最重要的一条规则，专来保卫乡里，维持治安。在平时也剿捕小股匪盗；遇见内战发生，他们便替当局和乡民做中间人，酌量筹粮秣派夫役，免得恣意地抓夫抓军。等到战后，有时替他们收拾残局。

会首是著名的大地主，为人热心公益。副会长却是当地有名的"要人物"。姓唐名贯之，叫俗了，又称他为糖罐子。他本是清季不第秀才，虽不甚精武术，却身高力猛，能平地一跃上房，曾一拳打倒加闩的一扇门，抬脚踢死过一条大黑驴。虽不名闻全境，却也威镇村坊。那黑枪会扩大组织后，倒也替地方造福不浅，做到"守望相助"四字。许多零碎军阀，竟不敢任意横征暴敛，过刮地皮，官民相安多时。那大地主，当了几年会首，赔了若干家私，后来得病身死。那会首一缺，应另行推举，竟成了各方争竞的目标。嗣后乡间一派得胜，城里一派失势，糖罐子一心要扶正，未得如愿。地方公议，另聘一位极工拳术的武师，名叫邓剑秋的做正会首。糖罐子一怒决裂，自率党羽，另立蓝枪会。将会中出钱的人，带走小半。

那黑蓝两会，便不时冲突，发生械斗，有许多公正士绅，为地方公益着想，出来疏通和解。说是像这样闹法，将来两败俱伤，必为地方害；甚至我们地方上的败类，将乘隙而入。无奈地方上人皆不善团体生活，皆不顾公益，两方依然相持，并且暗幕中还有人挑拨。皆不计牺牲一切，以求战胜对方，便这方勾结军权，那方联络政界。全忘了立会的本意，自相残杀起来。

当其时，早有人侧目以伺其隙，乘这机会，报告了大军阀，大军阀一纸令下，缴械查禁。通缉祸首，黑枪蓝枪果然同归于尽。表面总算是解散了，在暗中他们都有眼，先期避匿，械藏人躲，留作后图。等到那一位大军阀，呼然一声，寿终正寝。别一位大军阀，拍出就职通电，蓝枪黑枪一齐运动恢复。按理说，双雄不并立，当局如果照准，便当责令合并，以杜纠纷，再不然干脆批驳。谁知当局，仿佛要坐观虎斗，以收渔人之利，而获牵制之功。在公文上，批的是组织不尽合法。在未改善前，应饬暂缓恢复。却又暗地授意双方，不妨自行试办，等有了成绩，再颁明文。换句话说，谁有神通办得圆，便准谁明干。黑枪蓝枪果然各显神通，争求独占。唐邓二人记念前仇，更明中暗中，剑拔弩张，钩心斗角地乱起来。两年间，就发生好几次小械斗，幸未出人命。

这一年合当有事，热河附近，乱石寨和北梁庄，发生两大姓间的斗殴。富绅诸石夷，与大地主孙家立，为争一个民女，结下海样深仇，打群架已经两次。诸石夷正充当该处区长，不免借官势欺压孙姓。孙家立一怒，拼出数万家资，将诸石夷的区长生生买掉；虽没办到撤职，却调往别处。这还不算，所遗区长一职，孙家立竟然设法转弄到自己手内，可说是钱能通神。但是那一面上，诸石夷又惊又愤，如何甘心！经过半年的谋划，诸石夷忽率党羽八十余人，下乡剿匪，将孙家立全家四十余口，乘夜悉数枪杀。事涉暧昧，断不定他是诬仇为盗，还是扮盗歼仇，但中间确是由蓝枪会的打手，帮了一个大忙。这一夜的屠杀，孙家鸡犬不留，连佣工借寓的，也都在劫难逃。只有孙家一个儿妇，先期在娘家，算保得残生。另外一个十五六岁的学生，在塾读书，头一天不知为了什么缘故，整日没有回家。诸石夷带数十个党羽分头搜杀，多亏学生的教师，预知孙、诸结怨甚深，闻风将学生隐藏塾中，诈称学生请假，往姥姥家祝寿去了，说你们找他，等过一两天再来。这样的设词搭救了他一条小命，保全了孙氏一块肉，多亏塾师出此一策。

那诸石夷将孙姓一百多万家私，一把没收，拿出几分之几分给同党走狗，其余公然统归自家享受。山洼中消息壅塞。有的说孙家遭了劫，有的说抄了家，除了受害遗族，事后访明实情，其他一般民人多不知真相，也不敢打听真相。可怜孙姓那一寡妇，一弱子，匿迹避祸且不暇，一想到"灭口"二字，哪有胆诉冤。而且物证销毁，人证没人敢出头，亲戚袖手，资力皆空。谁不晓得诸石夷赫赫炙手，连大地主尚惨遭灭门，谁敢再捋虎须！

但这中间，突出来一个仗义汉子，这便是那位塾师，五十多岁老头儿，姓李名静轩。这李静轩贪杯嗜饮，为人却有胆量。将学生送到学生丈人家，代出主意，缮状控告。诸石夷狂妄大胆，公然不逃避，一面捐产行贿，一面遣人恫吓原告。钱能通神，这样血案，事隔两年，诸石夷竟未到案。这消息又被黑枪会探得，便暗中帮助孙氏遗族，孙家的寡妇弱子和那塾师才得在承德安居，投诉催案。但涉讼累年，诸石夷依然逍遥法外。粉骷髅党首领胡鲁，此次北上赴热，也就是附带要调查这件不平事。

当时黑枪会，声言援助衔冤屡弱后，相隔不多日，热河当局接到天津一封电报。内有天理人情国法，名利兼收之语。到次

107

日，当局便不避干涉司法之嫌，下令严拿诸石夷，归案法办。不到十几日，诸石夷押在热河城里了。这个消息，又为蓝枪会所注意，当然认为于己不利。糖罐子疑心这是黑枪会从中作祟。偏赶上诸石夷被捕前后，黑枪会首邓剑秋恰当其时，由热河至北京，来去匆匆，走了一转。外间不晓得他干什么去的，不免有所传说，蛛丝马迹，越疑心事出有因。

糖罐子一口闷气不出，只想与邓剑秋拼个你死我活，自此接连出事。第一次隙端，有黑枪会私购驳壳枪八十杆，由京运热，糖罐子急率党羽，乔装马贼，半途给邀劫了去。老邓吃一个哑巴亏，是不能报官追贼的。第二次事故，糖罐子家下，和蓝枪会后台财东的柴厂，忽然同日失火，纵火的明知有人，却访无实据。第三次事故，双方挑开帘明干起来。在山沟里，又找岔械斗。这一场武剧，完结得出人意外，黑蓝两会没分胜负，两家所有的新旧快枪七百多支，全被官家收去了。彼此互猜，总疑是对方弄的狡猾，却不知暗幕中，另有人向官方告密。

这仇恨越积越深，紧跟着第四次决斗，花枪大刀，混战一夜，死伤相当。老邓腰膝受伤，糖罐子却中了邓剑秋敷毒的标枪，调治月余才好。自以为失败不轻，于是又有第五次争斗。蓝枪会邀黑枪会定期较射，规定是在百十步短距离内，手枪决斗，他们事先耗费了数千粒子弹，将枪法熟习得百发百中。到这天，在公正人监视下，喊一声一二三，砰然两响，糖罐子打一个冷战，救护人便一齐过来。糖罐子务求命中，他暗想头部地位较小难取，胸宽易击，便认准目标，一扳机，火光四射，果然正打中对方心窝。但见老邓晃一晃，安然无恙，自己却左臂痛入骨髓，气得他昏厥于地。这分明上了当，敌人身上，不晓得暗带什么避弹的东西了，可惜当时竟没想到这一着。

棋走一步错，他当然更不甘心，最后才设了个变形的擂台，暗邀黑枪会前来比武。"来者是君子，不来是小人。"君子小人能值几文钱？只是一口气难输。邓剑秋也不是那懦弱的人，他又有一身的功夫，正想露一手，压倒敌人，便正中下怀，慨然践诺。择在这旷郊坟园内，比较拳术，各请能人帮擂。一场肉搏苦斗，不幸蓝枪会在初几场又告失败。糖罐子急挽救，说是："咱们过过家伙吧。"一抄起兵器，由一拳一脚，一变而为一刀一枪。本是泄愤，双方抱定出了气，死也甘心的主见，打得血肉横飞，一连又是几天。他们为防官人干涉，自然比赛都在夜间，兵器既打出手，自然要伤人命。比较争斗剧烈的那两天，伤了八九条人命，他们私下掩埋。次日夜间，还是照样比武。

忽然有过路军人一小队，约有三四十人，巡查过来。因不知内情，没尝过乡帮械斗的厉害，便贸然干涉，他想图点什么。哪晓得糖罐子摆下密计，要等杀不过时，对黑枪会施展出来。目下这小小军官，要禁止他们，还要逮捕他们。莫说糖罐子怫然不乐，认为破坏了他的大局，就是那黑枪会首，自恃暗中有所准备，正要等着将敌人斗得穷迫时，看他还使什么花招，现在眼看这个下级军官，叱叱咤咤的神气，也引起反感。

这三方面因态度误会，而言语冲突。始而官兵瞄枪镇吓，继而枪走火，终则为走火而激怒。只听得一阵喝骂声，从坟园中拉出枪火来，噼啪乱响一阵。可怜这小队兵，才四十人；黑枪蓝枪两会徒众，在场的和埋伏的，合起来不下二百数十人。这一场血战，队兵虽然械利弹猛，吃亏众寡太悬殊，况又在黑夜深林中，会众被枪火轰击，当场伤亡二十余名，却只是包围恋战不退。直耗到队兵子弹打尽，会众便一拥上前，刀砍枪挑，手枪瞄射，一下子将队兵打死九个，打伤十七个，其余俱已缴械遭擒。一群粗壮汉，气焰方张，拿绳子杠子抬起来，打算将这捉住的二十多个队兵，不管有伤没伤，扫数活埋，免得放回去，引起后患。打着火把，火光炽亮，由祠堂照出来，到了土岗后，黄土坑中，七手八脚，刨坑抬人。

就在这时，任和甫迷路扑灯光，驱车赶到，假使车夫不吓跑，和甫答对得好，或能保住活命。偏又被会党搜出那几百元钱，和投托热河军政界的几封信，引起会党的猜疑。大凡强梁的人，只要聚众伤过人命，心便残忍暴烈，并且群众集在一处，感情更容易兴奋。内中有一个人说："也把他活埋了吧。哪有闲工夫安置他，放又放不得！"

这时候，任和甫倒剪双臂，站在黑枪会首邓剑秋，蓝枪会首糖罐子面前，哀哀求免。糖罐子想了想，这事情闹大了，便含笑对和甫说："为大局起见，你就牺牲一点吧，我也没法。"扭头招呼，过来八九个，伸手要将和甫架起来，和甫惊悸亡魂，失声狂叫救命。黑枪会首邓剑秋低头无语，暗想这一番聚殴械斗，杀官拒捕，发觉出来，大大有点担受不了。这一个屈死鬼，偏偏地赶上，就算他并非官面，既闯入重地，已势成骑虎；就这样轻轻放了他，怎能保住不泄露。现在眼看糖罐子，要杀他灭口，有心拦阻，却又想不出什么妥当办法，使得事出两全，一方可救一命，一方可保大局。就在这一沉吟的时光，任和甫扑噔倒在地上叫喊，声音已然岔变。糖罐子大恼，喝命："快搭出去。"

忽一阵冷风卷进来，从祠堂后窗，黑影一掠。燕子抄水，跳进一个人。又一个虎跳，跃至门口，用手虚一拦道："且慢。"遂双手叉腰，当门一站，声若洪钟，朗朗说道："我听够多时了。

这两位想必是首领，在场众位想必都是草野间的豪杰，没有看不开事理的。你们捉住的这人，不过是一口孤雁迷羊，闭眼都可以猜出的，何苦杀害他？看在我面上，饶了他吧。"说罢，一侧身扭头，脸对众人一转，目光炯炯，英气逼人。正是："巧设连环计请君入瓮，阴相慷慨士与子同行。"来的人恰是粉骷髅一侠。

第八章

突围比武一士战车轮
破窗增援双豪捉糖罐

祠堂中东面坐着的，共十七个人，全是黑枪会有头脸的武师会友，以邓剑秋为首。西面坐着的，糖罐子居中，共二十一个人，多是蓝枪会有才能、会武术的打手，和特邀来的四位证见人，也都是会家，背后还侍立着一些人。他们是正聚在一处，商量善后办法。忽见这不速之客穿窗而入，疾如飞鸟，挺身当前，要做说客，不觉地俱都一怔。有多半人，哄然站起来，眼光不邀而同，齐往窗格门口看。邓剑秋手按铁鞭，糖罐子左手按刀把，右手探衣襟，摸住手枪，目注来客，上下端详一遍。但见来人细高挑，蜂腰猿臂，面色黧黑，高颧隆准，眉浓睛圆。口角下垂，眼光四射。如利剑，如火炬，顾盼惊人。看年龄，约二十六七，不到三十岁，却已额横皱纹，满脸风尘。穿一身黑粗布短袄紧裤，脚蹬软鞋，头罩一条毛巾，遮住紫貂帽，打扮不伦不类。

打手数中一人，抢过来，一抓来客的肩头，斥道："你是干什么的？"那样子要拿人。只见这不速之客，往边撤身，扬手一挥，就趁势将打手的手腕擒住。只一带，抢过来，又一送，那打手踉跄倒退，险些栽倒，直闪出三四步去。众人哄然喝问："你是什么人，敢来逞强？"来客含笑道："对不住，请你们先别动手，我还有话。"转面对邓、唐二人说："在下的来路，不值一问，但有一句话，请诸位推心相信，我绝不是官面的眼线。我也是个过路人。"糖罐子又复坐下道："那么，你的来意如何呢？"说着与众人和邓剑秋等，目中打个照会。邓剑秋道："朋友请坐，有话好讲。"

来客一看这些人，有的坐着长凳上，有的坐在供桌，有的坐砖堆，又有的坐在石器上面。来客瞧到左首，有四面石鼓，坏了一面，倒了一面，来客眼珠一转，遂过去对众人说："劳驾，借我坐这个。"用两手一撮，把石鼓撮将起来，托在掌心上。对祠堂后窗瞥了一眼，含笑举步，走到右边下首，颠一颠，倏然向空中一掷，脱手数尺，悠地落下来。来客双手捧住，这才轻轻放下，眼望侍立的打手，含笑道一声："有僭。"昂然坐下。朗然说道："这位首领，承问我的来意，这是很简单，实不相瞒。"手指靠墙根坐倒地下的任和甫说道："我与这位任先生，同行一路。他是个好人，家中老母弱妻，景况可怜。他实想赴热河，谋求生路，可怜他没出过门，又是书呆子，以致误雇劣把车，冒犯诸位的范围地。这是他无心之过，诸位稍抬手，留他一命，谅他一个书生，绝不敢多嘴多舌，泄露机密。我敢担保，他与热河官府，并无干系。再者目今官府颠顸，老百姓谁也不愿意无故告密，自找诖呈误官司打。诸位，蝼蚁尚贪生，上天有好生之德，人有恻隐之心，就放了他吧。我说的句句是实情，诸位看我的薄面，留他一命交给我，我自能送走他，并且教他远走高飞，永不登进热河地界。"

糖罐子哑然失笑道："你说的都是实情？那么你尊姓高名呢？"来客不悦道："首领，我的来路不好明说，但不说诸位又不信我。我可以这样告诉诸位，我不是官面，也不是民人。我是道上同源，是一路暗缀这位任先生的。因半途看到他行事慈，良心好，这才改暗地踩盘，而为潜行护送。这也是咱们江湖上的常情，诸位揣度一下，还教我全说出么？我决不能当着光棍说肉头话，放了他吧。"糖罐子笑道："你说的话不见得太实吧。他姓任这许是真，他要上热河投官亲去，他自己都认了，你还费心替他瞒着？"

来客道："首领别误会，我说的是他姓任，叫任和甫，决不能假了。他对诸位自然说是投亲，然而我却晓得，他本是大家中落，变产求活，他是要上巴沟贩私货。他的行李，诸位想已检过，他带着九百块钱，那就是货本。你想他但得逃出活命，焉肯经官告密，和诸位作对么？"邓剑秋道："朋友，你是黑道上的，这位也是黑道上的，你们二位可黑得不一样。"来客笑道："阁下明鉴，我也不必隐瞒，这位任先生可不是黑道，他只是贩黑货罢了。"

糖罐子道："你猜我们呢？"来客道："我是刚赶到，专为搭救这位任和甫先生的，我无意踩访诸位的事。首领既那么说，让我乱猜几句。我看诸位不是官军，也不是民团，当然更不是那条路上的，因此咱们不能论彼此，或者诸位是在什么帮吧？"言至此，注目东西列坐的人，又道："大概诸位还不是一起的人，必是各在一帮。但既隔着帮，却又聚在一起，想必是有什么争执的事，要在这里当场解决。可是千般话不如一出手，诸位便免不了要考较考较，借此判定上下。又因为考较，这才伤动了朋友，或者来了打扰的，于是出了人命，这才不愿人碰见，所以才想灭口，倒霉任和甫先生偏赶上了。我说的可对么？但是这灭口要看是对谁。"说着手指任和甫道："请看这位，可像有胆量、敢多事的人么？他分明是个书呆子，我料他一逃出活命，便跑回家了。就请他做见证，他也怕有沾惹哩。"糖罐子摇头笑道："饶有苏张之口，难治耳聋。朋友，你倒也猜得不离，譬如你作了案，当场教人撞见，你能松手么？"

蓝枪会一个打手，外号叫大牛的，从旁插话道："朋友，你既然出头说情，请留下姓名来历。"来客道："这个倒不必说，你只拿我当外路朋友看，我就感激不尽了。"大牛道："就算你是外路朋友，你们一共几位？"来客指鼻道："独一个，另有一个小小的同伙。此外倒还有一帮朋友，都不在近处。"大家听了相顾不信。又一个蓝枪会的打手，名叫驴皮球的接道："就算独一个，朋友，你讲情凭着什么？"来客道："凭着江湖上的义气，凭着众不暴寡，强不凌弱。"说话声音不觉提高，糖罐子嘻嘻笑道："朋友肚里还有两点墨水哩。"来客道："见笑！"驴皮球勃然跳起来叫道："哪里给他说那些废话，他这不是来讲情，他是踩盘打猎来了。简直和那只孤雁一锅煮了吧。"大牛张着两只手接腔道："他居然匹马单枪地闯帐，想必有点拿手。咱们还不抄家伙，瞧瞧他有多大的尿？"又一个打手道："这个也没地方放，把他俩一块埋了吧。"

蓝枪会在场的这些打手，将花枪砍刀手枪火枪，纷纷抄起。来客眼望后窗，微微冷笑。糖罐子抄手瞪目，不语也不拦。只听哧的一声，邓剑秋仰面哈哈大笑道："咱们人多势众么。朋友，你单人匹马，来得不光棍了，这里讲究打群架，不懂什么单打独斗。"一句话把糖罐子臊得满面通红，急站起来，大喝道："休要倚众动粗，还不与我拦下！"说着眼角一抹，手指黑枪会要动手的人，向着邓剑秋一笑。邓剑秋对自己的人发话道："你们还有我么？好不要脸，居然玩出群殴单行客的调调来了。"黑枪会打手，诺诺连声，也放下武器。

糖罐子眉头一皱，计上心来，遂问道："剑秋兄，这该怎么办？"邓剑秋拱手道："您是台主，小弟是客，静听你的吩咐。"糖罐子咬牙暗骂："好个琉璃蛋，有我也脱不了你。"转过脸，对来客说："朋友真有你的，不管放不放，得交交。你请过来，我跟你咬咬耳朵。"来客抿嘴一笑，心想："套儿上来了。"他这可误会了。糖罐子的意思，要搜罗帮手，要将来客引入己党。来客不明其意，朗然答道："首领有话尽请明白赐教，在下无不恭听。"糖罐子无计可施，想了想又说："朋友，咱们光棍做事，休要含糊，你总得留下姓名。"来客还是那句话："首领拿我当黑道看待也使得，姓名是随便可以捏造。"糖罐子怫然不悦道："朋友你太小看人了，我们不敢放这只孤雁，为的是自有苦衷；阁下一死儿拿面子要，叫我们露脚步，您自己可不肯露面目，这说得过去么？"来客笑道："这话有理，这么说吧，目今江湖上，有个粉骷髅党，诸位也许有个耳闻，在下便是内中的一个，名姓还是不必说，我早忘了。"

邓剑秋、糖罐子等，俱是一怔。怪不得单人匹马，旁若无人，原来是他。糖罐子遂开言道："原来是粉骷髅群豪，久仰久仰。足下因何临贱地，可否略说一说。我们的事不妨先告诉阁下，我们是一个地方两个帮。因瞒着官面，在这里办点自己内部的事，就像您猜的，要彼此考较考较。"手指邓剑秋说："两帮的会首，就是这位和在下。咱我们哥俩在这里聚会，也说不到比赛，无非是以武会友吧。争个上风又待如何，练着玩玩，逗大伙一笑罢了，但官面上竟找晦气，来压迫我们，不许我们交手。我们彼此立有甘结，伤亡无论，他管得着么？然而他们倚仗势力，开火打了我们，我们伤了好几十人。没法子，只得跟他们挡挡架

116

架，他们也就伤了几个。我们打算掩埋了就是了，不期这小子闯进来。"手指和甫说："我们都问清楚了，他说他和热河官面有交情。朋友，人有放虎心，虎有伤人意。就搁着您，请问怎么个放法？"

粉骷髅十豪金岱听罢，点了点头道："原来是这事，但是首领若单为防患，可以把他交给我。我敢担保他即刻闭口回家，决不逗留。"又道："您问我因何贱临贵处，即承开诚见告前情，我也不必秘着。实不相瞒，我此来完全是为的这位任和甫先生。我们是从年前在天津，就将他缀下来，已路经过北京、密云、古北口，一步未放，并且在前站已下了他的手。但随后看他倾家变产，来贩私货，陌路上还肯一掷三十余元，去救助一个被债逼的穷老头，这才知他是好人。然后还赃暗护，跟踪到此。如此行动，我党所为何来？无非念他家贫亲老，不忍灭绝了善人。愿诸位不必疑虑，把他放过吧。"

糖罐子听了，眼望邓剑秋，剑秋无语，又转望在座打手，打手大牛忙说："善人，善人！相好的，他是善人，你担保他，谁担保你呢？"粉骷髅金岱大声道："粉骷髅三字可以担保我。"驴皮球道："你倒放心？"糖罐子摆手止住，即与邓剑秋及几个打手，挨个耳语。随有两个打手，出离祠堂屋，到外边去了。

糖罐子乃道："我们二百多条性命哩，不是闹着玩的，万不能因一个人，害了大家。就算我区区信得过，还有他们几位呢。朋友，咱们不必废话了。我刚才问过大家，他们的意思，闯进来的羊，一个也不能轻放。"金岱道："这话连我也在数了。"糖罐子默然不答，再佯问道："那么诸位的意思可说说呀！"大牛和驴皮球等哄然说："我们的意思，要请阁下露两手，再商量放行。"金岱厉声冷笑道："好！"立刻站起来，双掌一拍，似做了一个暗号。

　　蓝枪会黑枪会在座打手，个个擦拳摩掌，跃跃欲动。唐邓二人闪在一边笑，心想：善者不来，来者不善，倒看看大名鼎鼎的粉骷髅党，武术如何。只见粉骷髅客金岱，将腰带紧一紧，脚上软底鞋蹬一蹬，回手按一按背后的青布缠包，便双手拳一抱，站在祠堂中间，忽然发话："诸位会友，我们过拳脚，还是过兵刃？"一言未了，驴皮球跳上去，黑虎摘心一拳，道："先领教一手。"金岱微微闪身，道一句："慢来。"抬左手架一架，右手金龙探爪式，直对面门发去，驴皮球急回双手分隔，却被一把擒住右手脉门，金岱疾撒步一转，驴皮球还要挣扎，却身不由己倒拧过来，将后背奉献给敌人。金岱握住对手右臂，却往上一端，驴皮球哎哟一声。金岱右手轻轻一拍驴背，就势往外一推。驴皮球一头直冲出去，算是有一个打手手快，就近将他扶住，金岱笑道："就是打拳，这里也怕施展不开，二位首领腾腾地方如何？"

　　驴皮球站在那里发怔，觉得金岱的招数倒也寻常，就是太快，有点照顾不来。他心中不很服气，红着脸对糖罐子说："头，咱们上前院去。"糖罐子不答，邓剑秋却吩咐众人，将供桌长凳石鼓等物，俱都挪开，顺在墙根。这祠堂五间大殿通开，够三丈的进身，足够做比武场。即将刀矛之类，也立在墙根脚下。在场的人一律徒手，靠墙站着，让出当中三五丈地盘。并在四隅挑起所有的灯笼，又点着十几个火把，照得祠堂如白昼一样。

　　一切布置就绪，金岱笑道："地方不坏，又遮风，又避雪，哪位上来？"邓剑秋忽说："且慢动手，这还得先推定一位见证。怎么算输，怎么算赢，我们静听公证人一句话评断，不得恋战不服。"金岱道："此话真是。"糠罐子道："还是奉烦刘五爷吧，五爷是惯家。"大家道好，所谓刘五爷闪出来，即在北面一站，脸对祠堂门。

黑枪会选出十数人，站在东边，蓝枪会也选出十人，站在西面。任和甫此时已松绑，即由四个人看守着，站在东南隅。他心惊肉跳，虽没听明白这是怎么一回事，但已猜出这不速之客是救他来的，只盼这陌路的粉骷髅侠客胜了，好救自己性命。粉骷髅第十豪金岱，站在西南隅，祠堂门口廊下，围着一群人，俱是蓝枪会的打手，黑枪会的打手只占少数。大部都在另一座坟园中。金岱收拾利落，走到当心，拱手道："哪位先来赐教？"

驴皮球气呼呼奔进来道："咱们还得滚滚，刚才冷不防，是我没留神。"金岱心中暗笑，站好脚步，叫道："请。"容敌人探入，突然一拳，驴皮球急闪不迭，咻的一声，胸口早挨了一下，倒退了两步。翻眼看金岱，还是那么样斜身站着，两拳当胸提起，好像没动。驴皮球改换架势，这回多加小心，捻拳叫道："来来来，倒了才算……"输字刚到唇边，腾的一声，眼前见拳影一晃，一拿没捞着，软肋上火刺刺着了一脚。急侧身敛避，大腿又挨了一下，身往后斜倾，赶紧收步拿稳。站还未稳，后腰又整个被踢上一脚，扑噔卧倒。驴皮球一滚爬起来，张手抓去。刘五爷叫道："卢爷退下来吧，再换别位。"说时迟，那时快，驴皮球一只手刚捣出去，又被擒住。金岱一转身，抬腿一踩腿弯，驴皮球哎哟一声，不由跪地。金岱一个箭步躲开，笑道："卢爷承让了。"驴皮球爬起来，瞪眼道："你小子缺德，胜败这是常事，已分了胜负，你怎么还踢我？"邓剑秋哈哈大笑，糖罐子恶狠狠瞪了一眼，叫道："卢爷你是怎么的，还不下去。"驴皮球讪讪离开金岱，溜出祠堂门。

一旁怒恼的大牛，从供桌上飞身一跃而下。到得场心，侧身站定，中护其裆，双拳交掩，上护其胸，涩声叫道："小子，爷们干干，我看你有多大尿？"金岱心中大怒，面上却笑吟吟说："不到四两尿，正要请教大量。"两人抵面支好架子，只听齐声叫一句："请！"噼噼啪啪，打在一起。也只七八个来回，大牛自恃勇力，攻多退少，将左手虚比，右手掌平伸砍去。金岱一闪，伸指去点敌肋。大牛顺腕下剁，飞起一腿，向对手面踢去。金岱不躲，一斜腰，趁大牛腿落未收，也飞起一腿，噔的一下，踢着对方脚腕子，就势往上一兜。大牛忍痛借力，一个倒斤斗翻过去。双脚刚刚落地，金岱一跟步，唰的一个扫堂腿，照下三路扣过来。大牛旱地拔葱，才拔起三四尺，金岱忽地一扭身，叫："倒。"连环腿又一扫，大牛手忙脚乱，早露破绽。金岱凭空跃四五尺，双腿齐踢，正踩大牛上身，咕咚一声，仰面朝天，如倒了半堵墙。金岱从身上窜过去，心说："看你口出不逊。"大牛半晌挣扎不起，热血沸腾，羞愧难当。

　　众打手哗然，纷纷议论，这不速客有点不好斗。见证刘五爷叫道："好俊本领，还有哪位？"东面闪出黑枪会一位会友。此人功夫甚熟，气力稍弱，年约三十余岁，身高四尺七八寸，名叫程铁桢，绰号生铁锤。缓缓走来，双拳一抱叫道："朋友，我来领教。"相见以礼，金岱也改容抱拳道："就请指教。"一言未了，斜刺里跳过一人，照金岱一拳道："铁锤靠后，我来揍他。"此人叫于大来，外号叫大剌剌，是黑枪会的会友。金岱急侧身，单臂一磕大剌剌的手腕，大剌剌连声叫道："哎哟，好小子，拿着铁器哪。"

　　左手拳一捣，喝道："看窝心炮。"金岱伸单手一找，将敌腕叼住，猛向怀里一带。大剌剌赶紧往回夺，却夺不动，嚷道："我踹你。"金岱借力一送，又一抬，腾地一腿，横跺了脚斩踢着大剌剌膝盖。哎呀一声，晃了两晃，金岱又顺水推舟一掌，嘭噔一声，大剌剌手掩着膝盖跑开，憨着脸说道："倒下就算输，你踢不倒我，真有你的。"东西壁哄然大笑。

程铁桢用手一指，说道："还是我来，奉陪您两趟。"金岱道："好。"两人抵面而站，绕场走了半圈，留出行门过步，齐道一声："请!"两下一凑，踢腿挥拳，打将起来。只听得吧吧吧一片声响着，两人各献身手，窜进跳跃，闪展腾挪，忽高忽矮，倏上倏下。但见灯火下两条黑影，团团乱转，空场中双双拳脚，嗖嗖挥动。蓝枪黑枪两会会友，在旁作壁上观，无不注目喝彩。真是棋逢对手，将遇良材。战够二十来回，大众忍不住大声叫好。内中却有邓剑秋，回顾手下会友，暗道："不好，铁锤要输。"又抵过一刻，铁锤喘吁吁，只觉对方招数太快，渐渐有点顾揽不过来。

忽然间，金岱手法一变，放开门户，嗖嗖一连七八拳，倏守倏攻，忽左忽右打来。左插花，右插花，击顶贯耳，捶胸捣肋，如急旋风般，将铁锤裹在垓心。铁锤竭力支撑，目眩头晕，猛听啪的一声，左肩头中了一拳。铁锤急撤身，手腕一揽。张手去拿敌人，一把刚刚叼住，却嘭的一下，右肩挨了金岱一拳。铁锤就势下死力一带，金岱使个解法，拧单臂，反腕咬住敌手。铁锤夺手抽身，嗖的一个箭步，纵出七八尺。金岱一跃起来，铁锤大喜。扭身抡拳，虚空一击，霍地飞起一腿，喝声："着。"金岱横闪身让过，铁锤急施出玉环步鸳鸯脚，只见一转身，嗖的又飞起左腿，恶狠狠直奔对方面门。金岱急避不迭，大众暴雷一声呐喊，好个粉骷髅这回可完了。说时迟那时快，黑影一晃，铁锤左腿刚刚飞起，金岱一伏身，双手据地，唰的一个扫堂腿，直奔铁锤独立的右脚荡去。邓剑秋、糖罐子一齐失色。铁锤十拿九稳，不料踢空，暗说不好赶紧收招，将右腿尽力一蹬，身子往前扑去。金岱却一转身，跳起来挺拳打去，黑虎掏心，直奔后背。铁锤抢出好几步，才得站住，喘吁吁刚说得："连输三着，甘拜下风。"金岱认定"倒下算输"的约言，又唰的一声，如风卷浓烟，一抹地赶来。邓剑秋勃然大叫："朋友手下留情。"急甩长衫，横身上场。猛听霹雳一声吆喝，燕子凌空，跃下一人，蜻蜓点水，斜插入战团，双臂斜分，把金岱邀住。

东西壁登高观战各会友，不约而同，齐睁眼注看。这一人名唤雷天纵，乃北方有名拳师雷天笑的族弟，年甫四旬，力健技精，他的功夫，向以强劲刚猛擅长，却与金岱的那种利落迅疾的手法，仿佛旗鼓相当。一下场，挽袖踢腿，摆好架势，相好对手，道一声请，突如电光闪野火发，唰唰唰连打十数拳，各无破绽。两个人都将门户封闭得严紧，一来一往，走了五十多个回合，谁也递不进招去。大众齐声喝彩，金岱暗暗盘算，一个跟一个，迟早总要累乏，便卖个破绽，豁的窜出圈外，高叫："诸位会友，诸位公证，在下连斗四五位，究竟该有个限制没有？"糖罐子抢着说："好汉子，能连战十二个人凑一打么？要不行，十个定输赢。"金岱道："就是一打，有数就好。"说完了一拱手，又与雷天纵斗在一处。

战够多时，不分胜败。雷天纵一招一招，将对手路数探清。忽然一跺脚，将生平艺业施展开，只听得噼噼啪啪，骨节乱响，拳打脚踢，到处生风。金岱一见敌人改招，不觉精神一振，一个怪蟒翻身，闪开了敌手的擒拿。又一进步，双臂穿梭也似舞动，嗖嗖嗖。飞身如飘叶，挥拳似流星，骤如雨，疾如风。两个人直打得如火如荼，难分难解。忽然间，雷天纵大吼一声，将金岱手腕擒住，转眼间，金岱一扣寸关尺，将招破开。忽然间，金岱两指直取敌人双睛；转眼间，天纵横掌隔住。两条黑影，忽上忽下，一招一架，如旋风转磨，如飞轮走环。忽听嘭的一声，天纵奋拳直插对手。蓝枪会、黑枪会数十名打手，哄然欢叫。却在一刹那间，见天纵一个飞脚踢出去，被金岱探爪插住足胫，只一抖，天纵翻身看看扑倒。好一个拳师，倏然来一个鲤鱼打挺，双足如立锥般站定。那金岱嗖的窜过来，两腿这么一转，紧跟着左一扫，右一绊，上面双拳如雨点般，直奔上三路，中三路，好不迅捷。灯光里众目睽睽，作壁上观，几乎应接不暇。只看见影绰绰一对棉团，穿梭往来。

雷天纵勃然奋起，拳一挥风鸣雷动，腿一踢排山倒海，又交手打在一处。只听拳影里，喝一声："着。"天纵一进身，双风贯耳，狠命拍出两掌。粉骷髅客金岱挺立不退，双掌一合，往上翻，唰的分开，使出"白鹤展翅"的招数，将敌招破开。天纵收掌不迭，腾身一窜，急握拳弯臂，对敌人劈面打来。第一着"饿虎掏心"直攻中路。第二着"黄莺托嗉"径取咽喉。却不道金岱招数变得又更快，刚拨开对方双手，立即一伏身滚进后路，两掌往下一抄，将敌人扣腰提肋只一撮。天纵失色，忙拧身一挣。刚挣开，唰的收招回手，用一个"关公大脱袍"，扣住敌腕猛一夺。金岱抬膝顶腰眼，双手一提，尽力死推。天纵说声不好，一回手要扳颈托腮，却一捞没捞着，只觉下面一晃，上面一掷，抢出去两三步倒了，满面羞惭，飞身站起，说一句："承教承教。"默默披衣出去。

金岱轩眉一笑，笑容未敛，只听破锣也似一声喊叫："小子别狂，我来也。"蓝枪会队中，跳出黑凛凛一条大汉，是早年北京出名掼跤的劲手。见大汉奔过来，跺脚擦掌，弯着腰，蹈圈数趟。猛然张手如箕，上扣敌眉，中揪敌人腰带，摆出那相扑的架势，两腿翻蹬，忽然一腿起来，用劲猛踢、蹬、扫、绊。金岱不容他进身，抬左腕一磕，抡右掌一叼，未容敌人进招，先托住大汉一只手，紧扣脉门，向怀里一拧，说道："过来。"猛闪身抬腿，施一个火腿绊鸡爪，将大汉挑出多远，赶过去又一脚，说道："倒下。"那大汉一招没展便落败，连呼窝心，铩羽而去。

跟着黑枪会又下来一人，只走得三五趟，被金岱扣后颈揪倒。对手一翻身，仰面飞起一腿，要踢膝盖。金岱急错身，腾的一脚。坐坐实实踩下去。对手哼哧一声，几乎失声叫出我的妈，惹得哄堂大笑。

邓剑秋很挂不住，抖衣襟自要上场；蓝枪会却下来两个人，俱都是把势匠，踢了一脚，被金岱托住下马，猛一端，就躺下。

然后黑枪会友又来了一位，这一位年少貌秀，貂帽羊裘，打得好一手少林拳。邓剑秋特邀来助擂的，名字叫作塞外玉如意王良。说到功力，身架非常轻巧，身手极其灵活，只吃亏腿脚欠稳。练武家最讲得两条腿立如扣钟，跃如弯弓，坚挺不摇，撼之不动。金岱与他交手，一路滑战油斗，将门户严严护住。连走十个来回，玉如意雀跃鼠窜，兔滚鹰翻，打将起来。拳出去握如水平，伸如笔直，踢腿折腰，如风摆柳，那姿态很是可看。会众指画旁观，个个赞扬，只有邓剑秋扣胸不语。金岱留神引逗，将王良拳脚的路数摸清，暗说好一套花拳。如扮戏一般，又奉陪了十来趟，金岱猛撤身，后退丈余远，喊一声："朋友接招。"两臂一挥，双足一顿，将生平绝艺施展出来，如惊涛骇浪，滚滚翻翻。顷刻间，直斗得美少年热汗点滴，手忙脚乱，只有招架之功，无有还手之力。那金岱生龙活虎一般，竟将敌人裹住。

又酣战十来个照面，金岱叫道："朋友面子，承让了吧。"王良面红气喘，置若罔闻，将拳头握得紧紧的，依然狠命地决赛。金岱看破他已成强弩之末，暗叫："好一个不识趣的俏娃娃，可要当场出丑。"拳花一翻，如雨打残荷，对王良左肩井，右肩井，左腰肋，右腰肋，历落凿去。喝一声着，上面一拳是虚招，下面一脚是猛劲。玉如意急挡骤闪，步位错乱，一只脚险被扫着。金岱更不容情，右腿嗖的踢起；玉如意一退身，刚刚避开。不防金岱跳起来，又当的一拳，正着左乳肋。玉如意哎哟一声，脱口骂道："该死的，打我这儿。"双眉紧皱，两只手捧胸蹲下。

黑枪会六七位会友，忍耐不住，哧哧笑出声来。玉如意红云泛起双腮，羞惭惭退到东面，取一条丝巾，落帽拭汗。金岱一眼瞥见，不由诧异。练武的人眼光犀利，灯火下，早看出玉如意长发盘龙，双辫绞凤，一朵绿云压发堆鸦，衬着那俊秀的姿容，柔曼的腰肢，原来她是个女子。无意中一脱帽，有心人看出马脚。金岱眼球一转，心下明白，很是抱歉。这一拳未免打得不是地方，也嫌太狠了，又觉得会帮中出这等人物，有这等本领，可是怪事。心想神驰，不由得眼角一抹，连看了两眼。

金岱在这一疏神之间，背后唰一阵风吹来，听得喊道："相好的接招。"仓促间急闪不迭，忙翻身迎拳。见一个红脸剑眉大汉急袭来到，左一掌，右一掌，觑得真切，直走中三路打将过来。金岱双拳抵住，伏身横荡一腿。那大汉力大身高，招急势猛，将金岱反逼退两三步。金岱不悦，连叫："朋友，休施暗算，请教字号。"那大汉闭口挥拳。见证刘五爷也相帮催问，邓剑秋高声代白："这位是塞外玉如意的师兄，火链金刚马骏材。"金岱大骇。他连战六七人，未逢对手，红脸大汉实是劲敌。火链金刚这一回骤然下场，怒目映映，深恼金岱骄狂；至于重殴玉如意，更惹大汉不忿。竟不惮暗袭下场，怒焰飞腾三千丈，舞动双拳，横冲直扫，恨不得捉住敌人，大大捶他一顿。

金岱也不怯，撒身让出行门过步，稳健应敌。灯火下，人群中，这个一拳，那个一脚，此往彼来，旋进旋退，如摇风车，如转水磨，直走了三几十个回合，未分胜败。金岱是有名的手法快，脚步活；连使数招，火链金刚沉着应付，毫无破绽。金岱嗖的窜出圈外，燕子抄水三点头，两次叠步，跃出三丈开外，双手一抱拳："在下气力不敌，方家承让了吧。"火链金刚振开霹雳般的喉咙，振声而言："身未倒地，拳未失着，来来来，再战三百合。"嗖嗖嗖，耸身窜过来，张开架势，劈头就是一拳，下面唰的一脚。金岱使一个旱地拔葱，腰干一挺，双足一并，嗖的直耸起来六七尺高，将敌招让过去。飘身下地，封拳护胸，交腿护裆。刚要说话，这大汉却又滚到，展拳脚再斗。

金岱冷笑，晓得此公一力降十会，法门又精，再如法搏斗，各掩护门路，谁也得不着破绽。因想不冒险，怎能成功，便决计卖招诱敌。左手虚晃一拳，饿虎掏心；右手仙人摘桃，向敌人反捯出去。火链金刚叫一声："来得好。"两臂此屈彼伸，将敌腕捯住，只一带，喝道："滚。"恶狠狠抢起来，转身向外只一抛，身手如风车翻转，斜掉角偏西北落下去。全场哄然叫道："好大膂力，粉骷髅也倒了。"只见金岱眼睁睁曲腰抢地，却不知怎的悬空一扭，左脚曲，右脚伸，脚尖找地，两脚岔开，只一点又跃起来。腰干前仰后合，忽一绷，四平八稳站住。火链金刚力虽大，没把他抢倒，双手搭肩叫道："相好的，可捽着我了，咱们就算完了吧。"火链金刚怒不可遏道："非捽倒你不可。"赶过去三拳两脚，又斗在一处。

金岱绕圈，且战且说："朋友留面子。"火链金刚愤然张开双臂，两膀攒力，咬咬牙，拼命只一抖，道声："去！"把金岱又抛出去，不想金岱照样又轻飘飘不翼而飞，挺然着地。黑枪会蓝枪会各会友，这一番早睁眼留神，但见金岱一提气，双臂平张弓，

126

两腿倒插剪，轻轻落下，似一团棉絮着地，矗立无声。火链金刚早张目跷腿以待，急一伏腰，嗖的窜过去，趁敌人刚刚据地，虚晃一掌，腾地一脚踢去。哪知金岱嗖的一声，耸起六七尺高，鹞子翻身，落在一边。双手一搭，又道："摔着我了。"这简直是露一手。

火链金刚满腔火起，赶过去，叭的一个扫堂腿，金岱又一跃。火链金刚一探力，叭，又一个扫堂腿，金岱一跃又一跃，火链金刚竟连连扑空漏着，糖罐子等相顾不禁吐舌。却听暴雷一声喊。火链金刚又一把将金岱擒住，双手捋腕，霍地只一抢，暗道："这回看你的。"右腿就势一踢，将金岱摔出去两丈多。金岱身手一扭搭，两脚不客气，又复点地站牢，连个衣襟也没扫着他。火链金刚暴躁如雷，追过去，绕场连走三五个照面。攻取多，遮拦少。金岱暗叫："若不趁此下手，还恋战做什么？"旋转拳脚，容火链金刚急翻腕隔开，趁势来找金岱的手腕，金岱双手一分，用迅雷不及掩耳的手段，一飞腿踢中敌人腋下。好个大汉，哼哧一声，咬牙吞住；唰的抬掌，照金岱脚面砍去。金岱旋风一转，绕到后路，右腿收回，左腿飞起。对方便一抄身，抢右臂待抄金岱胫踝，却见黑影一晃，又抄到后路。火链金刚"怪蟒翻身"收回招数，"白鹤展翅"，亮开两腕，交搭手唰的往外一搅，右腿跟着踢出去。金岱"毒蛇吐信"虚点一招，却滑步闪身，绕陀螺般一转，又奔敌背。嗖的一脚，唰的一拳，盘前旋后，将火链金刚拳影裹在中，左扑一空，右打一闪，不觉地眼光缭乱。

忙乱里，金岱嗖的跳起来，一个靠山背，正砸着金刚左半身，往前抢出两步。急仰身拿桩，脚一蹬劲站稳，右臂急防追袭，唰的往后一扫。恰好金岱人未到，拳头先来，火链金刚怒气塞满胸，声如沉雷喝道："再跑！"回身一把擒个正着，插腿一剪，运动浑身力气，左扣敌腕，右掣敌领，一力降十会，举手下绝情，只听猛喝道："倒！"哎呀一声，金岱直抢出去，扑噔，两人中果然倒下一个。大众急忙定睛看，火光中，金岱右脚弯弓，左脚撑篙，在圈外昂然地挺腰站着。这一边，火链金刚扑地栽倒，霍地跃起来，鼻已血流，金岱用一个急招，败中取胜，抢左掌刮地一挡，挣脱右手，冷不防将火链金刚扣颈掀翻。但对手一抛，余势犹猛，金岱自身如翻车般，跟跟跄跄，直栽出好几步，才能站牢。这法门叫作单贯耳，紧随小勾手。

火链金刚分明占上风，棋胜不顾家，竟失此一着。跳起来愧怒难堪，扑到东壁，将两把钢刀取在手里。就在这一刹那，少年美貌的玉如意王良，也哗啦啦，解开缠腰的铁莲子串珠鞭，提喉咙骂道："好一个野鹰，敢如此歹毒，伤人家体面！"一霎时东壁观众暴喊如雷，一片声喊扑死此獠。

好一个金岱，还身侧立，将右手扣扣背后长包，仰面冷笑，如没事人似的说道："要动兵刃，区区也奉陪。"火杂杂声里，黑枪会首邓剑秋，将皮大氅丢给侧首一个帮手，对东壁观战的部下，低喝嗒声。火链金刚拭去鼻孔鲜血，将胸头火勉强按捺下去，倒提双刀，重复入场，举手说："朋友你将我放倒，我领情谢教，在下的意思，还要请你指点几趟刀、几路枪。"嗖的将双刀拿起，这一刀右手横按，这一刀左手倒提着，向金岱这边递过，就说道："这两把单刀，尺寸钢口都一样，随你选一把。"

金岱将两手一背，直向后退。火链金刚怒极，赶过去左腕一扬，钢刀出手道："接着，总得请教。"刀尖刀柄当空一闪，金岱伸三个指头捏住，顺手遥掷，插在明柱上，反臂将长包掣下。当此时，哗啷啷一响，玉如意王良摆莲子串珠鞭，迎头一甩，叫

128

道："粉骷髅帮接招！"金岱急将长包顺手一揽。火链金刚叫道："老四不得如此，容朋友亮出兵器来。"金岱早一抽，收回那长包，闪身跃出圈外。只一抖，长包打开，亮出青莹莹一支纯钢兵器，长四尺一寸，二刃出锋，形似钩枪，尖吐小支，柄带护手，名为吴钩剑，又名月牙戟。左手提住，一弯腰，又从腿上，抽出白晃晃一把尺八匕首，仰天吐气，便待交手。那西边墙，蓝枪会首唐贯之，眼角瞟对面，嘻嘻哈哈，冷笑道："不得了，手不够使唤，怎么动起家伙来，我可怕。"那神情是讥诮上了。

黑枪会首邓剑秋，怎能不懂得，只做没听见，嗖的从东面窜到场中，对玉如意、火链金刚笑说："徒手操还没完哩，等一会儿练器械操吧。"双拳一抱叫道："粉骷髅朋友，招数实在高明，待小弟奉陪两趟。"眼瞅糖罐子，口中说："等在下领教过了，还有这位唐爷，要同足下过招哩！"扎抹停当，道一声："请上招。"刚往一起凑，忽听后窗有人喝道："朋友，车轮战不是事呀！"立刻窜进来一个人，短衣包头，满面英气，正是粉骷髅五豪秦铮。

黑枪会、蓝枪会一齐惊动，外面本有卡子，不知人家怎生进来的。邓剑秋退了一步，眼盯来人道："阁下何人？"来人道："粉骷髅帮过路献丑。领教过了，请诸位赏面子，把姓任的放了。"邓剑秋向手下人施一眼色，手下人急向外面搜去。当下两人说了几句场面话，登时过步递招，一来一往交手。唐贯之也立遣同党，往外搜查。五豪秦铮，和邓剑秋各献身手，早走了十几个照面。这邓剑秋一拳一脚，稳练异常，不求有功，先求无过。五豪秦铮一面应敌，一面向金岱通暗号，意思之间，再耗一会儿，援兵即到，此刻总不以翻脸为好。两个人斗半晌，不分胜负，黑枪会各会友，提心吊胆，在旁观战，唯恐会首落败，名誉扫地。那邓剑秋不慌不忙，胸有成竹，先把敌人的招数看透，如

129

法应付，当不致蹉跎。哪晓得这秦铮比金岱武功更精。连走数十个照面，只觉敌人气度从容，手脚迅利无比，有点应接不暇。邓剑秋急将架势一变，恶狠狠厮拼起来。

黑枪会众打手，指手画脚，纷纷议论，少年貌美的玉如意王良，与火链金刚马骏材，悄声私语，看这情形，敌人健勇，武技精纯，很难将他打败。万一邓会首一招走错，半生英名将付流水。商量一回，打算设计解围，推派一个好手，上场去替换下来。正在耳语喁喁，忽听西墙根一阵喧嚷声，急回头定睛看时，那粉骷髅五豪秦铮与邓剑秋逼紧了搏斗，情势险恶，已危急到极处。灯光里，但见两条黑影，扭作一团，直打得难分难解，噼噼啪啪，看不见拳脚动，只听得踢打声。倏然间，邓剑秋一把扣住对手。倏然间，秦铮一腿，扫着敌人。腾的一响，料到是有一人中拳；啪的一下，猜想是有一人被殴。一招紧一招，一路快一路，只绕得在场众人眼花缭乱。玉如意王良急叫马骏材．"快快解围，快快解围。"说时迟，那时却快，骤然间邓剑秋一爪挖住敌人的腰带，这一掌便扑上去扣喉拿腮；骤然间，秦铮只一挣，刮的一声响亮，腰带绷断。紧跟着邓剑秋嗖的向场外一窜，紧跟着秦铮嗖的也往外边一窜，两人都跳出圈外。两个人不约而同，齐说道："承让，承让！"

秦铮笑说："首领拳术精熟，佩服之至，小弟甘拜下风。"遂俯腰拾起断带。这一边邓剑秋，却低头寻觅，口中说道："朋友招数灵活之极，在下不及多矣。"又一拱手道："彼此心照。"秦铮一笑，将左手一扬，黑乎乎一物飞出。邓剑秋伸手接过，不由脸上一红，两个人心里明白。剑秋对自己这帮说："这位朋友功夫很好，我想咱们这边，别再跟人家较量了，时候不早，咱们照料行事，把人放了吧。"

130

玉如意、火链金刚等，怫然不悦。邓剑秋也不再说，回头来眼望糖罐子说道："唐爷打算怎么样？依我看粉骷髅这个朋友交得过，人家很懂情面。"糖罐子眼珠一转，冷笑说："邓爷，是吃得苦中苦，方为人上人。小弟不客气，还是说得出，就做得出。"即大声说："咱们这边，有愿下场的没有？人家东边可和啦！"蓝枪会众打手，窃窃私议，暴雷一声喊道："不成，我们还得请教两招。"立刻走下三个，预先定规好，要采车轮战法，不等见输赢，但看形势一见不利，即速换人接招。

粉骷髅客早又识破，一见这三个雁行上场，心知是一个交手，两个接应。粉骷髅秦铮和金岱比狐狸还狡，对中证刘五爷，拱手叫道："诸位见证，请见，这不是打了半晌么？已经下场的，到底有几位了？"刘五爷看了看说道："西边五位，东边五位，又首领一位。"金岱一躬到地说道："诸位好汉，区区绝不是好勇斗狠，无非奉陪诸位走两趟，借此拜恳释放那位和甫先生。诸位言而有信，不是约定打十二场算完结么？区区并未含糊；这可已经十一场了。如今还剩最末一场，不拘哪位下场，我弟兄都奉陪，可就是到此为止。"言罢叉腰而立。

邓剑秋正恼糖罐子吃得苦中苦那句冷讽，趁此插话："不错，这是末场，我们是甘拜下风，就瞧唐爷的了。喂，您还叫别位朋友下场么？压轴子戏，唐爷赏脸露两手吧。"黑枪会齐声和哄道："我们这边连首领可当真是走过了，净瞧你们那边呢！"糖罐子憨着脸说："别忙，我还没急呢。"

蓝枪会下场的三位，却大声解嘲："头何必下场，杀鸡焉用牛刀，瞧我们哥三个的吧。请，相好的，咱们来来。"秦铮挺身上前，金岱却闪身退后道："刚才可是有言在先，十二场打完，就得如约放人，你们三位还要添饶头么？一打为止，我们只能奉

131

陪你们一位。"蓝枪会三打手大叫："没那些废话，你们半腰换人了，那不算。还告诉你们，打在你，挨打可不在你。"三个人不由分说，当头一个秃老鹰，晃光头抢到金岱对面，拉好架势，挥拳便打。

金岱侧身让过，秦铮抢先截住，闪眼端详来人，三十多岁，中等身材，秃头谢顶，两条淡眉有如无，姓名唤作萧进升，是承德街上有名的皮子；素喜掼跤，什么叫拳术，他却不懂得。两只手上一把，下一把，两条腿踢蹬绊扫，摆出这摔跤的身段，恨不得一下捋住对手。双拳一紧，单腿一揽，喝一声倒下吧，便可以摔倒敌人，落得全场叫好，这是秃老鹰的绝招。秦铮早已看透，他岂能容敌人沾着身。连走数个照面，秃老鹰侧着肩膀，晃着秃头，只往前凑。秦铮肚子里暗笑，一眼相中了那个光头，不慌不忙，闪身腾挪，紧紧对门户，忽地叫一声："得。"容老萧扑进怀来。双臂一晃，磕开敌手，秃老鹰一捞又没捞着，右腿伸出来，要下绊。好秦铮，身躯一拧，如陀螺也似，倒抹到老萧背后。急抬手掌，叭的一声，秃头上红肿起五个指印。老萧秃头一晃，回转身两手再抓。秦铮双臂一抖，嗖的绕敌人后路，右手捻拳头一凿，嘭的一声，如擂鼓也似，将老萧秃头，敲起一个栗块。秃老鹰大叫，两手虚点一招，窜身一头撞出去。秦铮急闪不迭，险被撞倒。倒退了两步，忙翻手掌，单臂用力，嗖的直劈下去。秃头鹰一头又撞过来，恰好狭路相逢，刀杓齐碰，刮的一声响，老萧哎呀大叫，后脑海端端正正，挨了一肉刀，又干又脆，往前栽出好几步。瞪直眼珠子嚷道："有这么摔跤的么?"黑枪会友哄然大笑。

秦铮口吹左手嚷道："好硬，这是打拳啊。"老萧大恼，扑落扑落头顶，叫道："伙计，咱俩死干了。"双拳一比，将秃头一摇，伏身再撞过去。秦铮避开，提左掌又劈去。秃老鹰摇头一晃，两只手两把抓，竟将粉骷髅五豪秦铮左手抓住，秃老鹰大喜。却见倏然扑来一条黑影，手起拳落，喝叫："你来接招。"

这人正是蓝枪会下场三打手的第二个，出其不意，来打偏手，此人名字叫作海里进。从背后袭来，重复一句道："我来接架，萧爷退后，你们没输没赢。"且说且上，且下毒手，一只拳直捶秦铮后脑。秦铮手疾眼快，一身照顾六面，刚听得背后脚步动，努力将身躯一挣，如风掷落叶，转到老萧那边。海里进这一拳，来得急猛，收招不及，整个照顾了秃老鹰萧进升。秃老鹰怪叫急闪，秦铮趁势摘开敌手，掣出己腕，嗖的一腿，兜腰踢出，将老鹰踹翻在地。海里进奔过来，抢拳便斗。秦铮使个指法，只一抖，将海里进右腕叼住。又一拧，海里进不由得单臂倒剪背后。急待夺脱，秦铮使劲一端，海里进吃不住劲，皱眉咧嘴，赶紧顺着力，将左手尽力往后反击。秦铮侧首闪过，伸一手又捋住敌腕。海里进力挣急夺，秦铮手劲很大，这边又是反臂倒掏，不得吃力。再一拧，海里进竟被倒剪二臂，摆脱不开，破解不得。

正在危急，秃老鹰一见大怒，鲤鱼打挺跳起来，一羊头直撞过来。秦铮忽地一转，双手力推，海里进跟跄出去。秃老鹰一羊头送到，恰好头碰头，海里进哼哧一声，就地打了一滚。秦铮笑道："二位别碰头。"老海爬起来大怒，转身猛扑，秦铮右脚贴地一扫，老海跳开。却见秦铮推身收回右腿，叭的又扫出左腿，海里进仰面栽倒，秃老鹰双手一架，跳起来，恶狠狠连撞几头。秦铮暴怒，将右腿提起，仙鹤涉水式，容秃头撞到，一个旋风腿，直奔太阳穴。只听场中有人大叫："腿下留情。"说时迟，踢时快，秃老鹰拼命撞来，拼命狂喊一声，扑噔栽倒。两手抱头，半晌起不来。

蓝枪会急下来三五位打手，将他搀起来。业已面目改色，不能言语。秦铮一个箭步，跳出圈外，举手大叫："众位见证，二位首领。这可是已经够十三场，过一打了。我弟兄场场奉陪，都承见让，叶落归根，话到本题，请如约释放这位和甫先生。把他交给我。"

一言未了，蓝枪会第三位下场打手，一个虎跳扑来，飞腿一下。秦铮微微闪过，再叫道："诸位都是外场朋友，言而有信，并不是在下逞能逞强。"海里进撸袖伸拳，大叫一声，又复扑到。秦铮又闪开，再叫道："西边首领请看，我可连让数招了！"三打手又过来一脚，海里进也过来一拳。两个人攒击秦铮。秦铮左闪右避，如蝶穿花，一迭连声叫道："诸位不要赶尽杀绝。我只请问这位首领，刚才说的话，到底还算不算?"两个人打圈动手，只作不闻。蓝枪会早又下来两位打手。四个人合伙群殴，将金岱也围在垓心。

秦铮、金岱两人大怒，事到如今，不能不算，便嗖的一个箭步，窜出圈外。两人整步亮拳，翻身扑入。嗖嗖嗖，将那狂风骤雨的拳术施展出来，六个人打在一处。只十来个照面，听得场中一声断喝。扑噔一声响，秦铮铁掌一挥，蓝枪会一个打手早已躺下，就地十八滚，翻出圈外。乒乒乓乓，搏击声连响，海里进急闪不迭，也被秦铮一掌击中要害，两手交掩蹲下来。金岱伏身一腿，另一个蓝枪会打手，立刻跟跄跌出去，反将海里进碰倒。第四个打手，被金岱下辣手，打得门牙脱落，鼻破血流，圈子里顿见松动。这一场群殴，转眼间，四个打手，八对拳脚，直打得东倒西歪，竟斗不过粉骷髅双豪，个个打手，招招落败。蓝枪会十七个会友一见大哗，纷纷亮出兵器，秃老鹰额缠白布，抄起一杆花枪，咬牙切齿，越众当先。黑枪会十名打手，也跃跃欲试，但都气势汹汹，眼看就要动手械斗。正是："恃武力不如仗义，倚大众未及技强。"

第九章

战群雄图穷匕首见
援困兽纸包烟弹来

秦铮、金岱看这情形，势成骑虎，只可力争。两人唰的双拳一分，第三番耸出圈外，燕子抄水，脚尖点地，如流星闪电，扑奔西壁供桌。飞身上去，将糖罐子一把捽住，跟着都亮出兵刃来，圆睁二目大叫："这位首领请看，此事该当怎么办？江湖上信义为重？还是武力欺人？"糖罐子脸色陡变，掉臂一挥，金岱铁爪如利钩，一掣没夺开。糖罐子急探手摸衣襟，秦铮伸手举兵刃。糖罐子忙收怒气，换出笑吟吟面目，哼哼说道："朋友别慌，有话好讲。"粉骷髅双侠双眼一转，嘻嘻狂笑，手指后窗道："我们慌什么，来者不慌，慌者不来，屋里有人，窗外还有天。"

糖罐子急顺手一瞥祠堂后窗，后窗黑影沉沉。秦、金二人又同声叫道："我们只请如约放走和甫先生。好汉誓约，说了可好不算么？屋里有人，窗外有天。"又重复了这一句，糖罐子举手说："朋友，你的艺业高明之至，兄弟刻骨佩服。要放过孤雁，却也不难，我们说的话，也不能不算。但是……"秦铮扪剑四顾道："但是什么，有话尽管说，大丈夫何必吞吞吐吐？"糖罐子无言，眼望邓剑秋道："喂，怎么样？"剑秋默然，扭头看后窗，态

136

度顿形模棱。糖罐子不由嗔怒，眼角扫着双侠手中的吴钩剑，欲言却又恐投鼠忌器。粉骷髅二豪连连催问："首领有话尽管说在当面，在下无不遵办。"糖罐子双瞳乱转，暗使眼色，赧赧然说："他们这几位，还想请教你两趟兵器，不知可以不可以？"

金岱大笑道："不过是这个么，何须作难？"刚说到这，海里进一声怪叫，唰的一鞭，抢过来，搂头便打。秦铮、金岱不慌不忙。一拍糖罐子，嗖的往后一退，把糖罐子一推。这一鞭猛击，急收不住，险些误扫糖罐子，海里进抢鞭又打，金岱坚立不动，秦铮觑得真切，腾地飞起一脚，直踢手腕；将一支虎尾钢鞭踢飞，掠空一转，扑的掉下来。幸不伤人。全场大噪。

这边秃老鹰便怒气塞胸，出其不意也跳过来，唰的一枪，照金岱分心直刺。金岱急闪，顺手夺住；只一带，秃老鹰登时身躯打晃，竟夺不回来。金岱右手吴钩剑贴枪杆一扫，秃老鹰力夺不及，赶忙松手，手指险被削断。金岱已将花枪夺取在手，蓝枪会十六七名打手，暴躁如雷，都拥上来。刀矛齐举，喝叫："粉骷髅好汉子，下来斗斗，要不下来，可就戳你了！"

供桌上，金岱右手提剑，左手横花枪，与糖罐子并肩而立，双瞳凝注，昂然不惧。秦铮把糖罐子看住，做了肉质。蓝枪会果然不敢鲁莽，怕伤了自己人。糖罐子饶有急智，情知自己落在人家手心，只可用计，不能斗力。登时横身障住金岱，口中大叫："众位消停点，消停点，不要群殴。咱们还是把比武的办法说好了，再动手不迟。"暗暗对蓝枪会友打手势，使眼色，蓝枪会众打手有的不解其意，只是要斗。中证刘五爷等，慌忙拦住，再三排解，只叫："各归原位。"好容易才压住。

秦铮朗然发语："就是群殴，诸位只觉下得去，区区决不含糊，何必这样着急？来来来，我这弟兄先歇歇，姑且由我奉陪。"

把金岱扯了一把，自己提剑，扑地跳下场道："诸位见证，有劳再请观战。"又东西环顾道："诸位，还是那句话，我奉陪以后，又待如何？不要比起没完，胜败到底也有个限度吧？"糖罐子刚张嘴，邓剑秋陡然接声："粉骷髅朋友，不要小觑我等。在场这几位，也都学过几招劣笨拳，怎肯群殴你两人？自然还是单打独斗，十二场定局。你若赢过半数，准把孤雁交给你带走，这可是我们这边的意思，决无异议。唐爷，喂，你们那边呢？"糖罐子很不痛快，大庭广众，不好输口，只得点点头，冷然说："就是这样，我听您的，唔，听您的。"剑秋暗笑，大声道："好极了，我们这边推六位上场，唐爷那边也是六位上场，中证帮场在外，五爷你看如何？"

中证刘五爷道："好好，就请众位腾让腾让吧。"黑枪会蓝枪会各打手，哄然退到东西两堂，各个理好自己的兵器。五爷又说："咱们可是一个下去，再一个上，不要乱来，教人耻笑。"剑秋道："这个自然。"秦金双豪环顾四周，蓝枪黑枪各打手怒目挺腰，面含杀气。这一场械斗，明知凶险，只好拼命一斗。看看时候，已经差不多了；秦铮先向金岱打一招呼，立刻腾身一跃，窜到场心，对东西十二人，插剑抱拳说道："一言为定，就请诸位赐教。但兵器非比拳脚，咱们彼此又无怨无仇，在下扪心自问，岂敢在方家面前，弄斧逞能，我不过求释这位和甫先生而已。既然命在下献艺角技，以为交换条件，那么为救人起见，区区不能不竭力奉教，也就是点到为止，彼此会意罢了。若有个脚轻手重，无心之过，失招之咎，还请诸位原谅。不过我一定要加小心的，我绝不敢逞凶。"这话说得就有点狂傲，将吴钩剑掣在右手，双眉一挑，两眼一瞪，涩然喝道："哪位先上？"登时将架势站好。

138

蓝枪会友中，秃老鹰抱切肤之痛，急选出一杆五指开锋朱缨长枪，甩腿摩掌，将枪一顿，抖起三五尺枪花，便要上场。只听东壁一声呐喊："待我来也。"火链金刚马骏材，早已越众抢过来，将双刀一错，窜到秦铮面前，说道："来来来，我先打头阵。粉骷髅朋友，请你切实指教，休要小看人。"秦铮往后一退，一看又是火链金刚；此乃劲敌，应该露头一手。急将吴钩一横，说声："请教。"火链金刚双刀砍人，右一刀斜扫眉头，左一刀直刺心窝。秦铮扯身闪过，吴钩剑反臂一挥，剑头倒须险些咬住刀背。火链金刚马骏材急抽回刀，前进一步，两刀并举，双龙剪水式，对准敌项交错斩去。秦铮喝道："来得好。"嗖的一个箭步，窜出丈余远；刚刚转回身躯，双刀唰的又扑到。秦铮挥吴钩剑一挑，直取马骏材左臂。马骏材交刀急架，霍地又一剑。玉带缠腰式横砍来。火链金刚左手刀横推，右手刀秋风扫叶，斩取敌人要害。秦铮退步伏腰闪过，嗖的反扑上来，人到剑到，"横云断山"只一砍，骏材急闪。唰的又一剑，"毒蛇出洞"式，剑尖直戳过来。骏材快刀格开，就势还招，一帆风送渔舟，两个人一剑一双刀，往来穿梭，斗在一处。

火链金刚杀得性起，刀花一变，化作两条白蛇，缀前，绕后，施展出八卦对花刀，左攻右守，右攻左守，虚一招，实一招，不见人影，但见刀光霍霍。秦铮定睛一认，长嘘一声，倒窜数步，将四尺二寸的夹钩利剑一甩，改变急招，翻身又杀入。横劈直刺，倒握斜钩，施展出七星剑法，外夹钩镰枪式。须臾间，剑光电闪，分开那两道刀光，也化作一条青虹，夭矫拿空，进退攻守，迅疾如风，直与双刀抵住。火光下，不见人影，但听得嗖嗖之声，对刃时，便叮当啸响，火星乱迸。两旁观者，无不瞠目咋舌。

一来一往，约到三四十个回合，猛听哧啦一声，青光一闪直奔南面，白光一闪直奔北面。粉骷髅秦铮侧立看剑，气不涌，色不变，态度安闲。那边厢火链金刚两眼怒睁，愧愤交并，赤红脸逼得发紫。原来他倒捧着双刀，用一只手掩胯，左胯腿扯破了一尺六七寸长一些破洞，还是人家手下留情。金刚将双刀当的掷于地下，叹道："艺到用时方恨短。朋友手下留情，在下……甘拜下风。"

这几句话说出，早把个塞外玉如意气得粉面通红，一抖铁莲子串珠鞭，大叫："师哥休长他人威风，待我来找回场面。"嗖的一个箭步，窜将过来，抢鞭便打。就在这时分，忽有一条黑影，从西面扑到。半声不哼，一杆五指开锋枪，唰的照秦铮分心便刺。金岱忙喊了一声："留神！"秦铮已经一顿足，跳出七八尺。凝神一打量，来者是那秃老鹰萧进升，衔那金岱一脚之恨，恶狠狠从背后袭来，要从秦铮身上，找回体面。急三枪头一枪刚到，秦铮腾身闪开，玉如意王良恰巧抢鞭冲到，措手不及，枪锋反点到王良胸口。好王良退转不开，招架不迭，急一伏身，反迎过去。却将串珠鞭逼近一抖，毕毕一声响；秃老鹰收招不遑，翻身栽倒。王良挡开急三枪头一招，连忙挺身站稳，上前搀扶秃老鹰，再三道歉："若不挡一下，您准失手戳着我。"

秃老鹰鲤鱼打挺，自己跳起来，一语不发，怒气冲天。眼光一找，见秦铮闪在一旁微笑。秃老鹰咬牙切齿，将长枪一端，扑地抢到面前。秦铮一摆吴钩剑，斜插架过。秃老鹰收枪，唰的一声，第二枪又到，直取咽喉，来势甚猛。秦铮脚尖滑地，让过枪锋；宝剑一挥，贴枪棍平削出去。玉如意王良急忙说道："萧爷稍歇，待我来斗斗这位。"一进步，够上招，串珠鞭卷地横扫。秦铮急挑开这鞭；秃老鹰萧进升不肯让场，唰唰几枪，两个打一个，直扎秦铮。金岱喝道："见证请看看，这是怎么讲？"但是刘五爷还未说话，玉如意二鞭刚下，连忙停手旁观。金岱笑道："这还罢了！"

当此之时，粉骷髅五豪秦铮已经抽身，往南边一跳，将吴钩剑一领，施展开，如怪蟒毒龙，一片青光绕住秃老鹰。秃老鹰左右，前后，上中下，连发二十四枪，未能取胜。对手浑似旋风一般，在场上往来游走，只是捉摸不着。秃老鹰心中一慌，气焰顿挫。又战十数合，秃老鹰较足气力，将手中枪尽力一挑，挑开剑影青光，对准敌手心窝刺去。秦铮故意稍缓一招，容敌枪戳到，却侧身略避，让过枪尖，龙探爪，一把夺住枪柄，老萧大吃一惊，双手急夺。秦铮右手剑迎面一晃，下面一腿，秃老鹰不撒手，向场外一窜。秦铮顺手将枪夺下道："承让！"缓缓单手拖枪，跟踪窜出圈外。口中说："朋友，这杆枪……"

一言未了，秃老鹰忽翻身将右手一扬，一道流星直奔秦铮面门。秦铮本待跟踪还枪，冷不防这一镖，急止步低头敛避，镖缨拂耳打过去，险些误伤东壁观众。秦铮投枪在地，怒道："岂有此理！"见证刘五爷忙喊："别使暗器，萧爷下场吧，地方太窄，打不开呀。"秃老鹰面当大众，羞恼成怒，见证的话满不听见，直瞪眼扑向西壁，从架上又抄起一杆花枪，大叫："小子，我跟你拼上啦。"他竟要乱来了。

此时玉如意甩铁莲子串珠鞭早已下场，与秦铮战在一处。连走三五个照面，秃老鹰暴躁如雷道："闪开闪开，咱非跟这小子拼个你死我活不可。"话出口，枪出手，只一拧枪缨乱颤，唰的戳到。玉如意王良怫然不悦，窜出圈外，这粉骷髅五豪挺剑转身拒住。秃老鹰左一枪，右一枪，乱戳乱划，秦铮面浮愠色，暗想：这个太不懂情理，看来不使一手，总不得下台，于是一招一

141

招应付着，留心寻敌人破绽。

战十数合，秃老鹰觉枪杆长大，施展不圆；便双手提枪，拼死力划开剑云，往外一戳。秦铮倏然一闪，用右臂夹住枪，吴钩剑举起来。全场失色道："秃性命完了。"急注目看，秃老鹰两眼紧闭等死，大叫："小子砍罢。"呼呼哧哧，气喘不止。十豪金岱在桌上喊了一声，五豪秦铮将剑横顶一劈，忽双眉舒展，一笑收招道："唉，承让了吧。"将枪松手交出。秃老鹰一把夺回来，怪喊："小子我的命卖给你了。"掉转枪头，唰的又戳过去。秦铮急避不及，用生平力量，挥剑猛剁，只听咔嚓一声，枪杆中断，秃老鹰哑声嘶喊，将半截枪杆劈面打来："小子，爷爷跟你拼定了。"金岱实忍不住，飞身而下，伸手一抱，把秃老鹰从后擒住，夺枪杆于地下。那一边秦铮呼的一声窜上前，青光一闪，直砍下去。秃老鹰扑噔坐倒，手拍脖颈道："你砍，你砍！"秦铮将吴钩一落，金岱急将吴钩一横，叫道："算了吧，何苦……"不想秃老鹰忽又一扬手，秦铮斜闪；腾的一脚飞起，秃老鹰如败叶迎风，直跌出去三四步，仰面昏绝，耳轮滴滴冒血，被吴钩剑倒枪捞了一下。

蓝枪会友一见这情形，登时骚动。西壁供桌嗖嗖跳下五个打手，玉如意急忙拦住道："众位稍缓，容我来终场。"抖铁莲子串珠鞭，从斜刺里抄到，一举手道："还是我来领教。"卷地一鞭，往金岱下三路蹦绕。金岱腾身闪过，道声："咱们再交交！"扑过来抢剑还击。秦铮见十弟下场，忙想窜上供桌，监视唐贯之；唐贯之早乘隙避去。肉质没有了，只可力战待援。登时间，奔来打手，把秦铮盯上；秦铮运吴钩剑，沉着对敌。金岱和玉如意打得更热闹。玉如意毕毕一鞭，玉带缠腰；金岱退步反手一剑，倒须钩横咬铁链。玉如意掣回鞭，泰山压顶，搂头又打。金岱又一闪，剑举横搪，转身推剑，秋风扫落叶砍去。玉如意托地跳开，金岱跟进去，嗖嗖嗖，三花盖顶，剑当敌头。玉如意舞动链串珠鞭，崩砸缠抽，鞭环夭矫如神龙。金岱挥月牙吴钩剑，推刺勾抹，钩嵌双锋如伏犀。两个人回旋刺击，辗转招架，约走过四十个照面。王良这边，忽然举链鞭虚空一击，掣回来径取手腕。金岱偏不支拒，也不躲闪，忽地青光一晃，剑锋横截敌臂。玉如意连忙收招还架，全场都替她捏一把汗。

金岱乘机反腕，擎剑只一搅，剑钩挂住串珠鞭。全场一声喊，双方急收兵器。金岱急掣，玉如意急夺，双方牵住。忽然玉如意佯作力不敌，顺势扑入来，右腿进扫，左臂陡举，亮拳劈面就打。金岱两目凝神，喝道："好!"也一亮左臂，明灼灼尺八匕首，已暗取在左手，贴肘倒提着，说声："戳。"玉如意抽身急避。这边粉骷髅金岱一攒力猛划，只听嗤的一声，玉如意撒手翻身，窜出圈外，含愧顿足，认败服输。金岱含笑收刀道："多承相让。"

只听西壁一声喊，蓝枪会五打手第一位刘黑头刘锦波，提朴刀跳过来，抵面叫道："朋友，咱们来么?"金岱看来人，黑凛凛一颗大好头颅，如烟熏过一样。身躯胖大，青筋蟠体，料是个大莽汉，却说的一口天津话。此人游勇出身，是著名女匪首烂鼻子刘四姑的养子，善用朴刀。当时下场，两人交手，这口刀嘎嘎劈风，那口剑闪闪掣电，刀来剑往，剑去刀还，连走二三十个照面，金岱忽一剑砍去，刘黑头横刀招架，剑锋砸刀口，当啷一声响亮，如虎啸龙吟，火星乱迸。金岱晓得此人力大，即将剑式一换，闪展腾挪，避实捣虚，连战十数合，都不曾切动劲。刘黑头不耐游斗，不由性起，恶狠狠抢刀，挥霍缭乱地劈来。粉骷髅金岱耸跳窜蹦，只在敌人身旁背后，绕来绕去，刘黑头左一刀，右一刀，刀刀扑空，连对手的剑也碰不着，影也捞不见。心中焦躁，猛一刀卷地扫荡去。金岱翻空一跃，剑尖下指。刘黑头回力撩开，金岱掣剑一圈，吴钩剑上的倒钩扣住敌刀。刘黑头急摘不得，挺刀直扑。金岱就势一送，刘黑头啊呀呀失声喊叫，剑刃顺抹过来。黑头慌忙收朴刀，已被剑尖倒钩反挂，搭着左肩。刘黑头只一挣，嘶的一声，小皮袄扯破，鲜血流出，黑头拖刀败走。

金岱仗剑四顾："哪位再来赐教。"蓝枪会第五位打手，麦老台挥刃上前，金岱挺剑邀住。当此时，粉骷髅五豪秦铮和蓝枪会有名的大好人孙金棠，战在一处。大好人孙金棠使烈焰钢叉，钢叉与钩剑相对，烈焰叉上下飞翻，月牙枪往来吞吐。十余个照面。大好人失招落败，幸不负伤。枪会第一打手，亮兵器抢上，刚待过招，早有黑枪会打手郎二柱，摆双钩越众当先，与秦铮斗在一处。这双钩咬住单钩剑，那单钩咬住双钩刀，一来一往，团团打转，直走了好多趟。忽然腾的一声响，郎二柱双钩好容易挟住敌剑，冷不防下面扫堂腿连环步只一扫，郎二柱翻身栽倒。紧跟着黑枪会第三第四两打手，连续上场，先后塌台。来得匆忙下得快，也就是三五个照面，便被秦铮打倒。直气得糖罐子两眼发红，觉到丢人已丢到家。只听粉骷髅十豪金岱打赢了敌人，高声喊叫道："八位承让了，还有哪位。"其实是粉骷髅弟兄各自为战，早够了十二个凑一打的数目了。

金岱叫罢，秦铮也说："两位首领，我们幸得承教，就请首领践约放人吧。久过兵刃，伤了谁也不好。"两个且叫且往圈外退身，不防人丛中霹雳一声喊叫："我来也。"铁台子陶志廉，挥双链，鹞子翻身，扑到垓心。粉骷髅双豪急看此人，身材胖矮力大气雄，使铮亮一对铁锤，柄长四尺半，锤头足有碗口大小，使动来呼呼生风，硬打处地裂石崩。好一个勇汉，只知力战，不工

144

拳脚，乃是黑枪会四台柱的第二人。两人交手便斗，金岱使动吴钩，进退刺击，操纵自如，绕身浮起一片青光，只不叫人兵器触着一点。常言道，锤棍之将不可力敌，对付此人只可滑斗。金岱施展手眼身法，如虎插翅，如蛇生足，往来游走，捉摸不定。铁台子东砸一空，西擂一空，手握双锤，直气得怪眼圆睁，咆哮如雷。猛然间分开剑光，双锤并举，跳起来劈空一击。眼睁睁敌手仓皇跑不掉，急切躲不开，全场一阵骚动。却不料金岱怎么一转闪，如流星赶月，抹身扑到锤将背后，腾起双脚，嗖的一靠山背，把铁台子推冰山倒铁柱，失空砸倒。金岱一叠步窜开，到那边一站道："到此为止吧。"左手提剑，右手拭额，觉得津津汗出，有点战乏了。

蓝枪会第六打手胡钩，是有名的叫作野狐精，狡黠难缠的。他场场观战，招招揣摩，自觉摸着十成底。这一场刚分胜负，他陡然上手，提钢刀单拐叫道："我来请教。"左手拐一点，右手钢刀斜切藕，猛砍金岱肋。粉骷髅金岱急待发招，五豪秦铮竟一步抢先，横剑架拐，甩剑搪刀，就势一送，推剑还招，直奔敌腕。胡钩急抢拐招架，秦铮不待他架，早一翻剑，倒须钩向下扣，径找敌人下三路。野狐精展刀磕开，抢拐又打。秦铮滑步窜开，吴钩一指，翻身杀入。只听刮的一声响，单拐被一剑劈断。野狐精翻身败走西壁。秦铮停剑不追道："朋友怎样？"

野狐精胡钩弃钢刀，急从兵器堆中，选取一根三节棍，单手提着，顿足一跃，抵面叫道："朋友好俊本事，在下倒要彻底请教。这不算比武，陪方家过招，胜拜明师学艺。来来来，十八般兵器，在下样样学习过，样样都糟糕。容我一样样试演。请你一样样破解，千万不吝赐教。"

这几句话说出，邓剑秋、唐贯之都暗笑，他无形中掩败取巧，话却说得堂皇。说完了，一抖三节棍，长呼："请上招指教。"哗啦啦棍打三路，蹦抽砸扫，拐弯抹角，直攻过来。秦铮一声冷笑，蟒翻身平剑劈风，冲入三节棍阵云中。闪闪转转，钩钩拒拒，连走十数个照面。忽卖一个破绽，虚摆吴钩，翻身急走，胡钩大叫："朋友别吝教。"恶狠狠扑进一步，将棍一抡，两节横空，唰的拍下来，直奔敌人头顶。秦铮不待棍到，猛翻身停步，横剑一格。胡钩大喜，这三节棍是格架不得的，只一架，必然折击后背，便就势一送。却见秦铮一弯腰，呼的反窜进敌怀。野狐精一棍落空，急忙击回。秦铮早身临切近，手起剑落，迎面一晃，野狐精棍被带住，大吃一惊。秦铮趁势左手劈胸将狐精擒住，右手剑一进，野狐精两眼已不由一闭。全场蓝枪会失声道："糟！"秦铮横剑一拍道："算了吧，还剩两场。"

话刚出口，野狐精一跃退出，却又掣出一支画戟，现出笑脸道："还得请教，您的剑上带钩，真是罕见的兵刃，这种兵器怎么破法？"秦铮大怒。野狐精心中想：拿这带钩的长兵，破敌人的带钩的短刃。口说客气话，身手已经往前蹭。即将戟一拧，左插花，右插花，钩，砸，挑，戳，嗖嗖生风，直攻进来。秦铮候援不至，心中焦灼，敌人无赖，更引人起火；一咬牙，挺剑让开了戟阵，一招一招地冲击上去。胡钩务求胜敌，忽窜进一步，将戟一挑，将尖乱颤；唰的又一推，如蛟龙出洞，直奔敌人心窝。秦铮头上见汗，忙一闪身窜开，回手一剑，月牙钩钩住画戟小枝。胡钩双手较力，往外一豁拢，却没豁动。急又撒手翻身，往后猛跳出去；到兵器堆中，抄起一条杆棒。按泼风棍法，扯转身一抹打来。口中说："又一套，您真高，再看这个怎么破。"

秦铮暗骂："好个不要脸的东西！"那个见证刘五爷至此还不发话，显见心偏了。粉骷髅双豪也知今夜难得公道，偷眼看任和甫，一动也不动，想是吓晕了。秦铮夺戟在手，掂一掂暗道："还使得。"忙收刀剑，将戟施展圆，拒住棍棒，冷笑道："阁下倒真有耐性，一定会气功，善作持久战。"野狐精胡钧明明听出是挖苦话，仍然装不懂；倏将棒势一转，改为行者棍，嗖嗖打来。秦铮一怒变招，容敌人杆棒泰山压顶砸到，双手掣戟一攒动，向外横推，当啷一声，险将棒磕飞。胡钧前把松手，已将虎口震开。秦铮一拧，这画戟小枝嗤的一声，刺着敌人肩头。胡钧急闪不迭，弃掉棍，双手抱住戟，叫道："朋友好……"粉骷髅秦铮不由分说，掣回戟，掉转戟柄，唰的只一敲，手下留情。野狐精哎哟一声，退到西壁。全场登时又哄哄骚动。

秦铮插戟一笑，拱手高叫："这可完了吧?"哼，背后猛听哗啷一声响动；粉骷髅秦铮抽戟不及，急扭身一窜七八尺，回顾四面。那野狐精胡钧又拿着一对链子锤，飞身上场，拦腰又扫过来，口中说："还得请教这个哩。"说话声音已然岔变。怒目映映，似要拼命。在他背后，劈利扑落，又跳下三四位蓝枪会打手，各执兵器，凑过来像要对敌。秦铮变色嚷道："二位首领，诸位见证，过招有完没完呢，说话算数不算呢?"看那蓝枪会首糖罐子，不知何时，已出了场。蓝枪会打手一齐亮兵器，要恃众行凶，将秦铮、金岱乱刀分尸。那黑枪会首邓剑秋一话不发，坐山看虎斗，只压住自己这边的人，不教他们乱动。

这时候正是危急存亡，生死呼吸之际。秦铮金岱急忙忙亮刀剑，看时刻，此刻已过五更三点。冬日夜长，天色尚黑，荒村坟园中狂风摇枯树，沙沙作响。野狐精双手一抡练子锤当先砸到。金岱抢先出战，一剑挑开。蓝枪会一个打手，举长矛唰的又刺来，金岱举剑猛剁，闪身昂首，放开霹雳般喉咙大叫："呔，你们可要群殴，你们说了话不算! 来来来，我就卖一招，双拳难敌

147

众手，失招误伤免不了，多多原谅。"与秦铮一跃上前，两人如流星游空，嗖嗖动手。蓝枪会的众打手，长枪大刀纷纷上前，汹汹进前。粉骷髅秦、金二豪满面杀气，浑身是胆，右持吴钩剑，左提尺八匕首，抖擞精神，背对背闯入群围中，施展开空手入白刃的绝技，如鸡群鹤舞，奔腾飞跃，指东打西，指西打东，全仗着一鼓作气；怒目圆睁，灼灼放光。又有这双剑双短刀，仿佛是猛虎添翼。剑劈去青光莹莹，直奔敌人要害；刀戳去白虹闪闪，单寻致命处。群殴死斗，两双拳敌众打手，施绝招，举手下绝情。

在祠堂中，众打手团团打转，刀矛如林。秦铮金岱东窜西进，来回飞绕，不像蝴蝶穿花，定似双龙戏水。单单绕贴在敌人的背后，借这个挡那个，借那个挡这个，正是依敌作盾，用敌制敌。蓝枪会同生愤怒，同起斗心，刀枪并举，这么一挑，那么一刹，呼喊声不断，陡听嗤的一声，野狐精的右臂，被一剑砍伤。众打手一齐噪怒，将刀矛狠狠没头没脸砍戳去。秦铮金岱情知敌众我寡，只得卖余勇力战，摆出拼命的架势。忽然听哎哟的一声，另一个打手，一个箭步窜出圈外，一只手血流不住，也被粉骷髅双侠砍伤。杀气中，火光下，人影幢幢，往来跳动，粉骷髅双侠抵敌蓝枪会中数十人，占了地窄人多的便宜，只在人丛中乱窜，但是情形已很危急。

黑枪会各打手，遵会首邓剑秋切嘱，各操兵刃作壁上观。蓝枪会未下场的打手十来位，各亮兵器，提防坟园外面。粉骷髅双侠使出全身本领，伺隙下手，不一刻，下场打手又伤了一名。蓝枪会驴皮球、刘黑头、大好人等，连忙下场助战。这边站在供桌上的，正惊心骇目观战。内中有两个，名叫梁老五朱四愣的，靠近了悄悄耳语。耳语片时，又暗扯侧首一人，忽然这三人潜从衣底，取出两支手枪，一筒袖箭，便要扳机瞄射，粉骷髅双侠与众打手，旋风打转，逼近厮拼，难解难分，往来不定，三打手比了比，却又停手，怕有误伤，为害不小。

就在这一思量间，秦铮金岱耳听八方，眼观六路，一交手早就提防着，料有这一招。金岱刀剑一挥，托地一跃丈余，大吼一声，扑到见证面前。蓝枪会下场的打手，一抹地跟追过去。秦铮也从斜刺里窜过去，与金岱二人忽将刀剑投地大呼："见证先生请看，有人暗算我。哎，我说的是你！"急掏身畔兜囊，取出一物，双手高举着："在场诸位，休要怪我。"一言未了，全场愕然。猛听北面，嗖嗖嗖，三道白光破窗直入，凌空点点到西墙边。供桌上三打手，扑噔噔应声掉下两个，正是梁老五朱四愣，大众哗然惊顾。却见后窗棂悠悠自起，砰然一声响，数条黑影嗖嗖扑进。原来粉骷髅双侠的援兵到了。

这一次，蓝枪会打手，黑枪会打手，是异党寻仇，躲着官府的干涉，在此地秘密械斗。粉骷髅双侠忽来闯入，大招他们的疑忌，一心要将这闯来的孤雁秦、金二人和迷羊任和甫，一齐下手杀死。群中一二明眼人，识得粉骷髅双豪，满面英气逼人，善者不来，来者不善，以此再三劝阻，提出较技解难的计策，好叫他们亮拳脚，动兵刃，车轮战法，活累杀敌人，死而无怨，免除了后患。谁想一交手，秦铮、金岱手疾眼快，招招占上风，场场皆赢。黑枪会首邓剑秋是个行家，暗劝会友，这两只孤雁得罪不得，一来他武艺高强，二来怕他背后潜藏的势力，不知有多大。奈他的同帮，不能尽理会剑秋的深意，那蓝枪会首糖罐子，另看一步棋，他只觉得闯来的人窥见机密，轻放不得，是想灭口的，却又游移。等到较拳已罢，又提到械斗，满望好歹砍杀他二人。蓝枪会友竟然下手，糖罐子悄然避出祠堂，将祠堂门倒挂。蓝枪

149

会打手出死力，伙拼秦金二人；另有三打手，却潜取手枪袖箭，要乘乱暗算。粉骷髅双豪耳目聪明，大吼一声，跳到见证面前。那两只手枪，左瞻右顾不敢聚放。就在稍一俄延的分际，双侠陡将刀剑投地，各探囊取出一物。蓝枪会打手愕然相顾，忽然祠堂后窗，射透来三道白光。西壁供桌上，暗算秦、金的二打手，哎哟一声，倒撞下来，各人肩头冒血。又砰然一声声响，后窗启处，飞进数条黑影，立刻坠地有声。满堂中浓烟蓬腾，对面不见人，全场各打手，情知有变，各奔前程。也不遑开枪、觅敌，只顾急忙逃窜，仓促中并忘了祠堂门扉已闭，各自夺门不得出，拥挤成一团，互相践踏起来，全场登时大乱。

有少数行家，懂得这把戏的，急忙窜避到角落，蹲伏在地，拢着眼光，查看吉凶。黑雾中人影杂乱，辨认不明。却听高处一个嘹如钟的喉咙，大声喝道："全场休得乱跑妄动，各处原位，决无妨害，且听我一言。"半晌烟幕慢慢消散，轻雾朦胧，嘈杂稍定，他们还是逼在门口。那声音又喊道："一齐蹲下，一齐蹲下。吠，我说决无妨害，只要你们听话，不许开枪，不许乱动，刀枪全给我放在地下，谁要一动劲，我就一炸弹，连祠堂带你们人，全数受炸杀。"又道："喂，西北角上那朋友，我看见了，你手里拿着什么，快放下。我可有八颗炸弹，一松手你们满完。两帮首领呢，是朋友出来讲话。"

此时轻烟淡淡，当堂浮绕，灯火下略能辨出形影。角落里避伏着的几个行家，贴地平看仰看，隐约看出全场已乱，早改了原状，秦铮、金岱，已不在场，弃置地下的刀剑，也都不见。那窗扇开处，却露三颗人头，当中一人，高声说话，词锋犀利。在场的人，慑于逼人的气焰，不测的声威，果然不自觉将兵器放下；几十只眼睛，穿梭似的齐注观到后窗。

但见来人，面团团须眉如戟，双瞳子开阖灼灼吐光芒，眼角似有紫棱，紫貂帽，黑紧身，手中累累拿着几枚铜球，上半身昂然当窗，似浑身蕴藏了无上的威棱，气概很昂藏，在他两旁的人，却都戴着面幕，像死人骷髅形。全场打手俱都惊讶，莫敢先发；各人心中都乱猜想，这是谁？他是要干吗？官面吧，不像呀……到底此人是谁，其来也并非偶然。他便是夜赶古北口的粉骷髅第三豪马桐。在他身旁的是两个助手。

粉骷髅三豪马桐大声叫道："在场的朋友，若是江湖上的重信义，懂交情，明白斤两的，我劝你们休想武力解决，武力解决只能惹麻烦，不能了事情。请看，像这坟园，再有五个大，也格不住这累累一枚小球。有话还是拣好听的说，场中的事故，我们在此潜听已经多时，前后过节，也都知道。我们既然碰见，就想给你们了结。现在天也不早，转眼大亮，我长话短说，你们的机密，我做确保，决不泄露，这只迷羊，交给我们领走。"

说到此戛然而止，圆睁二目，立等着放人，那只迷羊任和甫，手缚着靠南墙坐地，早吓得半死。全场纷纷议论，马桐故作未闻。黑枪会首邓剑秋，抢先到窗前，双手高举，以示不疑，以明无诈，一拱到地说："朋友哪里来，有话请进里讲。"马桐道："大丈夫做事，一言而决，不必攀闲话，炸弹一松手，全完。"剑秋对蓝枪会友说："快去请唐爷来。"一面对窗户点头道"就是这样，咱们商量着办。"蓝枪会两个打手，站起身便去开门。祠堂门仍然倒扣不得开。二打手伸手连推，隔门缝叫喊："是谁把门锁上了，快开。"

哗啦一声响，门扇应声大开，蓝枪会首糖罐子，不待人叫，慌慌张张走进来，紧跟着一个黑色短衣装的陌生客人，相伴一同来，全场大为疑讶。留神细看时，糖罐子双手掩胸，面红耳赤，不住地东张西望。邓剑秋忙道："唐爷来到，好极了，正要请你。"连忙告诉一遍，征询他的意见，又问同来的陌生客是谁。糖罐子不等说完，开言叫道："邓爷，说哪里话；十二场定输赢，咱们有言在先。人家粉骷髅弟兄，不吝赐教，可真是场场占胜，足见高明。没什么说的，这可该把那只迷羊，交给粉骷髅朋友带走吧。江湖上信义为重，人家又是纯为救人。"说完了，怯怯望了一眼。那陌生客默默无言，紧紧当门立着。

糖罐子茫茫地回转身，眼望窗前。对马桐点头举手道："这位必也是粉骷髅弟兄，久仰盛名，不胜钦佩。刚才献技的那两位呢，请他回来，好把这迷羊带走，就完了。粉骷髅帮弟兄，仗义游侠，急难救危。这样好汉，区区虽是个粗汉，也愿倾心交结，刚才比较拳脚兵刃，实在是要领教。"马桐不答，仰天长啸。糖罐子侧面对着邓剑秋，开口欲言，眼珠乱转，半晌说："粉骷髅帮真是江湖上好汉，他们……同党很多，可以说是，到处都有，真是足迹遍天下。"说到这里嘴咽住，换过话头道："我说，咱们赶紧把姓任的放了吧，总得放了啊。不放……可不行，不够交情，对不对？粉骷髅弟兄很多，到处都有，全来了，难得难得。"陌生客哼了一声，糖罐子打了一个寒噤；连忙叫蓝枪会打手，快快去，快快把迷羊任和甫原乘驴车套好了，赶到坟园门外，又亲自过去给任和甫解绑。

黑枪会朋友马骏材、王良数人，见唐贯之如此张罗，心中不平，便要说话，邓剑秋忙拦住，低低说了几句话。众人看见糖罐子神色有异，一齐点头无语，闪立一旁观望。蓝枪会也有几个打手看明白了，也有几个不明白。那不明白的人，上前说道："头……"糖罐子变色喝道："别不睁眼，听我的话，快去套车。"手指黑枪会道："你瞧人家，你们不知道粉骷髅弟兄，是江湖上好朋友。咱们应给面子，你们要知道轻重。"蓝枪会打手说："什么好朋友，头你看看，咱们伤了多少人，这就完了不成？"糖罐子瞪眼喝道："好浑虫，怎么你还嫌伤的少么？你们休要倚人众欺人，粉骷髅弟兄让着你们呢，要不然，人家比咱们人还多，一跺脚天下乱颤，别傻了。"说着眼望门外窗外，回头来又说："你们睁开眼睛看看。"

粉骷髅马桐闻言冷笑一声，口打呼哨，叫道："喂，出来吧。"唰的一声，从祠堂屋顶大梁上，如飞鸟也似，闪下两条黑影，全场惊顾。二人左手匕首，右手吴钩剑，昂然站在堂上，正是秦铮、金岱。糖罐子吃了一惊，暗捏一把汗。金岱过去搀起任和甫，当场环揖，一拱到地，便叫："诸位行家，诸位会友，刚才两场比武，在下单打独斗，精神还照顾得来。末场诸位轮战，在下双拳敌对众手，虽有我们哥们赶来帮忙，究竟以两人敌二十多人，未免招数不及，误伤诸位。小弟非常抱歉，医药之费，容小弟奉上，他日还要登门谢罪。总之，请多多原谅吧。"又回顾黑枪会蓝枪会两位会友，和见证道："二位首领和见证先生，适才大家负气动手时，多承关照，小弟心领盛情，现在我且告别。青山不改，绿水常存，他日相逢，再图欢会。"道一声请，手搀任和甫，昂然出离祠堂。到了坟园栅门前，任和甫的车，已经停在那里，有几个蓝枪会打手，拿着火把和快枪大刀，在一旁伺候。金岱瞥了一眼，心中冷笑。便让任和甫登车，秦铮也坐上去，然后金岱自己跨辕执鞭为御，鞭摇马蹄移，轮动车开行。

几个打手紧紧跟在后面，快枪的保险机，已经悄悄扳开。金岱暗道："必须如此。"托辕一跃，跳下车来，转身迎住说："众位多辛苦了，又劳远送；我这里有个玩意儿，还得发放了好走，就借火把一用。"探囊取出几个纸包，就手打开，包中各有一物，用棉絮层层裹着，众打手不觉一怔，金岱一弯腰，在地上放上三颗，单留一颗，托在掌心，方待摆弄。忽然坟园中，飞出三条黑影，且吆喝且跑，急急忙忙扑到面前。蓝枪会送行打手，应声停枪止步，齐问："叫我们什么事？"三个人口传糖罐子之命，叫道几位赶紧回园，千万不要送行。几位打手张目诘问，三个人附耳密告："别冒失，咱们头说，他们来了不少人，决惹不得。咱们头另有打算，回去为妙。"大声对金岱说："朋友请上车吧，恕不远送。"随又叫各路口巡守的，也一齐撤回；却在暗中另遣数人，穿林跟缀。

金岱一笑，才要发话；忽然听林那边，风吼树摇声中，呼哨迭吹，红光连闪，蓝枪会一行人不明虚实，惊忙四顾。粉骷髅不禁大喜，就在林中那一线红光闪处，倏跳出一条黑影，忽高忽低，往林间夹道这边游走。金岱一见，忙将手一扬，袖口内也射出一道红光，直照到林里，口中也连打呼哨。旋见双方答话，林中人高叫："喂，粉骷髅第十的到了么？喂，怎么样？"金岱大声说："咱们第十和第五全出来了，平安托福，头上到了几号？"林中大叫："该来的人全来到了，头上五个，叫一声吧。"林中车旁，一齐吹动呼哨，红光连摇五下，一霎时，林际里外，四面八方，随声响应，瑟瑟地呼哨连吹，红光不住手遥遥回照。正不知暗中埋伏下几多人。正南东南西南三面，又有一片声喊叫："粉骷髅第五和十，出来了么？潦倒公子如何"？十弟金岱高声回答。那边林中先出现的人影，窜身上前接住驴车，口说："我来赶。"一径驱车出林，绕奔北面。

蓝枪会打手，方要跟缀下去，金岱放的那三个铜球，这时轰的一声爆炸，浓烟卷地，黑雾迷空。雾气中，又突突突连发三响，浓烟益重，对面不见人。众打手大吃一惊，倏然卧地扳枪，

154

便要开火。却听背后坟园一带，也发大响，如沉雷炸裂。三个传话人连忙叫住："切勿妄动。"却是枪机扳动，早发出数弹。再倾耳细听，半晌不闻别的动静。远远听见，像是金岱的口音，大声叫道："后会有期。"又过了一刻，周围烟散雾消，这几个打手爬起来，夜影荒原，红光连闪，未敢穷追而返，集伙儿垂头丧气，举步回园。

才走了不多远，偏南面忽闻殷殷隆隆，似枪炮轰动，这几人急忙四顾。陡听坟园中，巨雷又复震动，烟腾雾起，一霎时人声嘈杂，坟园门大开。蓝枪会黑枪会各会友，乱乱哄哄，从祠堂一拥出来；跟着乒乒乓乓的响个不住。邓剑秋领黑枪会友，疾驰入东边另一座坟园内。这几人惶恐不解，又连忙登高四望，黑影中仍旧看不分明。只见远隔五七里地，似有火光闪烁，忽明忽灭，蜿蜒游走，如一条火线。内中有懂得的叫道："这不像是大批行旅，恐怕竟是军队。"此时蓝枪会首糖罐子，由三四个人护架着，也从祠堂奔出来，口中不住说："厉害厉害。"原来是粉骷髅弟兄，临行时候，对他们下一毒手，锁住他不敢穷追暗算。

自十豪金岱，领迷羊出离祠堂之后，蓝枪会黑枪会，觉得局面不大妥当，表面上便与粉骷髅释兵言和。忙将供桌长凳，搭放在堂中央，再三请粉骷髅弟兄入座一谈。粉骷髅三豪马桐提着许多铜球，当窗而立，只说不消。那陌生客，便是粉骷髅副手。手袖短枪，监视糖罐子，并坐在供桌旁，寸步不离。双方各怀鬼胎，不知怎样收场。糖罐子暗递眼色，教会友解救自己。蓝枪会打手多是粗汉，在场十七人，只有六个明白；会首是被敌人握在掌心，失去自由，也要想法子去破解，又怕投鼠忌器。他们只管眉来眼去，暗打照会偷商量；却不料祠堂外面，另有人冷眼盯着。在座的人，刚说到几句江湖上场面话，就听祠堂墙内，砰然

155

震响，东南角猛有人惨叫："救人呀，救命呀!"堂中人不由一愣。

忽然祠堂门扇一响，听得脚步奔腾，慌慌张张过来一人。对门缝大叫："不好了，官兵大队来了，快。"跟着咕噔咕噔一阵脚步声，人已跑开。大众闻声惊惶，齐站起来，各摸着兵器。就在这当儿，粉骷髅马桐当窗一挥手，訇然大震一声，窗摇户动，满祠堂浮起浓烟；祠堂前后，也乒乒乓乓接连数声。蓝枪会黑枪会各打手，把颗心进到嗓子眼，哪个不怕地雷轰炸，慌忙夺门奔出。粉骷髅副手贴糖罐子坐着；蓝枪会两个打手，眉梢一挑，估摸着坐处，亮鞭唰的一声，横刀又一抹。雾影里，一把护住糖罐子，急往门口挽架。那粉骷髅的副手，早预先认定退步，药炸烟发，一跃脱座，乘乱窜出后窗；与马桐越过坟园，一齐驰往北路去了。

那糖罐子，烟露迷离中，刚伸手要扣对座的咽喉；忽訇然一下，不知被什么人打了两拳，末后才被同党拖救出来。一大群人磕头碰脑，向外挣命，逃出了祠堂，一个个连叫："粉骷髅好厉害，一准是他玩的把戏。"都愤然要寻敌报仇。两会会首，急劝众人勿要自乱，便凑集会众，扑到东边坟园内，整顿兵器，登高瞭望，派人侦察。只见荒林外，这边红光一闪，噼啪响几枪；那边红光一闪，也噼啪响几枪，不知有多少埋伏。远在数里外，又望见黑影中火光起伏。料有一伙行人要经过此间；却不能断定是粉骷髅余党，还是巡缉游匪的官军。两会会众为械斗，与缉捕官兵小队，对面开火，击伤不少，活擒的又要掘抗生埋，以除后患。明知万一走漏消息，为祸不堪设想。但此刻横被粉骷髅扰了局，刀把算教人握住；若是官军到来，说不定就是他们使的坏，这便如何对付方妥？蓝枪会首糖罐子，找到黑枪会首邓剑秋，两人释嫌，共议善后之计。

却见火线越走越近，越看越像武装军队。两会的打手乱叫："打打，准是来拿我们的。"心中不由发慌。二会首摇头，忙命大众，将活擒的官兵，快抬出来，到土岗后扫数活埋。相率潜伏在荒林中，熄止火光，各持兵器，暗窥动静。但能躲得开，最为上策；若不然事到临头，怎肯俯首就缚，大家胡弄一场，也说不得。患难危急中，积怨深仇的两会众，竟同心一意，谋抗官兵。并且仓促间，又定了退一步的出路办法，到不得已时，一齐持械入山，与当地著名伙匪勾结勾结，以便暂时栖身。

粉骷髅帮，三豪马桐，五豪秦铮，十豪金岱，和副手会在一处，搭救了穷途末路的任和甫，奔到林中，拉出良骥。马桐另有去处，率助手搭伴去了，秦铮骑马，副手赶车，金岱跨辕，护持着任和甫，沿西北路驰去。不到天亮，投到一座山村。那其他同党，设计解转拒敌，事毕也从后面陆续赶到。愿来五哥十弟下阱救人时，曾遣任和甫赶车的车夫高二，去给古北口德发店十一号送信。到一点半，店中养伤的粉骷髅二哥王彭，三哥马桐和六妹卢正英，七弟孔亚平，十一弟祁季良等人，才见高二骑金岱的马，拿金岱的信寻来；晓得金岱、秦铮，半途又遇见事故，催请于两点前派五六人来援。王彭、马桐一想，即将店中暂寓的全部同党，由马桐率领，一齐遣出，三点半才赶到；四点一刻布置停当。四点四十分一齐发动，秦铮、金岱险些战累失手。

这一伙人救出任和甫后，就冒充官家密探，敲开一家民宅投宿。当夜商量办法，救护并安插任和甫，仍归五哥秦铮料理。二哥王彭折回北京养伤，其余三哥、六妹、七弟、十弟、十一弟，和五个副手，奉首领胡鲁的密令，火速赴热河，有要事派遣。至对付密云于善人抢案，起赃避侦等事，另从北方分窟，调回生人来主持。在村中拟议好，五哥秦铮便打起精神和任和甫深谈，和甫到此始信秦铮不是歹人。但他幸脱虎口，决意还要上热河一趟。五哥秦铮便潜让任和甫，与六哥等成一路，到次日一齐登程。

一路无阻，两天一夜到了承德，与六豪诸人等候首领发令。那秦铮却写了两封信，交给和甫。一封是写给当道，为和甫差事。一封是交当地顺和成杂货店，告诉和甫，如有缓急，可投此信交铺主麻六爷，危难之中可以相助。秦铮之意，也要利用和甫，与官府走动，好探听消息。那封荐信，是根据访得的密讯，套写某名流的笔迹，算是一封伪书。任和甫不知就里，拿着去投，居然生效。

正是："剧贼也能作曹邱，书生从此脱窘乡。"

第十章

留别书西宾试为贼
卖金丹边城阻盗宝

　　那粉骷髅帮一行党人，到热河的第六天，密云县于善人和密探长邵剑平，乘汽车踩访赶到密云县，一到场，便与当地官府商议，派能员干探协助缉贼。邵剑平等副手赶来，自己也就开始侦察工作，却最注意听的，是于宅有功的家塾塾师梁苏庵的身世来历。于宅听见，都很不悦。哪料竟发生奇怪的事故，梁苏庵忽告失踪。这一来倒无私有弊，非贼即盗了。

　　于仲翔与邵剑平，齐到书塾检查，发现桌上抽屉内，留有两封长信，一封信是粉骷髅帮的口气，内说："梁苏庵为吾党深仇劲敌，竟敢干预吾事，现特派人将伊架走，尔勿得过问，尔之幸也。"就是这几句话，下款划画骷髅和一把短刀。又一封信，是梁苏庵的留别书，上说："伴谈经年，备受礼遇。一昨犯险护宅，救得令爱，敢云报德，聊以分忧。不幸竟以此贾怨于剧盗，此去存亡莫卜，望勿为念。窃有请者，粉骷髅是著名剧盗，不大易与。我公举宅无恙，稍失锱铢，如延探穷究，恐且别生枝节，危及身家，则失计矣，愚意宜将盗党指目种种，诬为罪状者，逐点明白辩复，揭之通衢，或于后来有利，未可知也。今当永别，临

159

牍洀然。"

于善人反复详看这信，大为疑讶，又很替梁苏庵担心，当向探长问计求救。探长邵剑平，暂不回答，反问于仲翔："这一封信可是府上梁教师的亲笔么？"于善人点头。邵剑平沉思一回，细细盘问梁教师平日在馆的性行，有无异常之处？可曾宵夜独出？于仲翔叫过馆童，逐一细问，逐一答了。邵探长便要求搜检家塾和塾师的卧室，对仲翔表示，梁某究竟有通贼的嫌疑与否，现在证据不足，不能断定。但看他的面貌和他的举止，以及于宅护院所说的抗匪如何勇敢，武功如何精熟，这种种情形，决不像个平常老夫子。邵剑平说："冷眼看他的容貌，确与三年前喧腾都市，三年前匿迹人间的南方剧盗唐四举，有点相像。"

于仲翔一听，不觉大惊，连声打听。邵剑平说道："唐四举的身世不详，但在近十年来，忽然出现南北都市，而且活跃非常。他这人有独特的才能，既识书字，又富科学知识；且擅长技术，又工化装，常往来于北京天津上海汉口各处。造伪纸币，卖假古玩，制赝鼎的珠宝，巧骗富商贵官和西洋人；几年来积案叠叠，颇为警界所注意，亦为报界所常道。他又利用女子，取巨室大姓的藏金，盗军阀财阀的重金，大小作案何止数百件。却是他有一短处，生平贪恋女色，千金买笑，爱河流连，未免有点儿女情长。听说他有好几个情人，一个是交际明星，一个是某戏院女戏子。另外在上海还有一个著名舞女，在北平有一个某巨头的下堂妾，与他也常有来往。官探曾利用他这弱点，摆下网罗，出其不意，将他擒获。上绑时，唐四举昂然冷笑，满不在意，毫无惧色。在警所把他细搜一过，经过了法律手续，审讯一过，下在狱中，方要追赃严惩。不料七日后，竟以越狱。闻在他身上，竟还带着数千元钞票，也不知他藏匿在什么地方，他居然拿这钱贿买了狱卒。也不过将他看管得稍为放松一点，他便赤手空拳，穿窗越狱而逃。第二次派干练密探，延有名私家侦探，从事追缉。上海某富户因唐四举与他爱妾私奸，认为奇耻大辱，特别悬赏三万元拿他。又在北京东方饭店，将他包围，押解往警厅，准备送沪归案。半路上，他又跳火车跑掉，手脚上的刑具，不知怎样被他切断。第三日又在济南，好容易暗缉着他；谁知一掩捕，竟捕错了，被捕的是一个别人，与他化装的相貌相类。末后延请旅沪外国名侦探，用了七个月工夫，偕同华警华探，将他捉将官里去。他又不到半年，愚弄了监守人，乘隙逃走，还拐带跑了一个同牢的青年重犯人，一个牢卒。"

于仲翔听得呆了，忙问后来如何。邵剑平道："您听我细说，这唐四举既有如许奇才异能，诈骗窃取，得来的赃物，谅不在少数。但他还是一连气往下干，并不洗手。好像他背后有销金窟，财宝入囊，立刻随手花掉。假若不然，便是他生有贼癖，不偷不骗，寝饮不安。四年前，他异想天开，化装为大学教授，连用手腕，诱惑某遗老，某学者，以考古为名，将博物院保藏的十六套宋版的乙部秘笈，用伪版掉换；又窃取清宫秘宝唐画多帧。这唐四举不合将这些国粹国宝，贩卖给外国人，被海关查获，急电追究。那遗老和那学者，也因分赃不均，吐露出内情。唐四举担了重大嫌疑，遂为警探所注目。不久他冒充大学教授的底细，便被官人查明；结果旧罪新犯齐发，各处严拿。到他第末次被捕下狱，已是在三年前。把他的罪案详加讯问，他居然敢做敢当，犯人如实画供，法官从严定罪，把他判了八年。岂料不数月，他又悄然越狱。狱中守卫，开枪追缉，眼见他负伤倒在一家民宅内，及至从民房上跳下去捉，却转眼不见，遍搜不得。从此他销声匿迹，罪迹久不彰闻，多有人相信唐四举已死。不道这次竟在这北边僻邑的密云城内，为根究粉骷髅帮，连带发觉这个梁苏庵。这梁苏庵实在很有几点像是唐四举的变相化身；而且推测去，觉得粉骷髅青衫党，忽在密云活跃，必有卧底内线，这怕不与梁苏庵有关联！"

邵探长一面说，一面猜度，于仲翔不胜骇异。但其实邵探长也没全猜着，梁苏庵与粉骷髅帮，正是风马牛不相及，道路做法全不相同，说起来他们还算是对头冤家。邵探长起初对于梁苏庵还有点猜疑，等到检查学塾和梁苏庵的卧室之后，发现几处漏窦破绽，断定果然与唐四举是同党或同谋，决定"并案办理"，这一下可就走入歧途。

于仲翔将梁师爷如何替自己护院，如何搭救自己女儿，如何与贼拒战的事实，都根据家人报告，一一告诉邵探长。邵剑平只一笑置之，以为这与案情没有多大关系。便吩咐助手，在城内开始工作。一连七天，不但不得贼，也不得犯，而且于宅还在这七天内，接着粉骷髅帮的两封信。这一来，真教邵探长下意不去。又继续侦察几次，竟从旅舍得到一些消息，于是第二天起程赴热河。

邵探长与于善人同乘汽车，到了承德，会同当地官府，踩访粉骷髅的踪迹。邵探长所带副手也化装开始工作，先从承德全埠搜查起，将全埠划为八区，每区细搜若干次，竟没有找出一点头绪，便又往城外搜查，倒缉着几个情形可疑的人，只都与粉骷髅帮无关。探长邵剑平心中不由十分焦灼。认定梁苏庵必是跟粉骷髅帮合了伙，于宅盗案，简直是梁苏庵卧底。他就拿这一点为根据，苦心搜索起来。

这时候，粉骷髅帮首领胡鲁，从南方兼程北上，在北京召集同党密议一次，到密云又召集同党密议一次，旋于新正到达承德。当日寻找当地著名长途汽车行，探访了一些实底，又往上海、青岛各处，拍出几封密电。一个人便在暗中活动，一面等候消息，一面传播消息。不数日忽接关内急走送来一卷密报，首领胡鲁拆阅细看，喜形于色道："这就快了。"这一卷文件中有几份北京报，报上载着一条新闻，说中西合组的东蒙探险队，已领到护照，不日起程出口，沿内外蒙考察古迹来了。胡鲁将报剪取下来，拍出密电，命北方分窟派人扫听真相，自己在热河仍然不断布置。等到略有眉目，觉得这里势力单薄，施展不开，急电召密云城羁留的同党，催他们赶紧前来，好协图大事。

果然三豪马桐，六豪卢正英，七豪孔亚平，和十弟金岱，十一豪祁季良等不两日赶到。第一日寻觅潜聚地点，暗通消息。第二日夜深，在一家出倒的绸布庄空楼上集齐。六哥十一弟一行，各携盘报刊物，和酒食电炬，掩上临街纸窗，在黑影里密谈等候。约到三更，屋顶啪嗒一响，首领胡鲁和十弟金岱相偕到场，从楼窗直窜进内。袖拢电光，四周一照，首领胡鲁胡声伯说："三哥，六妹，七弟，十弟，十一弟全都在此，还有几位副手同来呢？"六妹答道："调到五人。"首领问："各人经历的事如何？"六妹等各交出盘报，并口头报告一切。首领逐一问过，默想了一回，说："到底于善人是个善人么？"六哥代答道："各方观察，他是个不清不浊，兼办善举的政客，人品还不见甚坏。"遂另取一束文件说："这里是他的辩解，前五天揭在密云县城的，请首领过目，内中所说还没有虚饰。"

首领问罢点头，又道："梁苏庵的相貌，果像那人么？他果然也上热河来了么？"七哥代答："密云留后护利的副手，访查是这样的。"首领道："他来做什么？"几个人作答道："好像躲避邵剑平，又好像他潜伏密云，本有作用；新近因我们闹出事来，侦探四集,他吃不住劲,怕被罣误,先期闪开了。"首领道:"哦。"十一弟道:"但不知梁苏庵现在匿藏何处?他心目中是不是也有朝阳寺那档事!"

首领胡鲁回顾金岱道:"也许是的。"遂将手一挥,发言道:"现在且听我说,我原意到热河先查找清宫黑珠,次办诸石夷惨杀孙姓四十余口那一案,给他设法弄破了,教那杀人的偿命,已死者雪冤。一待事了,便遄返上海,好干那批私运军火的事。不期在此查找黑珠,方得头绪,却又从中另寻得一条线索,顺这线索走,大是有利可图。不过办起来很费手脚,又费时间,而且人少了还办不及,胆子小了还办不成。我左思右想,这才电请兄弟前来,集议一下,以定取舍,可行则行,不行趁早断念。倘集议之后,众议不同,我可要毅然改计了。"

粉骷髅伙一齐询问,首领胡鲁先将事体原委从头叙说一遍;随后商量着手办法。几个人详细考虑后,都认为有利可图,值得冒险求功。即分派大计,各人分头准备动手。首领胡鲁又委派副手,在暗中伺探邵探长的举动,如有风吹草动,好赶去对付他,免得他从中打扰,又派人知会密云留守的同党,教他密访于善人的为人,如果真是好人,前番打抢未免有误,不妨事后还赃,共释怨嫌。查找梁苏庵的工作,也由首领分派好专人负责。于是分派完毕,分批走了。

粉骷髅帮此番到热河,大有作为。他们所算计的那一方面,是报纸上所载的"东蒙探险队",又称为远东科学文化考古团。这团体表面上说,是欧洲几个地质学家,东方学专家,考古学者,旅行家,退职军人,测绘学者,摄影师等,奉了王家博物院和世界学术协会的委托,来到中国,考察乌桓故墟古迹的。内有十二个团员,一个团长,两个秘书和技师等。那团长精通华语,

164

久侨澳门，据报纸上记，他叫什么田音司古物学博士。却又有北欧某驻华访员，指称他是西国的军事密探。一月领二万五千元的交际费哩。某高等华人说：他实是没有国籍的浪人，他姆妈是广东咸水妹，他阿爷是颠岛水手。究竟是也不是，没人捞着他的底细，总之，现在称他为田音司博士也罢。

田音司博士，在文字上说，是深通古物学，若讲俗话就是懂得古玩。但他不一定就是古董商，也不过常常经营古玩业务，作过一部专书，叫作"支那之古瓷及其研究与赏鉴"，中国地大物博，不止出古瓷，也出国粹，和卖国粹专家。听说鼎革之后那王公贵族，爵位刷掉了，钱粮取消了；君子固穷，日用排场太难撙节，没有法子对付，也就像败家子一般，锯卖祖茔树，拆售世袭宅。将府上保存多年的貂毛，人参，钟鼎，古物，书画，珍玩，拿出来胡乱当卖；一文不值半文，卖得好生惨淡。这中间多便宜了管家经手拉牵的人，东交民巷碧眼古董商人颇有的借此发了财。清朝没落的子孙，卖无可卖时，就串通某某官儿和某某洋人，昏夜间大刨祖坟，将他好几代爷爷奶奶的棺材刨倒弄出来。殉葬的古玩出了土，格外值钱，碧眼西商和体面康白渡，也四出采买，出重金，饵物主。物主何乐不为，所谓喝豆汁要紧，这样穷搜之下，差不多室无遗宝，地无弃利，国粹国糟的中国古物，出土出国的，可就多了，这正是二十年前的事。

探险队团长田音司博士，第二次来华，就旅居上海，曾一度给上海野鸡大学当过英文学系教授。野鸡大学校长，便是有名的生物学博士，著名的高等华人鲁明夷博士。鲁明夷先生虽是学者，却天生多能，又兼当政客。他又兼当过实业家，与著名华侨，提倡国货，颇博世界好评。十年前有个环球徒步旅行团，从印度漫游远东，到过满蒙，按旅程该伙游西北利亚。这旅行团却在东蒙逗留两年，随后匆匆离华，说是漫游考古，"饱载而归"。这一件消息，欵动了田音司博士。有一天，田博士拿着一本伦敦新出版的"现世杂志"，和鲁博士研究。现世杂志满是英文，里面却刊载一段论文，上有蒙古人照片，还有几幅摄影，附题着中国字，特别是有"古乌桓国之故都"，"古乌桓国王冕"，"支那最大金矿鸟瞰"，"金沙寨"，"漠北异宝三十一斤重之狗头金"等题词。鲁博士将论文熟读一过，与田音司计议，计议多日，野鸡大学遂择吉出倒。

田音司起程回欧。鲁博士北上进京。不久这远东科学考古团，纠集了中外团员十二名，和摄影师、测量师等专家数人，定期出发，赴北边实地考察。考察对象很广，又不限于古物，特别是各团员带着应用器物之外，选用八辆爬虎摩托车，可以横穿朔漠，履险如夷，在乱山积石中，自由通行毫无阻碍。

上海闻人，和精通洋话的高等华人，开会欢迎。这团体十二名团员，内有五个华人，是在上海凑的。另外七个基本团员，全是泰西专门学者。田音司拿出学者的身份，演说考古学专门知识，用他那一字一顿的中国话说道："我们此行的使命，要把远东极北边的秘密宝库，探明公布于世，以供人的研究；想来是你们中国愿意的，而且需要的。"一个基本团员接着演说："乌桓国的故墟声迹，也当调查。我们欧洲人称为黄祸的，就是这个地方，就是中国的光荣。"又一个基本团员说："我们还要沟通东西文明，你们的国粹是好的，孔夫子是中国的圣人，他是个善良的绅士，我们来拜访他的故乡。"欢迎人一阵鼓掌，田音司等鞠躬散会。鲁博士拍来电报，已在北京替他办妥护照，鼓吹停当。于是田音司博士，领团员，坐爬虎摩托车。从上海取道，径行北上。

启程那天，许多高等华人和一般好奇者，来看热闹，眼见这八辆怪物，突突突突地开走，不胜羡艳。但又想这到底是物质文明，孔夫子的精神文明是高的，连西洋人都佩服，都来苦心调查探问，所以还是中国精神胜利。

不过北京有几家报纸，不了解这样的考古，对于爬虎车，无端猜疑讥评。后来更对于考古护照，发出评价的论调，说内幕值若干万元。鲁博士早防到这一点，一面疏通官府，一面与报界打笔仗。最后打开窗子说亮话，这是华洋合组的考古团，实际只是欧洲汽车公司的活动广告，爬虎车可以称为宣传列车，含着创牌子，揽主顾的作用；他们坐着周游各处，无非推销新发明的专利货品罢了。记者先生不知实情，休要看高了他。鲁博士说得如此扯淡，显与田音司的话不符；好在护照领取到手，博士置之不顾，只忙着预备出发，当经华籍团员，和田音司博士，推举鲁博士为副长。开了一次会议，划定考古路线，以北京朝阳门为起点，以热河朝阳寺为终点。历经热河各郡县各盟旗，尤其出产鸦片的巴沟，出产金矿的金沙寨，和古乌桓国故都遗墟，议定为必到之地。

当此时忽然该团内部出了枝节问题，七个外国团员，内有两个性情暴烈骄蹇，不像大邦学者，好似西洋丘八。五个华籍团员，除了两个是鲁博士的伙友外，其余三个，本是借光坐爬虎车，来出口开眼的。他怎肯为考古二字受这等洋气，自然浅尝即止，托词退出该团，还要在报上发表宣言，后经鲁明夷极力疏解，又赔送了回沪的路费，并由田音司博士握手道歉，这三个高等华人才一言不发，愤愤回南。当时局外人倒也莫名其妙，这是一件。还有一件打岔的事，八辆爬虎车，必须专家司机。基本团员中，只有两个会自行开驶。另有一名司机，是从欧洲雇来的，其余还短五个司机。原打算在沪招募，哪知仓促之间，竟无应者。应募人虽是卖命求财，可是最怕做外丧鬼，像汽车司机这种职业，总算吃洋饭，工钱素优。人们一听说出口，冰天雪地好几千里，道上免不了胡匪出没，谁也不肯干。结果只募了一个白毛子，其余雇的是短工，只运到北京为止。

北京是穷都死域，没饭的闲人最多。鲁博士悬重薪招募，耽误了四天工夫，才算募齐。这四个司机，人都很精神，不带洋奴气象。内中一个司机，名叫马二，年约四旬，说话粗声粗气，两只眼光非常锐利。另外一个年纪最轻的，面白唇红，满脸英气，更不像汽车行出身的机匠，鲁博士看不透这两人的来历，再四盘诘一回，各索取三家铺保，才将四人留下。言明走到哪里，跟到哪里，须事毕回京，不得半途解约；司机马二等也都答应了。考古团将一切旅途用具和防身枪火，都准备齐全，遂于阳历二月，自北京起程。

考古团十三个团员，此时只剩九个；连三名技师，六名司机，共是十八人。这一行十八人，共怀着四条心，表面的幌子自然是考古，一路上也须游览风景，采取动植物标本和化石矿石。这事归一个洋人、两个中国人办，也只是敷衍。这伙团员是存心发财，去到塞北，掘古藏古物。西籍团员却另有附带的企图，没对外发表。内有几个人心想开矿取金，为欧西企业家办点调查工作。田音司和那个退职军官，却以游览为辞，要测量地图，考查地质，拍摄影片。这种举动，好像连鲁博士也不晓得，这只是团员个人的举动。

那团丁们也各怀主见，老实说北京招考来的司机，中有两个人，要趁火打狼，乘隙捣鬼；外面恭顺，骨子里时刻窥伺中西团员的举动，窃听他们的谈话。这两个司机是谁，果然非是寻常人，那四十来岁的，便是粉骷髅四豪吴朗，那年轻的是谁，便是粉骷髅九豪，名唤黎吟风的。两人在北方分窟设计，费了很大的周折，才得乔装改扮，假造证书，取得了爬虎摩托车司机的地位。

在前些日子，四豪吴朗，在密云县城，奉首领命回京走盘。忽接上海南方分窟急电，报告考古团北上，团员不伦不类，请加注意。等田音司一行到京，住在六国饭店，四豪吴朗拿一张驻津沪报记者马凝的名片，去访问田音司，见得考古团员情形诡异，料有机谋。四豪一面通告首领，一面会合同党，费了很大的努力，探清该团内部组织，和鲁明夷、田音司正副中西二团长的来历，必然狼狈为奸。又因北京有几家专给西商介绍古玩买卖的经手，不时来找该团；又因该团所住室桌上，有一本详载蒙边地图，又因他们尽打听东陵，避暑山庄，喇嘛寺等地方；并且某遗老向以盗卖古物出口闻名，他却与田音司走动得很勤。四豪吴朗越加犯疑，忙将实底报告了首领和南北方分窟。同时南方分窟也摸到一些底细，两相参详，虽不知他们私测边地，却已晓得他们绝不是学者考古。

跟着粉骷髅首领胡鲁在热河发来电报，内说此辈既要上金沙寨，恐与乌桓国故墟古物有关，务必派人跟上他们。北方分窟推举吴朗、黎吟风二人，因他两人会开汽车。但该团招募司机，颇有资格限制，他两人却没有司机生的证明文件。两个人挖空心思，花一百五十元大洋，买了两张证书，又找了铺保，居然录取合格。

摩托车行程最快，全团上下十八人，一早首途，次午便到热河。官府派人招待，替考古团备下寓所。但这避暑山庄，只出大烟客，不出教育家，只有一个师范学校，几个教师，私塾倒不少，却不肯给西洋人打交道。所以考古团入境，也没有知识阶级开会欢迎。又幸热河全区连一家报纸都没有，自然更不致招出讥评，鲁明夷和田音司都很欢喜。田音司摆出骄蹇的态度，向官府表示，我们另择住处，不要劳动官面，也不劳保护。率领团员出租价，住在青云旅馆，这旅馆也就是京津的小栈房那样大小，全是旧式房舍。这些中西学者包了后院一座四合房，两团长和秘书技师占住上房，六司机合住下房，其余团员分住两厢。到吃饭时候，各洋人各动刀叉，自备饮馔，饱餐了一顿；便询问栈房主人，这里有外国侨民团体没有。打听了路途，田音司教鲁明夷在店内等着，他自和那个退职军官，去拜访侨民团体。

回来之后，便叫进栈房主人，密询了许多话，并且要找一个通事，一个响导。如果响导能说英语，或通事能熟地理和蒙文，就雇一个人也好，薪水情愿加倍。不过热河是荒僻之区，会洋话兼悉地理的实在不多，耽误了两天工夫，没有找着合适的响导，田音司很着急。

栈房前院住着几个客人，有一个西装华人，是新近来投宿的。到晚上，这西装客忽然唱起英文赞美诗来。他唱的声音很大，并且是接连着唱。栈房主人忙说，这里住着洋人哩，再三拦劝，只是不听。外国团员听了，果然发怒。田音司跳起来，拿着手杖找过来，吓得栈房主人，捏了三把汗。内地人最怕和洋人打交道，只站在风门外听气。前院住的旅客，走出来好几位，没有一个敢进去劝架。

田音司进了那间店房，与那西装华人，叽里呱啦，大一阵小一阵翻了半晌，渐渐声调缓和下来。那动静好像释愤投机，坐谈起来。中国人的本色，最好袖手旁观，闲看热闹；院中看热闹的倒比前更多，一个个伸头探脑，偷听鬼话。忽然豁啦一响，田音司瞪着一对牛眼，从风门钻出头来，抡手杖用官话嚷道："你们做什么，给我走出去！"院中看热闹的，应声走出去一半；下剩一半是旅客，也赶紧走进自己号舍里去喘气。

田音司回身进房，重和那西装客人，低声叽里呱啦。过了一刻，田音司兴抖抖出来，回到自己房内，召集七个基本洋团员，翻了一阵洋话，然后请副团长高等华人鲁博士说话，鲁明夷便叫茶房；茶房忙请来店主人，盘询良久。店主人出去，领那个西装客进了后院上房，于是面议一回，远东考古团决计聘请西装客赵子玖，为该团通事兼响导员。照例打铺保，订契约，一切手续完毕，就此从承德出发，径奔目的地。

却又出了想不到的麻烦。爬虎摩托车的六个司机，倒有一半，得了急症，症状相类，怕是急性的传染病。患病的就是那个上海招的白毛，和由欧洲带来的一个，由北京招取的一个。司机病倒车不能开，人不能走，急忙延医调治。热河只有一座洋药房，并无医院，更无高明西医。考古团只得请洋药房的老板诊视，上午服药，下午又病倒一个。眼睁睁不能出发，全团焦急起来。田音司气得说："你们中国真是东亚病夫国。"

那药房老板，管下药不保治病，他误诊断为急性传染病。患病的四个司机，吃下他的药不见好，那个白毛人倒病重死了。他们不料到这病得来得如此奇突，乃是由于中毒。病人怎能不进饮食？越进饮食越坏。饭中粥中，都羼着别的物质。同屋居住由北京考来的两个司机，马二和年轻的司机李玉升，也口中哼哼，说是不舒服，也染上病了。这几个人却七嘴八舌，引头要求请中医诊治。鲁明夷着急，向店伙打听本地名医，又想打电报上京延医。司机马二，一步一哼，去见那新找的通事，两人咕哝一回，遂请来一位热河著名中医，夸得和华陀扁鹊一样。马二抢着请他诊病，抢着先服他的药；刚服下去，便连嚷神效。年轻的司机李玉升，经那中医治疗，也立刻霍然。通事和他两人，不住口赞扬中医妙手神丹。这一来别的病人不由不信，便都试诊试服。

这中医诊病而不开方，只从一只药葫芦里倾出数粒金皮丸药，用无根水送下，给病人一吃，病人立刻就不发昏；却又变成缓症，动弹不得。考古团没奈何，决计送病人回京，就便再招司机。这一来，那个通事大得其手，急忙面见团长，他说："往北京招募人，往返费时。本地明星长途汽车行，新近因营业不振，裁了五六个司机，正打算资遣回籍。如果愿意招用他们，我可以去说，工资还格外贱；并且他们常走北路，地理也熟。"田音司听了，连说："工钱贱？好的。"鲁明夷是中国人，心中犯了猜疑，但也无法。通事不管那些，立刻将四个司机找来。他们的名字，无非是张三李四之类，讲起开汽车，却很在行，说起北路地理，果然很熟。并且内中有一个，还会修理机件，当下选用三个订约交保，即日起程。

那几个外国人只是摇头，说你们中国真是麻烦，想不到的会发生意外问题。考古团八辆摩托车六个司机，只剩下欧洲带来的一个司机，是无所谓的，其余京、热招募的五个，竟变成清一色，都换上粉骷髅党的人了。连鲁博士也没看出形迹来，只觉司机病得太怪罢了。原来那个通事，就是粉骷髅二豪王彭改扮的。五个司机，便是四豪吴朗，九弟黎吟风和七弟孔亚平，十一弟祁季良及一个副手。他们只用了少许的药，便将外路司机剔出去了；只可惜那个白毛人中毒过深，废了性命，粉骷髅不无替他抱屈。那个挂葫芦、卖金丹的医生，正是首领胡鲁。容考古团出发之后，他赶紧率领几个副手，和十弟金岱，火速追下去，以便在外面策应。留下五豪秦铮，六豪卢正英女侠，暂驻热河，传通消息。

考古团十八人，坐着爬虎车，登山越岭，从热河往北，计程探险。果然是新发明的交通利器，除了密林大河难以通行，任它地势高低崎岖，全能爬得过去。不过车身奇重，比寻常摩托车慢些。一路上各团员，倒也饥餐渴饮，昼游夜宿，到处采风问俗，访古寻胜。或摄取地方照片，或猎取奇异动物，探集罕见矿植；奉访当地王公官员。随意流连，不拘五七十里一站，百十里一程，都要细细调查完一处，再转别处。转眼之间，在路上消磨了两个多月。

时当春末夏初，北方天气虽寒，也早已春冰解冻，春水四流。考古团有时行到无人之迹，便支帐幕歇宿，大家轮班荷枪，防卫盗贼野兽。有时行到山村市镇，便由通事、司机，去打店寻宿，或借住古庙寺院。有的知会地方官，有的就不搭理，因为是洋人，地方官也无法，只验看护照罢了。那内蒙牧民，和整荒的佃农，多没见过这样的代步；听摩托车突突的响叫，不用马力，自然驰行，无不称奇道怪。大人小孩在背后追着叫，看洋鬼子，看那个不用马拉的车。

这一日，八辆不用马拉的怪车，行到一个所在，距离热河，按直行路程，斜趋东北约有四百余里。一带乱山，层层环抱；只有一条凿开的山道。山前一带平原，是沙碛之地，不生寸草。因天暖水溢，山洪流布，沙碛添平下一道浅塘，两道沙河。水却不深，河面甚广。爬虎摩托车若一径开去，怕到河心淤住。考古团停车计议，鲁博士问通事向导："这是什么地方？"通事鲁然说："这是内蒙盟旗地。"但鲁明夷问的是地名，通事眼皮一撩，想了想方说："这是平台子，白沙河。"田音司又叫那熟悉内蒙路程的汽车司机张大、王二，问这里的地名。张大眼望着王二，说：

"这地方没有地名，记得好像叫作二道梁子。"鲁博士不悦。怎么两人自称熟悉地理，会将这同一地方，说出两样地名来，到底是谁信口造谣？那通事忙带笑辩解："这沙碛叫平台子，那山岭叫二道梁子，是不错的。"司机王二也相视笑说："正是正是。我去年秋天，还到过这地方。"鲁博士道："那么这里距离金沙寨，还有多么远？"王二道："这个，还有二百多里。"

田音司大声说："哈罗，这时过不去，怎么办？"鲁明夷道："附近地方可有村镇人家没有？把车开到那里，问明白了再走。"张大、王二道："一定有，我记得有蒙古包。"当即上车，开足马力，折回车寻找人家，却越找越找不着。山峦起伏，滩流纵横，四望不见人烟。爬虎车偶一不慎，陷在泥塘，便走不动。团员团役十八个人，费尽气力，好容易才把车拉上来，却累得各人满头是汗，并且燥热口渴。大家着急，择路急走。乱山中忽见偏西南面，黑乎乎一片，好像丛林，又像村落。田音司发话："那里有火光，许有人家，我们可以过去问路。"考古团驱车奔过去。

走了三五里路，中间又隔着一道高岗和汪水。八辆爬虎车，靠岗停住。推派西籍团员二名，带领那个通事，和司机王二，携武器，徒步前往探路。四个人涉水滩过去，到那边一看，原来是一带长林，后面藏着一块绿草平原，筑着两座蒙古帐篷，是男女二十几口内蒙人，在那里牧牛放马；共有六七十匹马，二十几头牛。西籍团员拿手杖，一直钻入蒙古包，用半通不通的官话，询问路途地名。四十多岁一个蒙古妇人，三十多岁一个蒙古壮男，站起来怒目发话，那意思是挥手教他们出去。两个西籍团员不懂，那通事略懂蒙文，苦不甚高，再三询问，蒙古壮男用手向东一指道："人，那里有人，很多的。"别的话都问不明白。四个探路的只好折奔东面。

那边考古团余众下了车，忙着汲水进食。田音司博士，叫那外国退职武官亨利·森德，与他一同散步。森德用一种诧异的口吻问道："中国参谋部测绘的军用地图，怎么还有错误的地方？"田音司笑道："你不了解他们的官样文章。外国人出版的满蒙大地图，有时比中国自己的秘图，还要准确。我的行李里面，有这样一本。假如你愿意，你可以借去看看。"

两人登上土冈，面对前边山野，各用望远镜，眺望四面远景，南西北三面看过，转看东面。田音司叫道："哈，上帝，他们跑什么？"猛听得东面砰然数响，有几条人影，如飞奔向这边来。森德也看见了："这是什么？"那边鲁博士也戴上千里眼，望着叫道："你看！对面是什么事情？"直对田音司招手。田音司与退职武官，慌忙走下土冈，且行且说："有枪声，不知什么事情？你看看，那是什么人？哦，是我们探路的人。"话未说完，骤听咣咣咣，一片锣声大作，震得四面空山，回响不绝，顺风吹来，声音很大，中间夹杂着呼喊声和枪火声。果见探路的两个团员，和一通事一司机，气急败坏，从水滩跑过来。后面锣声不断，高高低低，射出火光；火光移动，似紧紧追赶过来。

考古团一行，大吃一惊。什么什么，问个不住。有几个人奔上车，有几个人将手枪扳开。原来是问路人惹了祸，犯起众怒了！

那两个西籍团员，偕通事、司机，到蒙古包问路。语言隔膜，蒙人遥指东面，似说东面有人家，西籍团员便大步奔去。不料竟与联庄会冲突起来。那东边的村落，有二三百口，乃是数十年前，由山东逃难，出口垦荒的流民。初来三五家，男女十数口，经他们辛苦经营，垦出几顷田地，盖了数十间车房。随后同乡不断有人寻踪来投奔，垦田地越广，筑庄院也越多，不几年成了村落。又不几年村庄扩增，有了新庄、旧庄、和东庄三处。此时杂货铺也开了几家，菜园子也有了几处，越发人烟兴旺。等到烟禁松弛，此间农民改种鸦片，比粮食又得利，此村越发富庶。因为此地僻在乱山中，又夹在内蒙盟旗之间，外界罕到，倒成了世外桃源。只有时汉蒙两族发生冲突，闹些纠葛；没有军队滋扰，也没有过什么灾难，安安稳稳度日。人民饱享太平福，如此多年。

不想时势变迁，影响到山村。近几年土匪跳梁，马鞑子闹得也很厉害，旧庄上曾吃过一回大亏。这三庄觉得守望相助，实有团练乡勇的必要。遂由九家富户出头，与山后三四农村计议，通力合作，设立联庄会，摊款出丁，极力筹划。有钱的量力出钱，有人的按户出丁，购买大枪、火药、刀矛、斧棍。凡属在会。都发给大小铜锣一面，以便闻惊鸣锣，聚众保村。每到青纱帐起，联庄会格外戒备，增派团丁，荷刀枪昼夜梭巡。恐不时有马贼打粮，匪徒纵火，更防外人偷窃菜园瓜畦，或潜上高粱地牧马。这山前后五六庄落，会在一起，计有团丁八十名，并有旧式枪火，常备守望。一旦有变，铜锣一响。还可以出庄丁一百六七十名，各有随身刀矛，可算是联庄会倾国之兵了。他们的实力就是这样，所幸小伙贼匪，畏惮乡团，不敢滋扰；大伙又嫌油水少，道路险，懒于光顾。结会数年，倒也相安无事。

忽于八年前，也不知从哪里来到一伙马贼，前数日曾派人前来踩盘，竟于月尽时，乘夜来袭劫新庄。新庄富户七八家，多在庄内设置碉楼。这一夕月暗星昏，大风怒吼，恰有本村一个无赖汉，偷了一袋子米粮，去到村里王寡妇家幽会。临翻墙出来时，被团丁捉住；正在相闹，无赖汉大叫，哥们先别打我，你们听听动静。果然闻得近处似有马蹄声。团丁匆忙上了碉楼，用孔明灯

176

探照，白光一晃，可巧照着两个马贼。这马贼三不知，啪的照灯放了一枪，吓得团丁掩灯鸣锣，开枪还击，噼噼啪啪乱响一阵。少时各村各家，齐将大小铜锣鼓动，咣咣当当，响动天地，鸟枪，火枪，大抬杆，手枪，快枪，各自拿着乱哄哄往村外黑暗处，打了一回。马贼已有几个爬进土围，见流弹横飞，知偷袭无望，便相率退回。

这一夜全村只受虚惊，算计起来，损失二百多元的火药费，一个人也没伤，总算侥幸，事后出村查勘，只见马蹄纵横，到底也不知来的贼实额有多少。寻来寻去，在村口搜见一匹受了重伤的死马，瞎打一阵，居然有功，团结合作的好处果然很大。原来他们这联庄会，凡属在会的人家，都发小铜锣一面，摊购火器一件。又以像团长队长什长之类，各给大锣一面，并备新式枪一支以上。每村至少还要有瞭望台一座，都是借用本庄富户家的门楼更楼佛楼，如有遇变，用以鸟瞰。又规定东庄有事如何报声，新旧庄有事如何鸣锣，都有一定的敲法。除此外还有号灯和信炮，倒也组织得很得法。设备得很完全。但有一件，群众心理每流于嚣张，易于激动；自有联庄会，便不免发生殴辱行旅和寻仇械斗的事故。前数年，曾与内蒙牧民，斗殴两次。起因只为一筐子野菜和一条扁担。两年前夏天，有过客折取他们些许苞谷瓜果，与看守人相骂以至相打，结果发生惨剧，竟把过客活埋。

他们这联庄会，每到夏秋时节，禾蔬茂长的分际，就多派团丁，看守垄畦，总为保护农产而已，这就叫青苗。内地青苗会，常因护庄稼通水道，吵嘴打架，他地亦然。但他们青苗会也有一定的规则，行旅过客，若行近田畦，一时口渴，随便摘取瓜果梨枣吃，看守人瞧见，也不说。就使你能吃，吞他一颗大西瓜，或七八枚香瓜，他们也担待得。但如瓜果未成熟，你生生乱摘下来，或将禾苗乱践乱踏，或将梨枣饱吃一肚子，还要摘下许多拿走，这便犯禁。或你的牲口惊了，践入瓜田禾地，这更不可，他们必不依，轻则骂，重则打。去夏有五个过客，驱着车骡，自仗人多，从车上走下两个人，沿途各将苞谷折取一衣襟，又刨起红薯，又到瓜园摘瓜，连掀几蔓，咬一口生的，便抛在田边又摘。看守的人早睁着八只眼看哩，二十多岁一个小伙子，大喝站住，上前拦阻。那两人不合抢马鞭，做出打人的架势，结果锣声一响，将五个客人捉住。除车夫外把那四个客人，结结实实痛打一顿，刨个坑活埋了。那缘故，就因这西瓜客人乃是有来历的，自以从军当官，通常把乡民呼来叱去，"老百姓"三字叫得山响。争执时，他反驱马闯入瓜地蹂躏，被捉时又大骂不休，这才生生激出事来。从那以后，乡民气焰越涨，这是三年前的话了。

考古团派那两个西籍团员，约翰和恺斯，寻路到东庄。东庄外正有菜园瓜畦禾场，四个人好生口渴，一见瓜田，说道："这里有瓜园，我们就去问路么？"西籍团员约翰早大岔步进了瓜田，便去摘瓜，连摘二三十枚。又望见果树，便去摘果，七手八脚弄了好些。司机王二咬了一口，说道："呀，太生！"西籍团员耸肩道："洗洗吃，不干净。"四个人便寻井。探头探脑，一阵乱寻，西籍团员恺斯大叫："哈罗，这里是一口井，这里是一口井。"其余三个一齐奔过去，先往井底下一望，便下手汲水。那架辘轳甚重，井口甚大，井面尽是泥水。约翰·恺斯又是穿着皮鞋，把辘轳绞上来，脚下一滑，赶紧松手后退，刚辘轳一阵响，将桶绳打落井中。四人大笑，又上去绞，桶刚上来，才伸手提取，一不小心，照样翻下去。只听咕噔一声，绳落桶砸。四个人围着井探头。

那边早有三五个小孩子跑来，远远地站着，咬手指头呆看。约翰猛回头看见，大叫："喂，小孩子。"连连点手："过来，过来。"他还打算问路捞桶呢。小孩子一见两个洋鬼子，两个假洋鬼子，直冲自己摆手，叫了一声，哄然跑回，往村内狂喊乱叫，约翰大笑："不要走，不要跑。"从后跟去。恺斯和通事、司机，还围着井口探望，想着捞桶。此时瓜田中的看守人，也远远绕来，瞥了一眼，回头便走。通事和司机觉到神色不对，便叫两位团员："咱们回去吧。"约翰道："我们还要问路。"司机王二道："问不得了。"恺斯扯头看，村口出来六七个男子，也有二三个小孩子，七手八脚，往这边指画谈论。恺斯不理会，紧跟约翰，一同前行。

只听村口喊了一声，忽有三五块碎砖抛来。小孩子吵道："就是这洋鬼子，还没跑呢！"恺斯、约翰往旁一闪，碎砖贴身飞过去，落在井边。两个西籍团员暴怒，这些低级民族竟敢侮辱白种，还了得！各把瓜果抛弃，咕噜噜的滚下满地全是，也不洗，也不吃了，便一径向村口跑，挥着手杖要打人。六七个男子和小孩子，哄了一声，扭头钻入村中。村中铜锣立刻敲动；联庄会会首听见警报，急忙放了一声号炮，砰然一下，响入半空，家家户户的壮丁，赶紧丢下手头工作，各抄起杆棒刀矛。又听嘭嘭嘭，接连三响，便知是在东庄；一齐奔过去，在瞭望台前集齐。

东庄副团长，早叫过看守人，和那伙顽童，询问他们报警的缘由。看守人说："眼见有两个西洋鬼子、两个假洋鬼子，抢到咱瓜地里，鬼祟半天，作践好些瓜果。刚才又跑到村井边，只往井里探身撒手，不知撒了些什么。"又一人道："一定是撒迷魂药的。"小孩子也说："可不是，可不是，撒了好几包，我们都看见啦。"话还未问完，早听："打王八搗的，宰王八搗的！"许多人乱喊起来。东庄团练先行出动，二十多个庄汉，拿着刀矛杆棒，八个人拿着两架大抬杆，四只旧式火枪，随锣声当先抢出。余众随后发动，个个血脉沸张，有噬人的气势。

　　考古团西籍团员约翰和恺斯，由于官面笑嘻嘻的脸，相信远东民族惯吃手杖，不必客气。今见情势凶恶，他们心中虽然忐忑，表面还倔强，做出昂然不惧的样子，挥着匣刀手杖，瞠目直视村前，想着威吓乡下佬。村人吵吵闹闹，一时莫敢先发。通事赵子玖久走江湖，心知不妥，而且有口也难辩。司机王二更晓得联庄会的厉害，急急叫团员，快快回走。约翰耸肩，眼望恺斯，迟疑未退。

　　青苗会铜锣乱敲，三十多人已呼啸一声，打圈逼来。几个拿杆棒的大叫"站住！"背后多人齐喊："捉住他，吊起来问他，活埋了他！问他撒了多少药！别放了他！送官不送官，打杀吧。"乱嚷一阵，双方眼看凑近，两个壮汉扬着刀矛，喝问："哒，你们是干什么的？"恺斯急急抽出手枪，喝令对方止步。赵通事急急拦阻，抢行一步挡住，对来众叫道："诸位乡亲，我们是走路的，迷了道，渴了……"一语未了，只听对方哗然大噪："小子拿着枪啦。"紧跟着猝然一响，发出一流弹。就在这白烟浮起的一刹那，八个联庄会抢起木棒长矛，如恶虎般扑来，大叫："捉奸细！"恺斯的手枪突被五个人夺住，赵子玖一见事急，忙显身手，略一腾挪，夺出恺斯，大叫快走，如飞奔回旧路，恺斯紧紧跟随，约翰头上挨了一矛柄。司机王二拖着他手中的枪，也急急奔回。四个联庄会吆喝一声，便将"大抬杆"架好。四个拿火枪的，二十多个拿刀矛杆棒的，一涌追去。

　　考古团四团员狠命狂奔，恺斯负伤落后。早有几个快腿联庄会赶到近前，都夺住恺斯的手，大嚷："捉住一个撒药的鬼子！"

180

恺斯大嚷："救我!"约翰回头一看，砰然放了一枪。冲锋的联庄会，只有一个有火枪，吆喝一声，砰然还击。一阵白烟散处，通事、司机翻身回跑，施展武术，先夺过火枪，次再夺救凯斯。各乡团已散复聚，大声催援，各将手中刀矛乱砍乱戳。通事赵子玖舞杆棒且斗且走，司机扶起恺斯又跑。赵子玖得个破绽，随后追来；几个箭步窜出五七丈，摸出手枪，向空鸣了几响。后到的二十余乡团，喊了一声口号，急急伏身在土坡后，各架大枪杆，直打过来。连响六下，弹落烟散，乡团站起来又追。跟着乒乒乓乓，又发了几枪。

考古团四众，没命地逃过乱林。联庄会最恼行人伤稼，尤恨村井投污，况又是洋鬼子，还敢开枪拒敌；大众前呼后噪，一抹地穷追过来。抢到乱林，联庄会头遣人鼓勇四出窥探，随后后队也到，共聚了五六十人。正副会头先登高眺望，立刻商通，率众径从偏南面，绕浅滩掩来。同时第二团壮丁也出村口，共到五十余人，远远地从土冈背后，一步一步兜来。

第十一章

众怒难干联庄会打鬼
长途遇阻考古团闯山

　　此时考古团余众，已然看出情形，几个司机，早将汽缸拉燃。田音司、鲁明夷和那外国退职武官，用望远镜看了一回，急急将武器取出。司机马二眼望东面，忽然用英语大叫："快跑，不要还枪。"马二自应征以来，始终没说过洋话的，此刻忽然急出洋话来，各西籍团员，急忙问他，马二说："了不得，山野农民最有团体，最不好惹，咱们大家应该赶紧走避。"田音司忙问："为什么？"马二解说了几句。探路的四个人，中有负伤的跑不快，看看被乡团追着，田音司大为焦灼，便要领团员驰救，退职武官森德慌忙说："我们应该推举临时司令，分担工作，这必须武力解决。"

　　匆忙里，即举田音司为护路司令，退职武官为前锋总指挥，分派团员司机，预备夺路救人。几个华人也心慌意乱，不能拦阻。于是六辆爬虎摩托车，突突突的响起来，各人俱都上车；就要一半拒敌，一半觅路退走。田音司忽一眼瞥见，那个在北京招考的青年司机，跳下车来，反倒跑上土冈，巍然站住不动。考古团大众不由惊叫。那青年司机忽然探出头来，向对面一望，旋举手一扬，嗤的一声响，又一扬又一响，一连举手五次，对面便有三个人倒地。当此时探路的四个人，相扶挽着，涉水奔回，背后许多团丁绕旱路如潮赶来。

村林那边的乡团，已然放大抬杆，冲水滩连发数弹，要斜阻他们退路。四个人正在偕逃，约翰落后，赵通事王司机挽架恺斯，奋力跋涉水滩。一弹打来，危急万状，好容易爬到陆地，十来个快腿壮勇的团丁，已横赶来截住他们。赵通事王司机，只得丢下恺斯，要往前闯。忽然哟一声，最前行的一个团丁，一晃两晃歪身倒地，旁边三五个团丁，愕然止步，一个跑来相挽，忽然也叫了一声倒地，紧跟又扑倒一个，余众一齐止步。急忙四寻，赵通事一行趁这机会，奔过土冈，脚下齐一软，眼晕气喘，司机王二顺土冈滚下去，约翰已走不动，头部滴血。恺斯伤重坐地，赵通事大呼："快来人。"考古团慌忙下来八九人，将众人挽上车。

赵通事匆匆将摘瓜汲井肇祸的缘由说了几句，田音司最有胆，他亦是欧西浪人出身，他说："不要慌。"退职武官道："开枪。"鲁明夷口中乱嘈，还想交涉。林子后已然嘭的飞起两声号炮，几架大抬杆，掠空连发上数筒火药，有两发碎弹直落到土冈前。考古团大众惊顾。林子里外，一色绿丛中，远远有许多的蓝点白点，影影绰绰移动。少时火光一闪，碎碎地大响一阵，山峦回抱，四面响应。林间人声沸腾，子弹破空而来，直打得头顶上空气，碎碎地响。退职武官忽领四个团员两个司机，将两辆摩托车开到土冈后，留一个司机看守，余众一齐爬上土冈，卧在坡后，各持枪扳机，露出头来看时，早见乡团多人，扯开散兵线，依石障坡慢慢绕过来。那青年司机点头暗道："这里面也有懂局的人。"

乡团里面两个教头，都是洗手不干的积年马贼，由联庄会优礼重币聘请来，担任教练。所以这乡团人数尽不多，却不玩练操的花样，专学会队战的战法。只因爱惜子弹，练习太少，枪火打得不准，是个缺点，不然倒真是劲敌哩！不一时，乡团前后队，从腹背西面掩来，约够着火线，砰然一声炮号，各团丁立刻爬起来。各抢得障身地点，顺枪扳机，对土冈月牙样包围住。那持刀矛的团丁，藏在有枪械的团丁队中，预备乘机冲锋。又过了一刻，数架大抬杠移出林外，斜对土冈架好。忽然火光一闪，遥对爬虎摩托车，乒乒乓乓轰射来，有几阵越过土冈，竟落在车旁，联庄会等已料知土冈上有人埋伏，大抬杆在平地架敌不住，急急撤到几座土堆后面，重新燃放，炸药铁砂子掠空扫射，直打土冈。退职武官六人，抵拒不住，一齐奔下土冈，抢上摩托车。那边众团丁，有人持望远镜瞭望，便也呐喊一声，前后队一齐追出，两辆车风驾电赶般奔回原路。

联庄会前后队如双龙出水般，苦追不舍，大叫撒迷药的坏东西，胆敢开枪伤人，捉住了活埋。此时田音司一行十六人，分成四辆摩托车，担任前路，急将马力开足，驰寻旧道。司机面前各装钢板，乘客手中齐握武器，如飞地向南走。越过草原，前面便是矮岭，遥望不见人影，大放宽心，匆忙催车向上，田音司先拿望远镜一照，随取出探照灯，回向土冈连摇。这是通知留守断后的七个人，出路无碍，赶快跟车，便要爬岭。通事赵子玖坐的是第二辆车，第一辆车是田音司博士和一个西籍团员，名叫雷利逊的，一同乘坐着，连司机共是三人，雷利逊善打手枪，百发百中，田音司自负勇敢，所以他两人驰车当先，司机也是一个西籍团员，他们是不信中国人有胆敢冒险的。于是扭动车机，首闯岭道，后面赵子玖一手握枪，一手拿望远镜。忽瞥见矮岭乱石掩映处，有三五黑点，一闪不见，忙大呼停车。车突突地乱响，如一溜烟也似飞驶，如何听得出来，田音司三人早将车开上栈道。赵子玖焦灼，先将自己所坐的车停住，后面两辆车自然跟着不走，还以为第一辆车，急急的当儿出了毛病哩。却不料矮岭上早发一阵枪声，出路已先被乡团拒住。这是山后的三庄民团，闻声特来助战。他们本乡本土，地理最熟，所以抢先扼此咽喉要道。

考古团后退无路，一齐惊慌。开路车田音司三人，刚走进矮岭栈道，迎面连中十数枪。却喜乡团无炮，又幸爬虎车与装甲构造也差不多，三个人全没受伤。急忙拨转机头，要往回跑，后面枪声断续，已跑出二十多个壮汉来。狭路相逢，山道崎岖，庞大的爬虎车运转不灵，眼看敌众我寡，要连人带车被俘。雷利逊、田音司和司机的西籍团员，急急开枪拒战，连连打倒对方三数人。对方大怒，齐开枪往车攻来，枪打中车，车身迎面装有钢板，车中西籍团员想出枪还击，只听岭巅，砰然大震了一声，响入云霄，四面应声，顿于栈道上层，两旁道中现出几架大抬杆。大抬杆乒乒乓乓打来，车身为之摇撼。又听砰然大震了一声，大石块，小石块，直从两旁投下，顺栈道滚下来。那个西籍团员，还想扳机将车开回，不意斜刺里探出七八支枪口来，逼近了，砰然数弹打来，立刻死在车座中。田音司一见不好，叫一声："不好。"慌忙开车门，连滚带跳直奔下去。雷利逊也想逃走，斜刺里一阵枪，将他打死在车下，道旁一声欢呼，跑出二十多人，将爬虎车夺过。田音司乘机逃出性命，如飞奔回草原，通事赵子玖等，将他拉上第二辆车，已然面无人色，大腿上中了一弹。喘息未定，栈道上枪声断续，从后追击过来。

当此时，退职武官等，守不住土冈，两辆车正向这栈道逃走，后面枪声也是七零八落的追击，于是前后夹攻，将考古团六辆车十六人远远包围在土冈矮峰中间，此地恰在草原，四望平坦，毫无屏障。前后山六个联庄会壮丁，除留守者外，都鸣锣追出来。流弹像砂豆子般，抽冷子打来，全团人依车护身，不能下来聚议。通事赵子玖，别有怀抱，不愿与西籍团员同生死，他推开车门，冒险大叫："可往西面岔道，夺路逃出重围，再计将来。"自己径打碎玻璃窗，跳进司机车座内，把住车盘，当先往西放枪。一面叫同车人持枪扳机，预备且战且走，一面却将铜喇叭不断吹响。田音司、恺斯身已负伤，鲁明夷张皇失措，其余团员猜测赵子玖开车西驶的意思，也想跟踪同跑。方在大声商量，司机马二王二张大等，早将车拨转，风驰电闪地跟了下去。各团员却喜都紧握火器，从两旁向外窥视。

矮峰土冈丛林中的新庄联庄会，也好像看出考古团的动作，意在夺路逃走。以为势成骑虎，万不能轻轻纵放他们逃走，放了必有后患。只听砰然大响了四声，这四队民团，一齐出动。论地理他们熟，论人数他们多。一见敌人西行，急先遣一队，从小路捷径，火速堵截。余众分左右中三路，从后追赶。当中一路，涉浅滩取直径追赶，一行五十余人，有十二匹马，一抹地赶到。先遣的别动队，已然布置好。

考古团那边慌不择路：远看西面无阻，几条白线，无数青峰，便一直奔过去。路上冈坡起伏，溪塘极多。山洪流布后，草深泥泞，奋力驶行数里。不见追兵，略闻枪声。只见前边乱山环绕三面，峦峰纵横，却有一条不甚宽展的长道，曲折盘近对面山上去，好像这山是两面凿通栈道的过岭。五辆车不暇看探，突突地径顺长道登上去。此时去敌也远，渐不闻枪声，十数人正庆脱险，不觉绕到山岭上面，向去路一望时，这划平的山道，由东面平地，迤逦西来，只通到山顶三官庙为止，只有前进的路，没有

186

穿通后面的去路。西面和南北两面，怪石嵯峨，长林丰草，山风怒吼，气象凄厉得紧，各处都是跬步难行。只除向来路返回外，再无别法。

十几个人跳下车来，商量着赶紧转车退回，设法去找当地政府交涉，要索回被扣的那一辆摩托车，还要救回中弹被掳的两个人（他们还不知这两人已死呢），并且还要惩凶赔偿损失。西籍团员有那负伤的，经这一路颠簸，又见天将昏黑，意思想在这庙休息一夜。正自计议，通事赵子玖，和司机马二王二，喁喁耳语；另一个司机，手拿望远镜，四面照看，忽然叫道："此地不可久存，还是快下山寻路，远远离开为妙。"用手向偏北一指，只见北面黑乎乎一片乱林，似闪出火光。狂风吹来，似夹杂着一种惊人的响声。考古团一行只剩十六人，如惊弓之鸟，急急地吃了些饼干腊肉火腿酒浆等物，一齐上车，照旧路开回。转瞬下得山来，打算往北绕着觅路。才出山口不到半里路，只听砰然响了一大声，登时看见山路两旁，钻出几个人来，一转眼人又不见。头辆车的司机和坐客，一齐大惊。暗叫道不好，急要驾车横逃，其余四辆车继进。还不等全将车拨转，早由斜对面密林中，射出数道黄光，一闪一闪地乱照（乃是民团那边的几盏孔明灯）。黄光过处，爬虎摩托车全形毕露。况又有行车突突的声音，和车后喷出来的烟尘，越发地成了众矢之的了。密林中立刻一阵鼓噪，密林对面一面土山后，忽探出许多人头，双方一关照，火枪快枪大抬杆，如雨般贴近山口打来，将登山原路阻住。

考古团十六人，急急地将前面钢板再装置好。一面准备受弹，一面准备夺路闯出，无奈此时日色已昏，大地笼罩上一层淡淡的黑幕，车不点灯看不清高低路，点上灯正好成了联庄会射弹的目标。赵通事一看又陷围，便叫自己坐的那辆摩托车，不点灯光，只由自己不时按亮手电灯，冒险往西北角奔驶。其余各车，自然跟随，于是一条线似的车车相衔，转往前冲，恰巧对面枪声响过一阵，此刻忽止，便一鼓气开出半里多地；后面斜刺里开枪追击，只响六七响便住，迎面却砰然大响了数声，立刻黄光扫射，跟着乒乒乓乓乱响，空中流弹往来嗤嗤飞啸，一阵紧一阵。中间夹杂着轰然爆炸声，声音很大。黄昏时候也不知是什么火器，只看见正面左面，右面东一片火花，西一片火花，竟将头一辆车打得一歪两歪，几乎翻倒。司机乘客不由惊叫，慌忙往横面逃，这五辆车如去了头的牛虻一样，在乱山中乱撞。

虽然爬虎车可以登高涉险，却是到了山路狭窄处，也不会插翅飞过，只得倒退去，另奔宽展地方。这么一耽误，民团越打越多，越逼越近。考古团十六人，又困入重围中，几个胆小的团员，已面无人色，手足失措，胆大的却稳定心神，将手枪对敌开放，枪声大作，联庄会一面据坡冈开枪，一面闪出，两伙壮丁，挺刀矛冲锋，从两面抢上前，来肉搏夺车。

赵通事的车最当前，呼啸一声，被二三十个壮汉远远围住，各举挠钩乱搭乱叫。赵通事急一扬手，砰然大震一声，飞起偌大一片烟幕，又乒乓放了几枪，团丁稍退。考古团趁此机会，拨车飞逃，慌不择路，瞥见前面宽展的路，敌人稍少，便舍死忘生，催车前闯。黑影中，枪声不断，民团提灯连闪，考古团手电灯也连闪。闯来闯去，五辆爬虎车，不能溃围，仍拨转车机，退入那边岭上。

联庄会策众阻住山口，支大抬架杆，往上仰攻。考古团沿栈道爬上山头，明知后无退路，便将车分开，留一辆车四个人横停在山腰，不时望下打两枪，拿镜照一照，防备敌人乘夜偷袭。其余四辆车，开到山顶三官庙门前，留两人值夜看车。余众进了庙，苏息一回，这一夜枪声错落不断，考古团人众，心惊胆战，哪里睡得着。

挨到天明，却喜联庄会不曾抢山，大家胡乱拿出干粮，吃了一些，便走到山崖上，往下眺望，这一望不由目瞪口呆。联庄会大众虽然看不见，却正当下山道口，掘起一道长沟，就用掘起的土冈，冈后设置十数名哨兵。支架着六架大抬杆。那意思明明要围困他们，活活将他们饿杀。大家探着头，隐着身子往下看，相顾悄然，无计可施。鲁明夷抱怨恺斯、约翰，不该摘瓜肇事。三个人几乎吵起来，赵通事顿足道："不要吵了。"催着先将防御工作分派好，用手一指道："你看，他们这是吃饭去了，少时必回来攻山。"当下即由田音司、赵子玖和那个退职武官森德分派一过，用四个人把守山道，两个人巡逻，两个人绕山顶寻找下山出路，并采办食水，余众替班休息。分派已罢，由各人分头做事。

那个西籍团员，担任采办食水的，皱眉来找赵通事："没有水怎好？"原来这山形崎岖，虽不高却险，山顶并没汲道。大家一听越发心慌，没有水岂不渴死，赵通事想了想道："待我来找。"寻了半晌，在山坎寻着一汪残存的山洪，很不洁净，大家稍觉放心。

挨到阳光高照时，只听山脚砰然大响四声，山头被困的大众，只见偏东面山麓下有一条黑线徐徐移动，蜿蜒如蛇。少时临近，四散摆开。考古团众急用望远镜一望，足有一百多人，跟着林那边也出来一伙人来。考古团大众，吆喝一声，戒备起来，分藏在山顶盘道两侧，只露出一对眼睛，一支枪口，不时用望远镜窥动静。只听砰然大响一声，山脚下土冈后面树林前，各路民团一齐发动，分作数十小队，绕山乱跑。不一刻山口正迎面，土冈之后，忽架出数架大抬杆，喊杀一阵，当先开火。几架大抬杆，轮流对盘道三官庙打来，铁砂一阵阵散落如雨。

那两辆摩托车，恰停在庙前，司机大惊，连忙移车到山顶后洼。林前的联庄会散兵线，急分三小队，绕到山口侧面一座长岭半腰上。就在岭腰，斜对盘道，拉开散队，枪口支支外指，扳机待发。一个为首的藏在丈余高一块大石后，用望远镜往这边端详半晌不见动作。只正面土冈乓的一枪，乒的一枪，七零八落地打。

考古团大众，怕敌人抢山，也开枪拒战，紧紧地照顾着正面，不意孤峰右侧偏后面，忽抄过一伙持刀矛挠钩的壮丁，悄悄绕到孤峰背后，攀藤附葛，往山上爬；已爬上五分之一的路程，山顶巡逻的考古团员，忽一眼瞥见，大叫快防后路。一言未了，砰然数枪，巡逻团员，惨叫跌倒，钩矛壮丁如蝎虎也似，急急地往上抢爬。看守车的两个司机，闻声驰来搭救团员。钩矛壮丁六支手枪，又响了一排。两个司机急忙匍匐而行，顾不得救人，大叫后路有人抢山，便扳开手枪，往下乱打。前面的团员，跑过四个人来帮助。一排枪打去。半山十数壮丁，匿身树石后，不进也不退。山脚下却忽亮出三十多个壮丁来，遥对后山开枪，乒乒乒乓的一阵响，双方立刻拒住。忽然东面山根下，又有人偷爬上来，赵通事急领两个人驰往堵御，响了几枪，壮丁立刻停止进袭，俱藏在山坎遮碍物之后，抽空儿对这边放两枪。于是联庄会围绕这三官庙弓形孤峰，一步一步往上仰攻，考古团在山顶苦苦支拒，又对付了一天，到夜间联庄会壮丁，一番五次偷袭，幸亏考古团不时用电炬下照，开枪镇吓，没被抢上来。

候到次日傍午，窥见山下，人数较少，想是换班回去吃饭。田音司、鲁明夷、赵通事等，凑在一处，商量溃围的办法，计议良久，决定趁黑夜派人偷爬下山，找地方官交涉，派队惩办民团。当派那个退职武官和别一个西籍团员，带同赵通事，就在当天夜间爬后山出围，以速为妙，若太迟了，饮食一断，必被活活饿死。商酌已定，退职武官等三人，齐到三官庙内休息，其余各人，仍分班守盘道，巡山顶。

转瞬入夜，只见山下民团，东一片火光，西一片火光，在山下不时巡逻。忽然响一声号炮，四面攻击起来，约攻过半小时，便即停止，却星星零零，仍不断枪声。到十二点以后，退职武官等装束起来，各带手枪电炬食水洋毯绳索等物，在后山择好地盘，各用一根长绳，系在树上，各人好扯着绳往下爬。打点好了立刻关照考古团余众，余众立刻从盘道往山口下偷行数箭地，各觅好藏路退步地位。田音司在山顶放了一枪，司机故意将车开响，余众立刻鼓噪一声，往山下开枪。山下民团哨兵，急急还枪，一面分派人到会首那里送信，说今夜晚留神敌人抢下山。会首立刻知会各方准备迎击，双方在山口上下，数番开枪，在黑影中直闹了两个更次。考古团见时候已差不多，便将车假意开动，突突地乱响一阵，随即停止；枪声也跟着由紧而慢，渐渐停机不发，做出冲锋不得，撤众回山的样子。下面联庄会众，按兵守住山口，不稍放松，山后一面果然不甚防备。

挨到两点三十五分钟，夜已正浓，退职武官、赵通事等三人，另外两个送行的团员，悄悄溜到山后，按照白日觅定的线道，赵通事等四周望了望，便缒绳爬下去。这后山乱石杂树极多，寸步难行，五个人将绳扣在腰带上，外裹毛毯，双手揪绳，半滚半爬，往下坠溜。每逢树阴峰影，必潜伏不动，细听动静，觉得无碍，再一步一步挪动。天气方热，个个浑身出汗，滴落如雨，约走了十数分钟，将快到山腰，忽吹来一阵狂风，风过处，闻得山脚下有种声音，不甚妥当，好像下面有人。五个人互相知

191

会了一下，立刻狙伏，半晌不见动静。赵通事忍不住掀起一块小石，顺山坡往下一丢，听得一声响，旋即听不见动静，似没有滚下去，想是山石草木阻住了。又听了听，便腾出手来，搬起巴斗大一块石轻轻往下一推，听得咕噜噜的一响，又咕咚一声，似已落地，又细听不闻人声，五个人略略放心，即改道往下又爬，荆棘刺人，碎石磕绊，苦苦地溜下去已离山脚不远。

赵通事等停身石后草际，喘息一回，取巾拭汗，往下窥看谛听，觉得没有什么，便又掀石投下去，连落数块，不闻人声，于是又往下爬，转眼又走了三四丈，去山脚半地不到六七丈，五个人再止步，不敢捻手电灯，也不能用望远镜，各竭目力，往下注视。遥见对面昏黑，不见人影，偏东半里地以外，却似有一线火光，偏西二三箭地远，似有一星星火亮。三个探路人寻思了一回，只得冒险了，将系身的绳索解下来，捆在一处。又将毛毯也系在绳上，一齐交给送行的两个团员，送行的立刻扯住绳，往上爬了三四步，伏在一棵灌木后，不言不动。却在树根上，另系一根绳，垂下来交给溃围的三个人。赵通事、退职武官等三人，一齐扯住，轻轻抖一抖，算是递个暗号。三人便鱼贯也似合揪着一条绳，慢慢地往下横爬。

其时忽起狂风，风过处稍觉清凉，却于风吼中，听见远远有马吼之声。退职武官三人，又不敢动弹，倾耳细听一回，爬到离山脚还有三四丈的地方，下面是一条断崖横路，紧贴山根，凿石开道，有二丈余高，峭立如壁，如要下去，非跳不可。但既跳下去，再要上来却难。往斜刺里绕走一回，也都是断崖。三个人相顾迟疑，事已至此，不能不下。赵通事当先溜到断崖之上，拢住目光，往四外一看，似乎下面无人，暗将绳一抖，退职武官和那个团员，慢慢跟过来。赵通事顺手抓起一块山石，往下一投，叭的一响，没有动静。三个人连忙合手，掠起一块大石，往下一推，骨碌碌扑通一声响，大石已然坠崖，紧跟着簌簌地响了一声，黑乎乎一物，从崖脚窜出，跑到北边去了。

三个人心头一跳，亟耳侧听，四面呼呼地乱响，是风吹草木之声。三个人看了又看，听了又听，依然是夜影沉沉，伴着风声朔朔，附近好像没有人。遂暗打知会，三个人急急打点。赵通事当先扶着那根绳，两个西籍团员往后，左手引绳，右手一齐端出手枪，扳机待发，以防不测。赵通事却将手枪插在腰间，然后轻轻缒绳而下，慢慢地从断崖到山脚地面。人过处当不得仍有披草掉泥擦石的声音，赵通事两脚落地，一手引绳，一手忙拢枪，四面一看，赶紧爬倒贴地皮又一瞥，环后山东南西三面，黑影起伏，如冈坡如墓林。相隔半里地，隐约见火光，近处好似无有民团的哨卡。便慢慢再爬起，一抖手中绳，做个照会，断崖上退职武官和那个西籍团员，急急插枪，慢慢引绳，退职武官一腾挪下来，幸无闪失，只随身掉下一堆碎石。那个西籍团员随着下跳，双手揪绳一挪动，蹬下一块大石头来，咕咚一声响，滚落山脚，险碰着刚下来的那个武官。退职武官叫了一声："当心些。"

赵通事失色，急急地一窜近前，又急急一扯武官，贴山脚奔出十数步。恰有一坑，忙伏在里面。这个团员，停留二丈余断崖上，吓得不敢动。这一响之后，端瞥见东西面火光一闪，同时响了一声，光一转，直照到断崖左近。刹那间，东面人影绰绰，从一道高坡后出现，闪着没下去，却从坡后绕出，直寻过来。其时风吹正急，山环回响。响声从这面发出，却听着像在那面。因此土坡那边的人，错寻到断崖西面去了。好半晌，西边火光渐渐消失。黑影中还听民团不住吆喝拿人，料是他们巡哨的人，故使诈语，实无所见。又潜伏一会儿，人声越听越远。风吼声中，渐听不见。

退职武官等得心焦，悄悄问赵通事。赵通事一握他的手，两人慢慢爬起来，出离土塘。向四外一望，急跑到断崖根，紧贴着一步一挪，挪至跳崖原处。在崖上面，那个西籍团员，早倒爬上去三四丈。潜伏不敢动弹，绳也扯上去了。赵通事心中暗嗤，悄悄向上打一知会。又半晌，从上面滚落下一些碎土小石来。又一会儿，那个西籍团员，重复溜到断崖之上。退职武官悄声催迫。他往下望了望，将绳系在腰间，双手扯住，打千斤坠式，一把一把倒下来，双脚点地，仰首拭汗长吁。赵通事等也吐一口气，心说："可算下来了。"

　　山半还有两个接应送行的。潜伏树后，早等得心急。赵通事催一团员快快解下腰中绳。忽见东边火光打一闪，喊道："那边有人，拿住他。"便听见脚步践踏声音，三人大惊。赵通事忽抽刀要割团员腰中绳，不意那团员猛吃那一惊，折回头来要上断崖，却上不去。又回头来拖绳便跑，跑出三两步，绳子把他绊住。咕咚摔倒，不禁喊道："高得上天。"挣扎不起。那退职武官，手脚灵便，一窜急跳回土坑，口衔手巾发喘。黑影中，赵通事急急抽刀，寻绳一割，拿住断绳上半段。用力一抖，又往断崖一抛，抢过来挽起团员，半拖半抱，拉入土坑，三个人喘作一团，却一动也不敢动；手枪都端起来，直对东面。

　　不一时火光直照过来，对断崖下山道打了一转，火光后似有七八条黑影姗姗移动，乱喊这边有奸细。赵通事三人悄打一照会，一齐手扳机，腿半跪，屏息以待。只见那团黑影越走越近，两三盏孔明灯左一闪右一闪照过来；渐移到断崖近处，火光中为首一人，拿一条花枪，一支手枪。第二人第三人各拿孔明灯乱晃，俱都带着枪火。后面还有数人，也有拿枪火的，也有拿刀矛的，仔细看一共倒有十一个人，四盏孔明灯。乃是联庄会后山脚

194

放哨和巡逻的，闻声会合来查看的。只见他们一面使诈语乱喊，一面寻找，一直寻到三团员跳崖处，拿灯上下左右照看一回，为首那人说："这边没有什么。"又一人道："许是狐狸子。"一言甫罢，忽一人拿灯一照地面，相距数步，有一物对灯灼灼闪亮。这一人慌忙叫道："你们看。"四灯齐照。一人过去拾起叫道："喝喝，这是把手枪，还饱着子弹哩。"坑中赵通事三人大惊，心知露出马脚。接着听联庄会六七壮汉齐说："哪里来的？哪里来的？一定有枪就有人，快找找，哒，在这里呢。"向四面虚指一指，各各端起军器。

当此时，赵通事一按退职武官的手，不防那一个团员，把手指一屈。只听叭的一声响，土冈边连飞火花，两颗子弹飞入联庄会巡逻壮丁群中。十一壮丁喊一声"卧倒"，中弹的未中弹的一齐卧地。早见那边土冈中，窜出三条黑影，如一条箭也似，飞奔出来。壮丁大喊一声："放。"乒乒乓乓，火发弹出。如电闪，如雷鸣，直打过去。前面一条影一声怪叫，晃了晃依然舍命狂奔。联庄会壮丁，喊一声跳起来，开枪如飞追赶，不料断崖之上，噼啪一声响，从他们背后头顶上，凭高发弹俯击下来，这便是考古团接应送行的那两个团员已闻警将绳扯下去，特此开枪牵制救应，果然数弹发出去，联庄会巡哨壮丁，不明虚实，深恐腹背受敌，急急择地障身，却不往回走，反贴山坡往前追奔。到一山崖横障处，料可蔽护身躯，打伙抢过去，藏在后面，分四个人仍然蹑追逃走送信的敌人，余众却派遣一个脚程快的，绕道回去报信，说已有敌人，缒山溃围搬兵去了。

联庄会接得报告，便一面鸣锣，一面对山腰发弹追击。锣声响了一阵，散在各处放哨的联庄会人众，立刻鸣锣响应，四面锣声大作。只数分钟，孤峰三面，都已听见。林园那边，嘭的一声，飞起号炮，一队民团，整顿枪支，往山口仰射上去。另有一小队，约三十余人，从黑影中如飞奔赴后山驰援。

忙乱里，山头上考古团留守人众，忽闻山下锣声枪声，立刻心血沸腾，情知是溃围事件发动。也辨不出吉凶，慌忙拒住山口，另着数人到后山顶张望。但见山脚下火光散漫漫，炸声如碎雷进逗；那山腰送行的人，也还不见上来，只听见枪声。张望一回，天色依然朦胧，再也看不清，便对山下火光，连开了数枪。当此时，那山腰里的两个送行团员，隐身树后，隐约见数条黑影，沿山脚直奔到南面去，猜想必是溃围的人，已然冒险下去。又见有十数条黑影掌灯光呼喝而来，知是追兵，急急地开枪激战，两边对打起来。在团员心想寡不敌众，在会众心想实不敌虚。各怀猜疑，手中枪火，不断地发放。

那边厢缒崖溃围的三个人，落后的西籍团员，大腿上中了一弹，负痛狂奔，手中枪已然失落。赵通事和那退职武官，却未损分毫，一面跑一面回身张望开枪。忽听砰然一下，背后那个西籍团员又身中一枪，立刻倒地。退职武官一俄延，心想要还救，却又听叭的一声响，头顶上嗤然一弹破空飞来，紧跟着乒乓地响了一阵，流弹纷飞，吓得他回身急跑。赵通事叫一声，飞奔上高坡，到一大树林内。退职武官也跑进去，藏在大树后面，闪眼偷看。几个壮丁挺矛持枪跑来，内中拿花枪的一人，非常胆大，抢过来一枪，将西籍团员，刚爬起又一下戳倒。退职武官心胆俱裂，扯赵通事穿林又跑。背后枪声仍然炒豆一般东响一阵，西响一阵，两人都不敢直腰，半俯半爬将走到林边，又不敢出去。听了又听，看了又看，趁黑影两人兽伏蛇行，爬出林外，又是一条大路，一片深草原。赵通事略辨方向，不走大路，入深草中，走了一程，枪声断续，相距渐远。

两人在深草内喘息一阵，取水壶喝了几口，觉得头面手腕被蚊咬草戳，伤了不少处，衣履也全毁坏。歇了半晌，方待要走，忽听草边路旁，有火亮一闪，两人急急伏身。似有人在路上行走，急急瞧看，是两个人骑着马跑过来。为首那人，口边衔着烟卷，背后各有一物，俱像是枪械。赵通事和武官惊顾不动。只听那两人说："我瞧他们准是往这边来了。"少时那马沿路往南奔过去，却又来了十几个步行人。赵通事二人越发不敢，直等这伙人全走过去，这才爬起来，不走正南，往西南面走着。约走了二三里地，却见前面乱山横亘，又是一带长林丰草，一望不着边际。两人绕来绕去，寻不着出路。四顾荒野，不闻人声，但听见风吹树摇，朔朔作响。两人踌躇一回，料想附近无人，已经脱险。一夜之间奔得筋疲力尽，打算找个隐蔽地方歇息，便挣扎着寻到一道高冈，努力拔脚爬上去。往南眺望，黑影中遥见西南角十数里外，有纵横数条白线，画在黑堆旁，料想白线必是大道，黑堆当是蒙古牧民的帐篷。两人下了土冈，穿过乱林，又到草原，地势洼下，又看不见那白线了。

退职武官道："密司特赵，我实在走不动，你看看……"抬起脚来，软底鞋已然磨破露出脚趾头来。赵通事道："但是我们一路逃险，乱绕了半夜，算计直线路程，恐怕距离那山，还不到十里地，万一被联庄会的人遇见怎么好，还是再往前走。你看，那不是黑堆，那个一定是蒙古包。"两人一面商量，一面寻路前行，好半天来到大道旁。

此时将近四更，已能辨清近处的景物。细一看才知那黑堆是座荒废了的庄院和一座破庙，却也有三五座蒙古包，夹杂在土坡丛木中间。正因有一道小溪，所以才集有人烟。退职武官大喜叫道："好好……"赵通事心想自己也不懂蒙古语，便与武官奔那座破庙去。到庙门前一看，门扇虚掩，阶前有一堆马粪和马尿。那个退职武官疲劳已极，挣扎力气，便去推门。两人进得庙门，才待寻找庙中人，猛听暴雷一声喊："在这里了。"立刻见有数盏孔明灯从门两旁照过来，六七支枪直指胸口，大声喝命举手，站住。退职武官骤吃一惊，扭身要跑，早从庙内两庑抢出三个人，将山门截住，枪口指着他的头。背后那几人赶过一个来，举起枪托照后腿一下，武官栽倒，立刻被三个人拿住。赵通事眼快，早知不敌，忙将双手高举。过来数人，也将他倒绑上。中西两个考古团员，相顾瞋目无语。

细看来人，一共十二个，七支枪，五副刀矛，四匹马，窝藏在庙内庙外，也是刚赶到的，不想他俩竟自投罗网。看为首那人，浓眉大眼，年约三十来岁，穿一身深蓝色短装，回顾同伴道："老曹真有两下子，他真就一猜一个着。我只不信，这条道又不是正路，怎么准知道他们必是这里呢，我算栽给他啦！"说着眉开眼笑，教几个人，把赵通事、退职武官，浑身都搜了。推入庙内大殿上，七言八语的审讯二人的来历。究问考古团共有几人？溃围的又是一共逃出来几个？赵通事只得如实答复，却诳说全国共有三队，这是第一队。又问你们是干吗来的？往井中撒的是什么毒药？

赵通事为难多时，不知怎么答好。不承认他们必不信，定被拷打。承认了怕被他们凶殴，那几个联庄会壮丁，果然掉转枪柄，将二人痛打一阵。赵通事没法，只得先诉实情，次说误会。旁边一个十八九岁青年汉子，叫道："听他胡说，这小子不是东西，好人谁肯做这事，不用刑决不肯说实话。"说着与一个中年男子，举起刀背，没头没脸毒打起来，只打得退职武官怪叫不住，赵通事运动气功，咬牙无语。那为首人说道："你们留神，别打头脸。"几个壮丁不听，各举枪托刀背杆棒，向两人乱打。

猛一下打重，赵通事血流满面，口中嘶的一声，吐出白沫鲜血来，身子乱抖一阵，忽一挺昏死过去。

那人一跺脚道："如何，不教你们乱打，你们偏打他，你瞧死了，我们得留活口，好见头儿去，还要审问详情哩，这可怎么好。"少年道："那还有个大毛子，这等奸细，打死还嫌不解恨哩。"首领道："啐，别胡闹了，你听得懂洋话么？"少年道："哎，可不是，忘了这手了。"首领道："教你哎哟，这毛子狄利多落，我看你怎么问法？"一中年团丁道："看看还许有救。"过去一按赵通事的鼻息。面皮尚热，口鼻却已不出气。又弯他手脚，四肢挺直，连腰板也都僵了，真死得好快。几个人忙将退职武官缚在殿柱上，七手八脚想要治救赵通事。一人先替他解了绑，一人找上几块粗纸，点着了灭火取灰，替赵通事敷在头面伤口上，止住了血。再用布勒上，一人找了个家具，汲取一下子冷水，照赵通事面门上喷下，仍不见苏醒。一个四十多岁的团丁，分开众人说："别慌，我有法子，你们再找点乱纸来。"连草带纸作成一把，对众人说："一熏就活，心口还热哩。"那少年道："可是手脚腰板脖颈都挺了呢。"首领道："去你的吧。"自取出旱烟叶来，塞在纸把内，用火点着，把赵通事搬起来，将鼻孔熏。约过二三分钟，只见赵通事嗷的一声猛叫，腰一挺，扑噔躺倒，把周围几个人吓了一大跳。

第十二章

朔漠救同俦青衫一现
荒山思纵虎和议三章

　　众人忙围上前低头看时，见他直挺挺躺着，面目嘴唇，鼻头都被火熏得紫肿了。一人道："这是怎的，别是装死吧？"首领道："你懂什么，这就活啦，不活再熏。"说着话便要动手，只见赵通事鼻息扇动，口中喷出白沫来。联庄会众人齐说："活了活了。"少时见赵通事手脚动弹，依着几个壮汉，便要立刻把他缚在马上，押回会里去。首领道："别闹着玩了，留个活口吧，你们要知道鬼子不好惹，审明白，好打算后来的办法。"

　　于是候到天明，约在上午九点钟，见赵通事虽还不能动转，好像不致再昏厥了。大家一齐预备动身，将两个俘虏缓缓绑在马上，慢慢地押出庙外。约走了十六七里，便到东新庄。退职武官垂头丧气，心想昨夜奔命通宵，不意才走出十二三里地，真是晦气。不知到村中，受何等凌辱呢。到正午十二点左右，联庄会的会首齐集在村中一座关帝庙内。这庙适在菜园之后，是全村公议的地点。两个俘虏就押在庙内东庑中。由联庄会另拨十二人守着。

　　少时从大殿出来一人，喊道："把那个东西带上去。"十二人

200

立刻推推搡搡，把退职武官押出来，只有赵通事，还是昏昏沉沉，受伤过重，人事不省，便用门板抬着过来，联庄会首领也有六七位，连同四个教练，和菜园中看青人等，齐聚在大殿上，七言八语审问被俘的退职武官，他怎懂得官话，这北壤荒村，也不会有懂西文的。瞎乱了一阵，问不出道理来。待审问赵通事，只见他两目灰黄，呼吸微弱，大有一触便要断气的样子，竟百问不得一答，不住口哼哼罢了。东新庄会首大恼，就要依会例将二俘虏活埋。旧庄会首、后山会首，连说使不得，总要想法子，问出真情来，不然怕有后患。有一句旧话，是民怕官，官怕洋人，万一这一伙洋鬼子，真是一共有三队，只捉住他头队，第二三队势必要报官动交涉，在这年头儿，一沾洋务，总是老百姓吃亏。依我想务必留一个活口，问明底细再处置。再不然把他们都捉住了，一会儿总斩草除根。东新庄会首听了很有理由，商量一回，将俘虏押在关帝庙里。一面仍包围孤峰上的鬼子，一面还须撒人在大路放哨，防阻他们溃围求救。更要派精细人，到城中打听动静，当下就分头办事去了。

赵通事和退职武官，照旧押在东庑，派十三个人，分日夜三班看守他们。至于饮食，每日送一壶凉水，几个荞麦饼。直押到第二天，夜间听得外面枪声又作。四个值夜监犯的团丁，早已瞌睡不堪，一闻枪声，都站起来道："鬼子又要跑，这必是闯山啦。"

耗了一夜，到四更时分，赵通事扎着双手，躺在土坑上，正盘算逃走的道路。却是身旁武器全被搜去，在四个人八只眼监视下，觉得弄诡很难。忽然打了一个嚏喷，鼻孔中钻入一种异味，不觉大喜。忙挣扎着大声叹了一口气，说道："粉骷髅入笼，咱是第二。"只说得这一句，便猛一翻身，将身子爬伏在土坑上面，藏住头脸。值夜的四团丁，闻声惊道："这小子缓过来了，他嚷什么？"说着走过来，忽一人说道："这是什么味？"四个人一齐转身，伸着鼻子往四下抽嗅，一种香烟气钻入鼻孔，四个人只说得不好，早前仰后合一齐跌倒。那个退职武官，也打了一个喷嚏失去了知觉。

又半晌，东庑中烟气迷蒙，后窗忽然掀起，进来一人。这人瘦小身材，一身青衣衫，持白刃握手枪，进得窗来，闪眼一看，一个箭步窜到门前，将门扇轻轻加上闩，又扑到灯前，一眼瞥到前窗，暗暗点头。停手不再熄灯，急急地抽白刃到土坑上，一推赵通事，呻吟一声，那人道："粉骷髅弟兄如何？"赵通事挣扎说道："四肢无力，已稍微中了毒，下面有冷水。"那人用刀挑断赵通事手腕上脚颈上的绳。急急跳到屋心，见桌旁果有一把洋铁壶，提过来，用冷水一激赵通事面门，然后用绳把四团丁一一缚上手脚。缚绳的手法很快，转眼捆罢，便上前搀扶起赵通事，说出一个字道："走。"赵通事用手一指退职武官说："还有这个人，我们此时用得着他。"那人道："唉，我真不愿意。"赵通事道："不行，请援解围，全须借用此人与政府打交涉。"那人道："也罢。"急急用刀割断绑绳，用冷水一喷，退职武官受毒已深，一时不能苏醒。赵通事与青衫客，前扯后推，把他搡出窗外。窗外早候着两个人，专司巡风，急忙接下来，三人一齐出来。

青衫客当先翻上墙头，赵通事继上，巡风急急用绳捆上武官的腰，然后也翻身上墙，两人一扯，把退职武官吊桶也似的扯下去。往下一放，齐落平地。左搀右架，五人贴墙舍命飞跑，早被庙前巡逻团丁瞥见，喝道："口令。"青衫客道："芒。"却推赵通事一把，与二巡风的，贴墙径走。庙前巡丁一听口令，有点不解。急急用灯一照。大声喊道："站住。"青衫客不慌不忙说道：

202

"是我，你们闹什么？哎哟，你们快看，东面跑的是什么？"黑影中东面果有脚步飞跑声，夹杂着"有贼有贼"乱喊之声，八个巡丁大诧，只在这一犹疑间再看对面青衫客，竟已失行踪。巡丁叫道："哟，这小子是奸细。"数盏孔明灯乱照。赵通事、二巡风、退职武官四人前奔，青衫客后跑，再后面便是巡丁。孔明灯左一道白光，右一道白光，闪闪烁烁上下乱照中，已然砰砰连发数枪。赵通事上气不接下气，一抹地绕菜园。

前面高墙拐角，忽现数条黑影，赵通事大惊。对面人喝道："粉骷髅。"青衫客抢先低叫："得手了，快快挡一阵，后面有追者。"这对面的人便是预先布置了，打接应的，一共六人，全穿着青衫，拿着白刃，左右还佩两支手枪。为首那人急问：他们几个？青衫客道："十数个，全废物，你们略阻一下快退。"说着早引赵通事等人，如飞跑过去。六个人接应，急急埋伏长墙转角，刚刚扳开手枪保险机，联庄会巡丁已散漫追赶来，人未到，枪声先响，灯光也照来，如数条银蛇，在沉沉夜幕中乱窜，直照到长墙，接应人认定闪光灯头，啪的一排枪。联庄会巡丁，立刻人声呼喊，灯光全熄，枪弹却噼噼啪啪，越发加紧打来，六接应人只是顽抗不退。忽然锣声大震，东新庄已然开警整兵，号灯也点起来，号炮跟着放响。

青衫客领赵通事，两巡风架退职武官，如飞奔过巷角，有两人牵着四匹马等候。青衫客眉峰一皱道："马不够老二快上，我且步行。"赵通事也不推让，飞身上马，豁刺刺跑出村外。青衫客又催余众上马，看马的副手道："不用，我哥哥可与死鬼合骑一马。"即催两巡风各骑一马，却将退职武官架在另一匹马上，请青衫客跨上去，用绳勒着武官。看马人从后代打一鞭，这马如飞奔去。看马人然后取叫子，连吹数声，后面接应人闻听忙打呼啸回应，八个人凑到一处，向空连放数枪，悄悄地退出去，一抹地奔到一座树林里。

林里青衫客领袖，赵通事，退职武官，和几个副手，都严阵以待。一见全部一数到齐，不暇问讯，急急出动，七匹马两辆车乘黑夜里，直往西南跑去。后面枪声如骤雨惊雷，打个不住。联庄会只信是考古团溃围袭村，却误认方向，弹弹都打到孤峰山脚山腰。孤峰上考古团，陡闻枪响，唯恐民团偷袭，也不能顾惜子弹，开枪俯击，无意间倒收牵制之效。青衫客一行，驶车驱马，绝尘而逃，早出离危险地带。联庄会通宵扰闹，一个奸细也没捉着。事情紧急时只顾鸣锣纠众，开枪拒敌，直到天将破晓，才发觉关帝庙东庑内俘虏已然脱逃。屋内余烟犹浓，气息刺鼻，那四个看守，都躺倒地上，人事不省。会首和几个壮丁，站在屋中犹自觉头晕，连忙开窗放入空气，用冷水灌救四人，究问俘虏逃走的情形，四个人全说不出。后来察看后窗的情形，虽已料到必有外人偷进，至此却也没法。只得再遣派精明强干的到省城踩探动静，再筹善后办法，这里仍派人围住孤峰。

会首的意思，想这两个俘虏，即已逃出，一定遄赴省城，找官府动交涉。事关洋务，对于民团必有不利，因此非常焦灼。连夜召集各村庄会首，计议妥善方法，大家想着，这事情已经扩大，迟了不如早了，延缓不如速快，当议定派能言之士，上山与考古团议和。各会首推定本村一位门馆先生，姓沙名叫奉先的作为联庄会代表，将议和方法和议和条件，先计议好了。会首说出一个诀窍，大凡与洋人交涉。最先一着须将通译洋奴对付好，省得他调唆破坏，于中捣乱。对付此等人，这可动之以利，悄悄地许下他几个钱。沙奉先点头道："这个知道，我们不懂洋话，总得先找洋奴，当然要买通他。至于议和条件，议定的我们联庄会

204

即日解围，解围之当日，考古团立即出境，不得在附近逗留。至于双方死伤人数，各不给付恤金。联庄会愿意将俘获的爬虎车，还给考古团，考古团却不许再动交涉。最后让步，即以此为限。"

东新庄会首又道："倘考古团不肯私休，便可告诉他们，联庄会有二百余众，人人动愤，决将克日大举攻山，勿贻后悔，预料他们弹药不足，粮食将尽，水道又不方便，自然亟欲逃出死地。所怕他们借端要挟赔偿惩凶等事，那时便可恫吓他们，这里也伤了许多人，一不做二不休，我们趁官面没出头，我们人多势众，一旦破山，必个个活埋灭口，趁早别妄想搬兵动交涉，妄想官府来压制我们，要知我们多方布置，四面包围，你们暗遣人溃围送信，自谓解围有日，报复不晚。老实告诉你，一个也没跑，都让我们捉住打死了。就算跑出此村，都会于郊外，我们还有埋伏，城里也有人卧底，好歹会刺杀你们的，决不让你全身出离中华土。用这等话，点破他们的盘算计划，他知绝望，必然应允。"

西庄会首道："还有，须防他们在围中百说百依，出笼后反噬一口，却是不好，必教他们在议和书上，自认招错，自承在井中撒毒，情愿立即出境。"旧东庄首领道："还有一节。怕他们疑畏我们，不信议和的话，或不敢出围，或竟乱开枪，不容沙先生上山怎好？"沙奉先笑道："这倒不妨，我自有办法释其疑虑。"

于是议和之计已定，即日执行，沙奉先打点一切，手执白旗，空身到山口，费了多半天工夫，才由考古团持械守山的团员，叫来司机王二，下山腰与沙奉先答话，将来意说明，王二心中暗暗怙慑，立允转达。回到山头，与田音司、鲁明夷一说，果然两人大动猜疑，都害怕上当。若果解除武装下去，正如猛虎离山，岂不受害，这一犹疑，显出王二才能来了，自赵通事三人走后，考古团并不晓得一个已死，两个一度被擒，心想着虽然凶多

205

吉少，可是沙奉先所说三个溃围的人全被擒杀的话，出自敌口，他们自然不敢深信的。十几个人心中着急，恨不得立刻出围，却又真真地不敢冒险。正自互相商量，犹豫难决，现在和使已在山前，还是拿不定主意，司机王二在旁冷笑道："何必如此，先把和使让上山，听听条件，如果有保证，准我们武装成群下山，再有他们的人质徒手伴送，自然上不了当。"

原来王二初进考古团当司机，本自承不会说洋话，为的是好偷听他们的密谋，不致惹西人防备。自那天遇变，一着急走了嘴，便再隐瞒不住，只好承认懂洋文。赵通事走后，无形中他代替了通译的职位，成了全才的识途马。当下王二说出主见，田音司首先赞成，便派两个团员、两个司机，携带手枪，下到山口，把联庄会议和代表沙奉先，扎上黑巾，引上山头。在三官庙内，开起谈判。司机王二和鲁明夷担任正副译员。田音司与一个西籍团员，做了考古团议和代表，其余团员，仍分守前后山，以防联庄会挟诈攻山，从当日下午，直议到次日晌午，双方意见大致接近。考古团已将全体人员的意见征询过了，只剩起草条件和签字。于是沙奉先告辞下山，回去报告。

这边山上，仍由四个团员送回山口，联庄会二三十武装团丁早在山脚那边等候，急忙迎接过来，同到关帝庙。见了三庄会首，细问情由，沙奉先将经过情形，仔细报告一遍。考古团那方面，情愿不索赔偿，只求三个条件：（一）届期解围，须十五里以内没有武装团丁。（二）准许他们乘爬虎车一齐下山，并携武器自卫。（三）由联庄会派代表五位，徒手护送出境，决不逗留。东新庄的会首以及代表拍案道："好狡猾的东西，哪里是要人护送，他这是要五个押当，不成不成，你们谁愿意做当头？"沙奉先变色不语。西庄会首忙说："第二条倒没什么，第一条教我们

206

十五里以内解除武装，这也是使不得。"东新庄会首道："这倒不要紧，他们的意思是怕被袭击，我们可以将沿途的哨卡暂时撤开，只要路头看不见拿枪械的人就行，反正他们不会分赴各处调查的。"东庄会首道："这本是麻秆打狼两头害怕的事情，无怪他们疑虑防范，依我说，只要沙先生真看出他们是亟欲出围，诚意谋和，退十五里就退十五里，护送就护送。"西庄代表道："哪一位肯徒手护送洋人出境？"全场齐说："我可不干。他们十几支好枪哩。"说到此地僵起来。各会首相顾再商，半晌不定。

还是东新庄代表说道："沙先生辛苦一趟，就说第二条我们全应了，第一条沿路哨卡全撤，保证通行无阻。第三条只能由议和人从山顶伴送到山脚……沙先生以为如何？"沙奉先默想一过，这个行得。即问大家，大家同意。沙奉先歇息半日，次日持白旗上山，直至下午方回来，报告大家，说一二两条全解决，第三条考古团很不放心，务必要求派人同乘汽车送出境外。联庄会各代表先询团丁，许下重赏，仍是没人愿去。东新庄会首勃然大怒："管他呢，咱们攻山吧。"西庄代表也说："烦沙先生再去这一趟，我们这边，决计不护送，倘他不肯我们这就攻山。"

联庄会在座各代表相继发言，决定考古团可以武装下山，联庄会可以沿路撤防，但决不派人护送。根据这个意思，将议和条件写定草案，前者叙起衅缘由，虽出误会，却归考古团负责，末后便是那三个条件，沙奉先宣读一过，大家同意，连忙又赴孤峰，与考古团磋商，他们那边也草出西文议和书，还是坚持护送。双方交涉眼看破裂，忽然间，东新庄来到一青衫面生人，拿着一封信，要面见联庄会首，各会首其时正齐聚在关帝庙，立刻将送信人叫进来，大家不认识此人。细细盘问，此人说是从城里来，奉联庄会派往省城探听消息的代表何子良所差，有极机密的信息报告，各会首急拆信一看，不觉大惊。信中说省署收发处秘讯有外国旅行团通译，和一西籍团员，由驻省外国领事，领来拜访省当局和交涉署，具说该团与地方民团发生纠纷，以绑架围困的罪名相诬。当局一听是得罪洋人，非常焦灼，立遣省署参议督署副官长，交涉署秘书，起程北来查办，随行有省防军一队，骑兵一百，步兵一连，机关枪两架，现已动身，不日到村来。看那举动，怕要闹大，得讯后望速速打点，最后消灭证据，将围困山中之西人，先期释出才好。西庄会首将手一拍道："如何，老百姓一定要吃亏。"那送信人插言道："临来时，何子良先生告诉我，教我务必先期赶到。省防军以剿匪为名，不日即来，请诸位快快想法子将考古团放了，最好把他们诓出境外。还叫我赶紧回去，要将咱们的办法结果，写复信捎回去。他一则好放心，一则打算得用力处用力，托人设法转圜。信中还附着一笔，要请各位筹一点款交我给他带回。"

众会首闻言再看信，果然末一页提到用款，至少先送五百元来。联庄会急忙写回信，提现款，打发送信人回省。这边立刻收回倔强态度，请沙奉先再赴孤峰议和，不管对方条件如何，总要他们立刻下山出境就好，但须不动声色，已交涉定的有利条件，也不可再放松。怕他们得寸进尺，翻脸刁难。沙奉先长叹一声，立即带着议和草案上山。谈吐之间，力持镇静。却不道司机王二，早窥破对方情虚，虽为国家观念不肯点破，却对全团极力保证，下山决无危险。这样交涉，只二三小时，便已双方意见通疏，立刻签字盖章，中西文共缮两本，各持一份。定第二日正午，履行条件。

到这天一清早，沙奉先带着两个联庄会护送代表，持旗下山，所有前次俘虏的爬虎摩托车也开上山去。双方在三官庙坐谈一刻，听山下嘭的响了一声号炮，各哨卡完全撤退，两代表留在山上做质子。沙奉先陪着田音司博士，由司机王二，开驶一辆摩托车，先行下山巡着，果然山脚下，空荡荡四顾无人，只山口有十数个徒手团丁站着。巡视一周，开车回山。其时考古团，已将车辆行装预备好，又出二十元代价，向联庄会借了些粮食饮料。天到正午，砰然又一响，六辆摩托车，十四个考古团员，和三个联庄会护送代表，从山上缓缓开下来。摩托车鱼贯而行，每两辆为一拨。每拨相隔十数丈，竟平安到达山脚平原。各团员尚忐忑不安，个个东张西望，却喜无事，便一直地开向西北去了，出境五十里，到预定地点，遂将护送代表释放下车，自有联庄会派来的人接待回村。

联庄会护送代表回村之后，不亚如从虎口逃出一般。大家提心吊胆，等候官军。一转眼几天，却毫无动静，不由疑虑起来。忽然接到省城探信代表何子良一封长信，也是派专差送来的。内说联庄会围困在三官庙孤峰的洋人，已然脱出一名，来省城动起交涉。闻官厅不大信，打算派专员先来调查，再设法排解。经代表在省先期下手，将底细预透给官厅，辗转托人。已烦好部署秘书长的人情，他已禀告长官，决定大事化小，小事化无。大约我们不会过于吃亏的。预料最后教我们解围，再拿几个钱就算完。又说内中情节，颇有曲折，请询专差便知，又道代表各人在省，系借住在至友家中，日用化银很省。前带来五百数十元，共用了八九十元，拟以余款提四百元办礼物，酬谢秘书长云云，联庄会各会首，一看大诧，这封信与前函，竟前言不对后语，到底官府动兵武力压迫，还是派员来和平调解，语出两歧，大是可怪。东新庄会首拍案道："我们受骗了。"大家还不很相信。

不料又过了两三天，省城代表何子良，竟陪同交涉署科长，省署秘书，带着五十多护送官兵，一路前来。双方一问，果然动兵之议，只有人这么拟议过。当局怕激变民心，不取照办。考古团倒确是在省很捣麻烦，提出种种要求，官府因该团既已出围，一切诬蔑之词可不辩自白，联庄会这才确信当真受骗了。却是竟由此放走团员，倒于交涉前途有利；故此损失数百元，也就算值得。官府人员在村中住了几天，由会公宴数次，便将议和书找了几份副本，交涉员们又写了报告书的底稿，连同前本，一齐拿回省去销差，一场纠纷暂算了结。

考古团虽已出险，却死了两个团员，受伤的也有三四个，西籍团员很不甘心。多亏赵通事再三开导，说一办交涉，便误了正事。况民团也伤了不少人，又立下条件，就交涉未必便胜利。田音司这才在领署先备下案，以为将来动交涉的根据。然后会齐全体人员，起程径赴金沙寨。一路却喜无阻。不数日到达金沙寨十数里的一座小市镇。考古团做了许多好像考古团的工作，直经过两三个星期，才全体开车到金沙寨。到寨觅寓之后，旋即背着赵通事、司机王二等人，开始秘密活动。

原来这金沙寨是有名出金矿之区，一带荒凉，累年开拓，渐渐人烟稠密，比起避暑山庄也差不多，却是地点偏僻，外国人很少见。田音司等每次出外，屁股后必跟着一伙小孩子大人吵着叫毛子，叫洋鬼子。田音司几个西籍团员，便以此为理由，化装穿起中国人衣服。那鲁明夷此行也想合谋发大财，不料田音司用种种方法，逼得他只在寓内看行李。那边赵通事，看见西籍团员带着军火粮食、铁锹军火种种用具，各人又背着一大背包，里面还装着别的东西，乘着两辆汽车，自行开驶出去，又在黄昏以后，不带一个华人。赵通事便早已料透情弊，却也故作不理会，乘夜会着司机王二等四人，找到僻地密议良久。

约挨到三更后，倏有一条黑影赶来，相距不远，击掌悄然道："粉骷髅。"赵通事忙道："都。"那人便一直过来。此人正是粉骷髅青衫党首领胡鲁，所有报假信送出众团员，骗取联庄会五百元，全是他一人的策划，他不顾考古团半途破坏，还想借洋人成就自己的事哩。当下归座，细问赵通事五人所得的消息（这五人不消说，全是他的部下化装来的）。赵通事慌忙取出一小册，遂念诵道："私测金两处，一在某地某处，约计经纬度若干度若干分秒，估计产量若干。一在某地，某处约计经纬度若干度，估计产量若干。私测煤矿五处。地在某处，产量若干，和测绘地图草本，计一百四十七幅。又关津险要地带形势，摄影共一千八十六幅。最大目的，为七只手的宝窟，已被此辈访得古乌桓国王冠重器，已出土者也得有下落。"草草念罢，交给首领胡鲁。

胡鲁将副本留下，对五人说："七只手的身世，和他的遗产估计，我也探出来了。狗头金的下落，也打听着一点底细。只是七只手窖藏赃物，早预绘有一幅秘密地图，这图乍看决不会明白，必须拿他同时写出的那一页说明，两直对照，才能明白，我们如要开窖得宝，必预将这说明书也弄到手，然后才能按图索骥，手到擒来。如今我们既然探明这原图尚未出现，这原图的副本已被考古团田音司计出重价买得到手，只是他并没有得着说明书，若一味看图觅地，在那地方瞎掘，我料他这辈子也掘不着。但是此图的说明书，除原本一册截至现时，尚未闻发现。此外，听说尚有三个副本，内中两个正确，另外一个中有讹错。这最正确的第一本，是七只手生前自制以防正本万一遗失的。第二本却是七只手的副手偷誊下来的。如今这两本副本，据北方分窟走盘的同线人报告，说是前者已经流落到蒙古王公手内，曾秘密出卖，后来不知结果何了。后者听说已经流落上海，被某西商骗

211

去，也恐一时没法查找。唯一的办法，只有找那第三本副本，闻这副本，是七只手的情人所摹，现在他的情妇，已经被刺身死，据官方发表侦查报告，看那举动，也像是七只手生前的同党所为。却是七只手的情妇，虽以身殉，这说明书的副本，到底还未被同党抢去。怎么见得呢，原来这情妇身中四刀和两枪弹裂脑洞腹死后，她的住房便闲下来了，没人敢住。后来经房东大加修饰，又闲了半年，才有人租赁，但已改为货栈了。这家货栈是西商经营的，当然不深知前情，于是几个月中一连有五次在夜间闹贼，贼的手法非常超脱，曾将货栈翻江倒海搜检了四遍，末了还出了一条人命。难为货栈埋伏下兵警，一个贼也没拿着。最后想是没有搜出什么来，所以七只手的同党，心还不死，又到情妇的墓地上捣乱。她的尸身早已入棺埋葬，这伙贼也不知有几个，不久以前，又偷掘坟墓，开棺剖尸，大翻两过。直过了好几天，才有人看见，坟裂棺开，棺旁还有一具无名男尸，背后有深深的一道刀伤，颈下还有小刀勒伤，喉管已断。据检察官验得是中伤立毙，不像械斗，却很像是被暗中袭击的。"

首领说至此，赵通事插言说："那么这说明书第三副本，现在何处？"首领道："这就是我们所当努力的地方了。我已经多方设计，大概不出一星期，便得回音。现在我要交代你们五人的，就是这一件事。你们必须明里暗里，留神调查田音司数人的举动，万一他们居然得图又得书，并且毫无阻碍，到达七只手窟赃之处，当那时，我们便无须另起炉灶，只趁火打劫，给他来一下，岂不省些气力。"首领吩咐已罢，又问了些事情，看时候过四更，天将破晓。众人打一照会，纷纷散去，各自分头做事。

考古团田音司等，已探明北边大盗七只手埋赃的地点，是在金沙寨乱山中，虽得到秘密地图，却没有副本暗码的说明。经极力搜寻，知道努梁巴鲁台盟，东四旗蒙古王公索勒古中确有一本，设法出重价明买暗窃，迄未到手。最近才贿买王公近侍，偷描了一本，又费了日夜之力，译对出来。这才偕同退职武官森德，西籍团员恺斯、约翰、马考司数人，乘夜开驶两辆汽车，前往寻掘。

第十三章

妙手劫行车恃才殒命
金坟埋奇宝贻祸贪人

　　距今二十年前，峰北忽发生劫车事件。此贼单人匹马，来去莫测。或明抢，或暗盗，或巧骗智取，不一而足。作案累累，玩弄警探小儿；百计缉捕，未能落网。后经步军统领衙门，会同警厅，秘派著名捕快侦探，发给海捕文书，不限归案日期，命他们尽力暗踩。直费了两个年头的工夫，才探出此人外号叫七只手，本姓关单名杨，他的落脚处，却没有捞着。原因他手下只有三个副贼，和几个小贼。这副贼都是多年同犯，才能和他会面。像小跑专管采探油水的，只能和副贼接洽，连七只手的姓名模样都不晓得。并且就是与副贼聚会，也是单个儿先期预定地点，从来没有准地方；他又不常作案，一作就是过万，直到事情冷下来他再作。他又不与各埠地头蛇交往，所以很不容易捉他。

　　直到五年前，七只手又出来作案，不幸在交际明星梅四姑娘家，露出点马脚。当时包围他卒被免脱。他若稍稍敛迹，也不致陷于死地。不想他过于胆大，太蔑视官人了。七只手三绕两绕，将官警抛开之后。竟上了津浦车，中途又去抢劫银行。赃虽到手，他的面貌，已被官警识得，直追到济南，将他包围。军警围满火车站，喝命举好手。好个七只手，他果然双手会开枪，连珠弹一般，将军警打退。他一跃下车，夺路待逃；因一时恋赃，致被一个二十多岁的侦缉兵舍命抱住，喊一声："快快捉住了！"军警一拥上，七只手左手一枪，打中抱他的侦缉兵，右手一枪打中开先上前的警兵，已经挣脱身子来。军警大惊，喊一声。噼噼啪啪，快枪手将盒子炮一阵乱打，把七只手和那抱他的侦缉兵，一齐打死。七只手既死，他的遗赃，遂埋没在尘寰，大为野心人所注意。在其间居心掘藏盗宝的人，不知有多少牺牲了生命，仍是一无所得。

大盗七只手关杨，恋赃戕生，他的旧存遗赃究有多少？现在何处？转落谁手？一时都没人晓得。官方曾从七只手尸身上，搜出一张皮纸，夹在一本小册中，已被枪弹打穿一洞，弹击焦痕颇大。小册上颇有些记载，富户豪家的姓名住址和住屋建筑形式。多有记录；并有一些日期地点，下列着密码暗号。那张羊皮纸，上面画着浅蓝色圆形，三个箭尖直指三处黑点，可已烧焦了一大块，却又透出紫色。经官方交给专家鉴参寻考。猜想日期地点必然指的是作案得赃的时地，赃名数全是隐号。于是又经熟悉盗案的人，两相参究。验明上海富商著名大流氓的二小姐，曾于其地跳舞会中，失去珠项圈一个；而这地点日期恰和七只手小册中所记的一条相合。从此推测，珠项圈一物，乃是用川柳二字代表，正是不解他的用意。下面还有几个暗语，据专家说，大概是记载赃物如何销放的。计有私存己手，摊给副贼，价卖，赠送儿项。头一项暗号最多，却画着箭尖和口字品字暗号。官方难寻究，总弄不清，也就无形搁置了。

不想此册没入官之后，忽然赃库失火被盗，别的没丢，单单此册失落。经严缉纵火凶手，才知库吏受了一个时髦的男子贿买，犯了监守自盗的罪名，那七只手的小册和羊皮纸，已经交给那时髦男子。那时髦男子却又石沉大海，没处捞摸，这才觉得小册皮纸必然记载着重大秘密。不然贼人决不肯出二千四百元代价，买动库吏。侦缉队为此事提起兴趣悬赏采访，忙了些时，一点头绪也没有。只得又无形搁上。

不想时隔不久，北京城里。忽发现一件凶杀案。在打磨厂一家旅馆内，有一姓吕的旅客，逐日昼出夜入，锁着房门；忽一日房门逾时未开，经人拨开门户看时，这旅客已不知被谁刺死了，横尸地上，肋中一刀，却夜间谁也没听见惊吵呼救声；再看屋中物行囊，搜得天翻地覆也不知丢了什么，现钱却有三百数十元，好像分文未动。经警厅法院，将尸体拍摄出照片来招认尸主，刚刚分布了两三天。便有几个不尴不尬的客人，到这肇事的旅馆投宿，都转着弯子探听凶杀情形，那侦缉长忽然灵机一动，密遣警探掩捕，结果，一扑一个空。那侦缉长忽然灵机又一动，拿这死人照片，去到监狱质证，那个监守盗册，受贿被押的库吏，果认出此人，就是与贿买他的那个时髦男子同来的一个长衫朋友。却不是姓吕，那时候也说他姓杨。

侦缉长忙又从这条线索悉心稽究，正在茫然无从入手的时候，上海方面，有一家西文报纸登载一长篇记载：标着《北方大盗七只手的遗赃》的题目；还有几方照片，内中就有狗头金、乌桓国王冠等摄影。这文字忽然登报。官方测不出作者是谁，也不知他的用意？哪晓得此稿是七只手生前同党副手所投，他颇知七只手埋赃的秘密，就是不晓得准确地点。他已经得到秘图，却没有说明书，为此登出论文来，要掀动散往各处的余党，好设法将书弄到手，便去掘发秘藏。

起初他这个同党也还不知秘图的下落，自从七只手的情妇被刺，跟着七只手的小册羊皮纸出现，跟着打磨厂旅客遭暗杀，这些消息传播后，局外人自不理会，七只手散在南方的同党，却个个红了眼，无不苦心焦思，设法根寻，却不料秘图副本和一份说明书的抄本，已被田音司等，辗转出重价购得到手。

这边田音司以考古团名义，赴北口访掘，那边七只手余党，也你倾我陷，此争彼夺，为了那图本，死了好几条人命，结果才有一全份秘图和说明书，落到南方贼党手里。另有一份真图，落到北方七只手余党手里，却没有说明书，七只手的情妇，却另有一全份。七只手死后这女人和她的本夫，同他的内弟，曾经设法寻掘，临动身那天，在家中被刺死，进来暴客五人，大搜之下，竟没将秘图寻着。五贼还不死心，才又盗棺发掘，到底也没寻着，此全份图本，从此没有下落。

等到田音司集团自沪出发北上，南方盗党四人，秘携全份图本，也乔装北上，出口盗掘，北方七只手余党两人，拿着一本真图，一面计寻说明书，一面潜赴金沙寨，前往试掘，同时粉骷髅青衫党，也一齐动员，派出七八名能干手，化装做汽车司机和通事，随考古团出发；另由首领胡鲁带六名副手，从旁暗助。并且北方分窟又协派十余人，在暗中监视七只手同党和南方盗党。预备他们三方面，只要有一方先行得手，青衫党便乘机转盗，觉得如此办，最为省力。正是螳螂捕蝉，黄雀在后。那北京探长邵剑平，为了种种大案，也带着二十多干探，由北京密云跟踪下来。这一番明争暗斗，势不可免。

七只手的所积遗赃，究有多少。这连七只手的情妇和他的余党，也都不知道详细。就是七只手生前，也只估计着约值二百万至三百七十万罢了，确数没有人能断定。原因他所盗窃的现钞和有价的金饰，多随手化用了。唯珍玩古器美术品，最出名的像那

217

狗头金，古乌桓国王玉玺和冠带等物，还有唐人书画古鼎唐美瓷，都是他二十年来陆续偷骗来的；一者等候善价，舍不得轻易出手；二者怕重宝出售在国内，容易透露风声；三者他也很有古董癖，便都埋藏在两个地方，自己常去把玩，碰巧了才卖给西商。他又为防止转掘，择地甚僻，窟藏甚秘，并特绘两图以备遗忘。当日哄传流落在外的秘图，只是藏宝最多的一个秘窟，那一个秘窟的地图，只有青衫党知其下落，却还不能想算到手。

有人疑问，七只手是怎样一个飞贼？他如何专偷这些东西，难道一个走黑道的人，竟会天生高眼，能赏识古董不成？却不知七只手的出身，正是个古董行家，古瓷铜旧书画，都能鉴别。原来七只手姓关名杨，乃是热河承德人；他自幼孤零，父亲早故，随娘改嫁，流落到北京这个古董商人家。这古董商，姓杨名四杞，并不是有大资本的行商，他不是大掌柜，杨四杞只是个专跑古董合的腿子。他眼光是高的，手头却窘。所以在一家著名古董店博古斋内，当一个跑外的伙计；人既能干，所得劳金很丰。就替博古斋看货估价，也有西商和北京旗籍旧阀，委托他收购和出卖的事务；又颇懂几句洋话，在北京古董商这一行业里，杨四杞颇负着善拉洋客的名头。后来杨四杞病殁，以一个古董铺伙遗下资产，竟达四万余金，可见他是个能手，但杨四杞的长子，为人更能干，当他爹盖棺下葬之后，使个方法，便将继母关氏母子赶逐出来。关杨年甫十六，却有志气，就奉母搬出杨家，自立门户，遂复关字本姓。却单名一个杨字，无非纪念后父杨四杞十年养育之恩。

关杨奉事老母，自求生路，好容易找到一家小古董肆学习生意。因为他家贫，又不是正当学徒出身，在肆中地位很坏，同伙都另眼看待他，如此四年。他为人利口善辩，虽已出师，却得罪不少人。忽一日铺中失盗，疑来疑去，疑到他身上，接连又失窃两次，所失有限。铺中却七嘴八舌务要根究。过了半个月，掌柜竟托词将关杨和另外一个伙计，一齐辞退。理由虽是说："生意清淡，用不开这些人。"却是那个伙计手不稳脚不稳的话，已经传播开；关杨既与他同退，也洗不干净。索性北京别家古董肆，没有一家敢用他俩的了。

关杨失业落魄。逼得他别无生路，只得自摆古董摊，胡乱糊口，经过一年有余，因他性情豪纵，颇能识货，敢冒险出重价，其间也不免上当，却月月结算起来，颇能赚几个钱，用来养活他寡母和他自身。当此时他已染上嫖赌嗜好，为人越觉狂放，但是用钱待人上，是很慷慨的，也交结几个朋友。不想他老娘转年患病谢世，医药丧葬，耗费甚多。死者入土之后。生者已四壁如洗。关杨年已二十二岁，不得已折变家具，凑合少许资本，改摆了一座小小破烂摊；也不时担筐出外，收买破铜烂铁。他性好花钱，手头太窘，一来二去，觉得这正经营业，赚到的钱抵不过借来的印子钱。

那时京城尚属繁华。街面上小窃扒手很多。偷来赃物，不敢径市上，自然只找熟识的小古董摊，一文不值半文，就变卖了，关杨起初循规知法，不敢收买贼赃；乃因一时失眼，误买了豪家奴仆偷卖的一件古玩，不幸抓到官厅，追余赃交原犯，颇受牵连。关杨少年气盛，这一懊恼大病多日，生活越发支持不得；便一发恨想道："真没有好人过的日子。"至此立反常态，有那小绺扒手偷来的东西，他公然出廉价收买，有的修饰一下，立刻卖出。有的存在家中，过些日子，再变方法卖给外国人。这一来安然很赚钱，那小偷见操业虽卑劣，内中也有性情慷慨的，彼此时常交易买卖，便与关杨有了朋友交情，耳濡目染，偷窃的诀窍，也渐渐瞒不了关杨。

有一个小窃笑劝关杨改业，并说这年头儿，明抢暗夺，都是偷饭的人，谁也别笑谁。老弟眼神手法都很灵活，若果出马，胜似老将。关杨听了，含笑不答，照常收买贼赃，赚钱不少，如此多时，难免出岔。

有一次关杨险些打了窝主官司，经倾家败产打点，才得脱出罪名，却已为官人所注目，几个缉探人员，不时找他要花销，逼得关杨不发邪财简直不行了，关杨一怒，当真他吃了这碗饭。那时他才二十四岁，起初由一个惯窃领他走了几趟，随后便是自己动手，做了几套华丽的衣服，化装改扮，掩去本来面目，不时出没于商场庙会中。他为人灵活，手法颇高，并将寓所搬到东城，单人独马，大做绺窃诓骗的营生。

如此多时，有一次犯了案，官人早就知道他，这回将他私刑拷打，榨取他的油水。他越发怨恨，在狱中与一伙徒刑罪犯，习艺做工，有时与难友互诉冤苦。彼此各叙犯罪缘由，内中有的因贫赖债，有的穷极诈财，有的偷窃夺骗，大抵是生活压迫或被势家所摧。内有两个犯人发着牢骚，将社会上黑幕，和那种的组织不良，和那大鱼吃小鱼，小鱼吃虾米，虾米吃滋泥的说法，滔滔不绝向年青难友讲说，这两个人惯用冷峭的口吻，单择那上下层不堪形容的事，拿来比拟着说，说得少年人愤愤不平才罢。关杨性本激越，饱受这等感化教育，又有事实摆在那里，因此更激成一种怜贫妒富蔑法抗官的态度。出狱后在北京不能立足一气跑到天津。

那时天津已有电车，电车和百货商场游艺场，是小绺活动的最好地方。关杨在隐僻之区租间小房寓居，昼伏夜出，大肆活动。但是绺窃偷行路人，所得也就有限。大阔人是捞不上的，他花销又很大。并且遇见穷邻居有难事，他不惜倾囊施助，因此必须天天出手，并没有许多存项。这一日当秋末，关杨穿马褂长袍，带手杖，手提皮包，到一家影院观影片。临散施展出手法，饱攫而出，跃上电车，又在车上绺窃了一只皮夹和一只银表，方欣欣然到站下车，打算回家，猛回头后面有一位年约四十多岁的绅士，亦步亦趋，缀下他来。也是关杨一时大意，只当作偶然同行，置之不问，他自己还是行所无事往前行走。

转过电车站，到一路隅，恰是一家医院正门，围着许多的人，不知为了何事。关杨心想，人群中更好行事，便挨上来。假作看热闹，暗揣肥客，要乘机探囊，却见垓心一个四十多岁短衣男子，由一个中年妇人搀扶，在医院门口打赖。原来这男子是个穷汉，拉车为生。不幸撞了汽车，碰坏左眼，因失于调治，创口溃烂，毒菌蔓延到内部，以致左眼失明。右眼也昏花不能见物，头脑也痛烈如劈，直到病象险恶万分，实在忍受不得，才打听医院诊治。医院中人验视说：毒侵入脑，非施手段割治不可，否则不但伤明，而且伤命。但割瞳孔必须住院一星期以上，将患者的头搁在硬枕上，仰卧不动，饮食便溺事事需人，若是病人一动弹。瞳孔内水晶液体必然流走，结果是变成盲人。那车夫听了一愣，便问不割治只上药行不行？次问割后不住院，或住院一两天，就能好不？又说，我没有钱。医院见他可悯，便答应减收半价，麻药不收费，眼药手术费减半，后又答应住院膳费减半，这车夫依然迟疑，说担负不起，暗地疑心医生是吓吓他，他又愁着自己住院，一家五口怎么过。医生劝说再三，后来就摇头不语，只说随你便。车夫想了半晌又问道："先生，不割生命有危害么？"接着又问道：割治后能保双目复明么？您想，我老婆孩子五口，全指着我一个人，惹得医生不耐烦起来，因贫免收药费是可

221

以的，乃至减收膳费也可以的，任何公家医院，绝没有代养病人家眷的。医生对车夫说，快打主意，治就是割，不治出去。车夫道："先生，割了以后，不至于更瞎了吧？"医生一拍桌子发怒道："没告诉你说么，割了眼，只保性命，不保重明；也有割好了的，也有割坏倒瞎了的，不治就出去。"

原来医院本来担保他割后左眼通光，右眼如旧。他越问越麻烦。越左瞻右顾，又要治病救命，又要养家吃饭，惹得医院看护，将他扶出来。他一看这样，又想着还是治好，站在医院门前不走。一群病人一群行人围着他，相劝他责备他，说比如你毒入脑部，一口气死了，你还顾得了家么，留得青山在，不怕没柴烧。穷人没法子，只好狠一狠心。只当你死了。又一人说："现在你是治病保命要紧，老婆孩子暂且丢开不管吧。"车夫却又哭着说："小的才十个月，还有四岁的，七岁的两口，最大的才十一岁，拖累得他妈也出不去门，全指我一人，我养得起病么？一住七天准得全饿死。"说着掉泪。他那妇人挽着他，低着头也不代丈夫设主意，只悄然说："你治吧，我们饿不死。"说定话只是发愣，原来她已经四五顿没吃饭了。那围观的一伙人，七言八语，有的劝车夫忍痛暂抛妻子，有的自述割眼的仰卧七天困难的经验，车夫夫妇依然犹豫不决，医院夫役又出来发话，不教挡着道。

关杨在人群中。只顾揣摸客人肥瘦，初不理会。后听闲人们嘲笑车夫没主意，眼看要死，他还恋着妻子。关杨这才注意，心想这小子必是个恋家鬼。便分开众人，挨到车夫身旁，一看他那左眼，全部眼脸溃烂，眼球外翻，赤红如血，从里淌出脓血来，大半边脸都肿了，右眼皮已裂开，脓水凝住睁不开眼，面目黑瘦已无人形。又看其妻，也面貌枯黄，问起来才知左眼碰坏二十多天了，若是早治，这样硬伤，眼珠没流，也不过连日敷药两次，六七天便可痊愈。挨到这时，非割开不可；并且再不能耽误，否则必然丧明废命，真是伤心惨目之至。

关杨不忍，略一寻思，便掏出皮夹，将车夫领到医院，与医师客气了一阵，所有医药费全免收，膳费减半，由关杨捐助，先付五元，不足之数，明天补送。关杨又拿出六元钞票，九张角票，交给车夫之妻，说你们五口。节省着过，大约也够一星期用度吧。车夫夫妻喜出望外，连忙叩谢。并说："这有七块多钱，足够半月嚼谷哩。"高高兴兴到眼科手术室割治去了。

关杨做了这件事，心中痛快，出离医院，又到别处热闹场行窃，连做了几手，这才罢手，走进一家酒楼，吃了晚饭，雇车回目的地。原来他平日雇车，从不直抵家门，约距里门老远，他就下来，再步行踱进去。这次也照例下车，缓缓绕着小胡同，走了一圈，然后前后四顾，见无可异；正要举步进寓，就在这一回顾时间，忽见那中年绅士驱车赶到里门，向这边一望，也一跃下来。关杨心中有病，不觉怦然一动，忙震慑心神，慢慢走着，那中年绅士也慢慢走着来。关杨不敢进寓所；顺步走到前边胡同里去。那个绅士居然缓缓走过来，到一民宅前，忽然驻足观望。关杨偷眼看时，整整是他自己寓所。只见绅士端详一回，也走到这边胡同来，和关杨不即不离，紧紧缀着。关杨大惊，急急踱步出巷，东钻西绕，一阵乱窜，满想将绅士抛开，哪知猛回头正在身后，竟抛不掉。并且直冲着关杨这边笑，关杨越心慌，便打算抛赃往租界跑，逐步走几步，到一僻静胡同，刚刚探手衣底，不想那绅士赶过来，已经开口，先笑了笑说："朋友留步。"关杨顺着他眼光一看，四处无人，当然是对自己说话了。扭头装不懂就要走开，那绅士抢行数步，大声说："前面走的朋友，别忙，我有话。"关杨急将胆气一壮，沉着回答："做什么"？绅士一笑："朋友不要诧异，我有话说，刚才看你救那车夫，很佩服，就是阁下在热闹场施展的手法，我也很佩服，我有几句话对你说，您别多疑，最好拿我当自己人，保没岔错。"说罢一握关杨的手道："来，咱们到这里谈谈。"关杨不由己地跟了过去。

三转两绕，到一门前止步。关杨抬头看，正是自己的寓所。不晓得那个绅士怎么就能知道，心想一定要遭事。只见那绅士，一举手让关杨前行叩门，一直到关杨寓所落座。

关杨惶惑，幸他胆气素豪，便问："先生你我并不相识，你找我有什么话说？"那绅士看了看屋中铺陈，含笑不答，却劈头问道："你做这生意几年了？"关杨故作不懂道："我从十几岁就学上古董行……"绅士失笑道："我不是问那个，我问这个。"说着将自己的马褂夹袍一撩，关杨注目一看，恍然大悟，这才放心。却又纳闷道："原来是老前辈，因何识得在下？"绅士道："且听我说，我适才见你的手法倒也利落，就只差一点火候，还不能暗中揣摸肥瘦。老实说，这种白日鼠行业也太没意思。刚才我见你做事很慷慨，必是个血性人，迫不得已操这行业，我打算传你一点别的艺业。不过，我不能白传给你，你艺成之后，必须帮助我做一件事。"关杨至此，大放怀抱，便请教绅士的姓名年贯操业，绅士都略略说了。

关杨这才晓得，这个绅士，乃是关东大盗。也是小窃出身，却善使火器，在关外做了许多年无本生涯，后因同党火拼，被官兵剿办，有人猜疑是他告密卖友，余党大怒，便要一搜二审三公决。他负气不理，上了吉林。同党便宣告他该处死刑，暗遣刺客，要杀他灭口。这老人生性强梁，欲辩无从。他焉肯束手待毙，竟将刺客弄杀一个，这才化装逃难。初到沈阳，险些被捕。

又逃到秦皇岛，渡海过山东，总有人跟缀。他这才到天津，改作偷骗营生，聊以糊口，不想他的仇人又要陷害他。他的继室之妻，潜藏乡间竟被仇人击死，还留下恫吓书。老人痛恨已极，竟欲邀助，雪此前仇。费了许多工夫，物色绝人，数月来他潜缀关杨多次，认为关杨手法敏捷。人性慷慨，是后起之秀，可造之材。这才登门相访，吐露真情。关杨惊喜过望，便拜老人为师，从此两人日夕盘桓。关杨学会了使火器，双手能开枪。又学会了做造文契，及模仿各地方言，又学会夜行术。但他年已二十多岁，只能学到轻矫功夫，蹿房越脊之能，非童工不可。所以关杨对于这手艺业，觉得差池些。

关杨本会假造古董，自与老人盘桓六年，胆气越大，手法越高，六年后竟不再做市窃，乃改作穿窬穴壁。又渐渐由暗窃，改作单人双枪，劫夺行人，专在火车上做买卖。那时他早已帮助老人，报了旧仇，他成了老人最得意弟子，这是以前的话了。那关杨有如此身世，有如此遇合，既练成识货的眼，又学会盗货之能，所以后来作案，都是盈千累万。到他四十七岁上，既广积盗赃，依理应该洗手；他却仿佛有贼癖似的。偶遇到过路财神，不禁跃跃欲试。这次仍贪不知正，竟在济南车站戮生。可怜他数百万遗赃，埋没荒山，没人享受。这才引起中外野心的人，纷纷觅图探险；各聚徒党，设计盗掘。

两人所组考古团，那一日在上海寻得秘图，纠合人众，以考查为名，北上赴热河。一来查勘埋赃之所，二来访求秘图说明书，费了九牛二虎之力，才在内蒙盟旗王公手中，弄得一份说明副本。然后由田音司率四个洋员，乘两辆汽车，前往盗掘。华籍团员，自鲁明夷以下都被抛在金沙寨客舍里。这日正是夏末秋初，天气凉爽，田音司四人，自开汽车，径赴金沙寨北境。一座荒山里。此处四顾荒凉，渺无人迹。长林丰草。秋风刮得簌簌惊人。田音司将爬虎车停在林中，取出带来的食物，饱餐一顿；然后打开秘图和说明，细细勘对。

原来这金沙寨本是古乌桓国的最古时候的国都南郊；到了汉末三分时代，乌桓国势力膨胀才迁都到避暑山庄。魏武帝北征乌桓，就是出古北口，打到承德附近而止，并没到过金沙寨。金沙寨既在近年，发现金矿，便有人投资发掘矿产，计打了两座矿穴。却不料这一发掘恰好正发掘着乌桓国故都废墟。起出重二十五斤的一块赤金，情形如狗头，就叫作狗头金，乃是难得之宝。当时矿夫隐匿不交，费尽心思，将此金埋于沙底，乘隙盗出，藏在一棵大树桠杈上；桠杈中心有一孔洞，他把狗头金安放在内。几年工夫，此金嵌在树枝上，矿夫伐树做成大头手杖一条，正想盗走，不知怎么被人查出。矿夫因此废命，教厂主给活埋了，手杖落在厂主之手。旋又掘出乌桓国王冕国玺等古器，事为关杨探悉，他便施展手法，一股脑儿盗来。藏在金沙寨北境荒山中。这座荒山山麓，其实就是古乌桓国的夏宫；虽被风沙湮没，乱草覆盖，却遗墟尚在。

那乌桓国虽是游牧民族，但一个国王的夏宫，自然也仿汉族建造大厦，由荒山山麓，上达山顶，全是乌桓王避暑之地。在当初都是用大石巨木，建筑了许多不伦不类的房舍堡砦，又借自然之势在山半加建石堂隧道。后来乌桓国势伸张，趁中原多故，举兵南侵，汉族向来不注重边防，便被他得寸进尺，得步进步直侵占到古北口密云县境，就在承德，另建国都。金沙寨荒山，日久渐废。后来魏武帝北征，才将乌桓国威焰挫下去，却是热河承德，从前成为华夷瓯脱地。那时便被乌桓占有了。沧海桑田，年深代远，承德繁华起来。金沙寨就荒废起来。直经过一二千年，清人在承德建造了避暑山庄，明为避暑，暗则震慑边区，承德更成为要区，金沙寨越没人提起，索性连地名也被人遗忘。至于乌桓国故国的夏宫，一二千年来早坍塌得没影儿了，乱草丛生，人烟绝迹，狐兔为巢，樵夫不到，如此多年。忽然发现金矿这才又有人居，地名便改为金沙寨了。

却不知怎的，被关杨寻幽探胜，找到那座荒山的石洞隧道，沙积尘满，依稀可辨。关杨大喜，自费了将四个月的工夫。细细搜寻，竟于山半找着绝大一座石室，这石室有两条暗隧，一条后道，隧道绕山半中，下通山根，后道于断崖峭壁中间，迤逦车上，直达山顶，山顶另有眺望高台。却已坍坏。关杨苦心焦思.用方法购运大批石木工料，卸在金沙寨北境，另雇车马转运到山后二十里外。隔了半年，另诳来山东工匠农民多人，许以重金，责以守秘，将工料运到山前，遂把石室地道重加改建。改建已毕，将工匠农民，运送回籍，连地名方向，都没教他们知道。又隔了数年，关杨便将私储财货悄悄运来，保藏在地室内。只是他并不懂得装置机关的制作方法，也无非寻个僻秘地点，严密窖藏起来了。又过了几年，他的盗贼渐富，遂出重金新修造了，加安铁闸铁门，另有机关枪一架，以备不测。凡此布置都是关杨和他老师那个关东大盗，和两个同门，七只手自行布置的。就是埋赃的计划也是他老师出的主意。最初动机，原为避仇，随后将仇人剪除，便用为藏镪和避官人耳目之所。那里面收贮的财物珍玩，还有一半是他老师平生掳掠所得的东西呢。他们师徒四人复仇之后，原说在此隐居，后因采办食粮不便，每年只在夏季，到此避暑。

后来临到关杨三十九岁的时候，他那老师的仇人，有个侄子，已然长大，奉他伯母临殁的遗嘱，对灵牌起誓复仇，冤冤相报。费了六七年的工夫，潜寻他那老师关东大盗的下落，一日恰巧遇见一个盲目的老头儿，正是旧日同伙响马；又恰与关东大盗。为分赃不匀结下私仇，便一五一十将实底告诉了那个侄儿，又把关东大盗数人同摄的照片寻出。这小伙子得到冤家的照片，便苦心思虑，设计寻索，于是关东大盗，有一日策马闲游郊外，两人狭路相逢，出其不意，被一枪打落马来。关东大盗年已老大，痛不可支，但还能暗暗掏出手枪，这时那人又放了一枪，打中下部，那人断定仇家必死，便从林后跑来，打算对脑海再打几枪，以解心头之恨。不防正一俯身，老头儿在血泊中，抬起腕砰然一枪，火光四射，那侄儿狂吼一声，扑地栽倒，整整斜十字躺在关东大盗胸肚上。两人热血迸溅，也分不出哪是仇人血，哪是自己血，关东大盗伤在背部和腿根共两处，这复仇少年伤在面部，由面颊斜贯口腔，直穿后颈而过，全是致命伤。那少年昏惘中伸手去抓仇人，关东大盗何等勇健，无奈年高气衰，又流血过多。两只眼险被抠出眼珠来。他狂喊一声，努力一挣，两手反挝仇人。恰巧捉住敌喉，两人在血泊中，打击，肉搏，流血，嘶气，对抓，对咬，那个侄儿狂张着嘴，满腔热血，满腹的话语，想要倾吐出来，却只有口难言。他很想大喊一声喝道"咶，仇人，你还记得十年前在关外，被你手刃的那个同伙么？我是他侄儿，我是他嫡亲侄儿，他的侄儿已经长大成人，要报仇雪恨，我我我现在，拼给你了，你要明白，你死在谁手里？"这么些话在他心中打转，努力想表白出来；无奈弹伤颈部。一张嘴血喷出来，只赚得长嘶怒喘，半晌说出："报仇"两个字。只见他抖了抖，血溢不止，瞪目绝气而死，满脸恨怒不释，两只手还紧抠着敌人手。这当儿，压在他尸身下的关杨恩师，那个关东大盗，早已伤重晕厥；两只手可还抓住仇人，这两个死对头，竟如此压持

228

着同时毕命在郊野。

关杨的恩师既被仇人所杀，他的遗赃，落后承袭在关杨和两个同门手里。他三人秉承亡师垂训，虽然分道扬镳，各干各人的营生，每次劫盗所得的货财，除现金之外，凡有稀世古物和不容易销售的，不若立时出手以防败露的，皆聚拢来，存贮在荒山地室。又过数年，关杨的两个同门，先后遭事殒命，大师哥是在长江轮船上，遇见仇敌，开枪威吓双方交战，失足落水淹死大江以内。二师哥在奉天富豪家，潜偷金票，却不晓得人家那只保险箱，有特别机关，被他弄坏暗锁，撬开箱盖，方低头探手去取箱中之物，不防触动暗簧砰然大响，七粒子弹从箱中打出，他头盖碎了，胸头也穿了，登时殒命，死在保险箱之前。

二同门既死，只剩关杨一人，单人匹马，游荡江湖，作那无本生涯。他为人机警不过，不专做穿窬盗箧的买卖，也设局巧骗。也改制假古董，也收买古器，于看样时，巧为仿造，用托梁换柱法，骗取真物，门径很多。做法不限一端。以此所得赃物。倍胜于人。他手下不结同伴，却物色三个副手，专备行骗时"点验"；又用几个小跑，只管传通消息，跟访财神。临到设计动手，必定单人出马，再不结伙，以此保得住秘密。十年来创出个七只手的绰号，形容其比八臂哪吒，只少一手，可见他声名远震，不愧为北方大盗。

这七只手积赃万千，一一埋藏在金沙寨北荒地室内。直等金矿发现，才有人另起新名，因此山恰在金沙寨北，便称为北高山。关杨掘窖藏宝，绘图备忘，叫作聚米峰，地道叫作套龙穴，石室叫作鬼子窝，瞭望台叫作珍珠顶。乃至山中一峰一崖，山脚一冈一坡，他都私造下名称，测量了道里方向，然后绘成秘图，他自己一目了然，别人看了，就莫知所谓。这是他一番深计。预防他人勘破秘窖按图盗掘。关杨并在山野对面乱林中，觅得一棵古杨树。在树前埋一大青石，大青石上镌着双十字，算为秘图定方的标准。图中所写南北四至，全不是正南正北。乃是当年正午的时候，站在古杨树下，大青石山，双十字上半边脸对着太阳，眼光所望之处。算是正南方，脊背所向处，算正北方，左右手分东西，四面八方都是这样推算。至于道里尺寸，秘图上也是用的暗码，内中所记丈数，其实又一步五尺为单位，所记里数，其实是半里为起码。并且数目字，末尾若是单数，必多补一个零号，若是双数，必须补一个五字。所以那秘图虽明明记载着埋藏财货的方向和许多数字，却是照样发掘，必然一无所得，而且越出好几里地去，这都是关杨师徒二人想的方法。但是大青石所定方位，只指出地室暗户的所在，到了暗户之前，另有一块火石，上面也图着双十字，人再站在十字上，面对着瞭望台，画一直线。限要四丈九尺长，再在尽头处，画一纵横五尺的正方形，拿这方形四角，定了东西南北，然而按图索骥便可寻着 只铁箱，到地室中见铁箱中另有一图，这图才画着藏宝之所。凡此曲折，无非关杨师徒在世时，预备彼此互用以免遗忘。到后来七只手也被缉废命，秘图说明有一两份流落人间，引起各方觊觎。

考古团众按照着秘图，寻到金沙寨北高山的时候，七只手的余党早已先期赶到。原因考古团被民团围住的时候，余党已昼夜趱行赶到此间。他们一共凑合了四个人，乔装逃荒难民。围绕北高山搜寻，因没有得着正确的秘图本，果然错寻出五六里之外，乱掘起来，一无所得。那考古团田音司数人。将华籍团员丢在金沙寨店中，忙着先将秘图渗透明白，这才会集西籍团员共五个人，分乘两辆车直赴北高山。沿途村民，不曾见过洋人汽车，哗喧围观，直走出金沙寨矿区，到北高山附近。但见落叶黄沙，风景萧索，左近并无居民，更无蒙古游牧帐篷。田音司择一遮眼避风地点，将汽车停下，五个人先进饮食，次查勘地势。遂细按秘关，先寻大林，费了一整天的工夫，竟寻到大林侧面古杨树和大青石。五人大喜，如获异宝，共看图中说明，是："足蹬双十字，在晌午，日正高，半面照，望前峰，爬山直量三七二五四零丈。"这数字的零便是多加的，真正读法，是顺山坡直量出三七二五四步，便到距地道门不远的山腰中。五人立刻分配工作，田音司专司测量，两个团员分司眺望发掘，两个团员留守汽车。五个人乘夜出大林。到山间择一妥当地点，又避风，又可眺望四面的所在，将汽车停放，支起帐篷，大家轮流值夜。睡了一宵，夜半听见风吼叶摇之声，夹杂着野兽叫，大家提心吊胆，值夜持枪守望。忽见对山西面，忽有一团火光，好像有人放野火。却半晌不见火势旺大，大家提心吊胆，值夜团员纳闷良久，少时火灭，也就不理会了。

次晨齐起，先寻汲道，次进饮食。最后才收拾利落，外面做出测量矿产的模样，暗地就是按图索骥盗掘秘藏。当下田音司等休息一夜，到了次日，先用望远镜向山下四面照看，远远看见荒草乱寨，一色碧黄，直望出方圆数十里外恍惚不见人烟。田音司大放怀抱，遂按秘图寻找地道门，不想竟为秘图说明所误。图中符号道里，竟以步为丈，又单多加一零。田音司遂误将三万七千余步的距离，误认为三十七丈。一直岔出去，寻过山顶。来到后山半腰，看见一片荒草，不着人迹，一点也不像密藏财货之处。只得披蓁拂莽，一路乱寻，想觅着地道门就好办了。同时山脚下七只手的余党副贼，也在平地找搜寻索，错寻到平地一段土冈左近，用铁锹乱掘起来，也是毫无所得。

如此过了差不多一星期，双方两不无头绪各自焦灼起来。对于藏宝的事情和地点，不由都起了疑心；有些信不及了。田音司率团员退回古杨青石处，打算重新测量。将秘图再三展看，忽然于无意中，弄湿了一块，这是羊皮纸，虽坚实，着水受潮处，隐隐泛起紫色。退职武官灵机一动，急急取水，将羊皮纸潮湿，这才看见图旁有两行小字，却是华文。武官急交给田音司悉心译读，这个行字有残落字句，只见写着丈应折半，双尾无零。单尾去五，还有开门见山，回身扣环等语，田音司都不解所谓。原来田音司所得之图，确是真本，说明书却不是原件，乃是摹抄之件，中有脱误所以不能寻得。至于七只手余党，只得着一本说明，并无秘图，只猜度着试掘，所以错得更厉害。

这日过午时分，田音司五人，在林中密议。五个人铺着洋毡，席地而坐，拿着秘图，细细研究，参详半晌，才将这丈应折半的语话悟会过来，只是零去五的话还不甚懂。末后还是田音司将图中数字全抄下来，逐一比较，见各数末尾一字不是零就是五，零前的数字必是二四六八；五前的数字必是一三五七九。这恍然大悟，说道："我明白了。'双尾无零，就是说，偶数末尾必加一零，这应该不算，奇数末尾必加一五，这也应该不算。"退职武官不了解中文歌诀省略语句的方法。还是不懂。田音司道："现在天气尚不甚晚，我们就照这样试寻一下。"

说罢掏出时表一看，正指三点十七分。就教两个团员看守汽车，田音司三人连忙拿测量器和铁锤水瓶等物，从新量起，即由田音司站立青石双十字上，直量出三千七百余步，已到山坎。跟因正午与未时日光相差，方向便有些不对，约错出地室秘门室七八丈远。田音司往来察看试掘，只因七只手，戕生已久，地室多时没有开闭，在表面竟看不出一点形迹来。考古团五人轮流忙了四天，只寻着石壁石洞，仍不能发现秘密隧道。只得看着山形，对着图样，一路乱寻上去。

西籍团员内有一工程师，爬到山巅四望，忽出顶偏南，于自然平坦山的面上，突起一矮峰。忙用望远镜照看，类似人工所造，即招呼大家，直寻过去。见乱石堆高数丈，已生乱草，四面并无小道。三个人设法爬上去一看，才知道乱石围筑如墙，一座高台，似已颓坏。台为方形，台下面有一石阶直达台上，石阶高大，侧面用粗石砌成，石板尚新。那个工程师用建筑学的眼光观察，猜断这石台内部是空的，台阶侧面的整石，好像是由内外推的秘门，三个人因秘图中曾提到此台，便个个心头狂跃。一齐动手，想将此石弄下来，看看石台是不是中空，却是百般开挖，只弄不动。最后取铁锤拼命敲砸，唔的一声，石板破裂，立刻发现黑洞，忽忽地钻风。田音司往内探看，只觉阴湿之气扑鼻，忙用电棒照看，果见石台内部，俨然是一大石室，下有石道，曲折穿过这座小山峰。

团众大喜，即招呼留守汽车的人，只留一个小心看护车辆，那一个叫来把守石台门。三个人各拿着电棒，鼓勇从石台地道下去。原来这石台是瞭望台，他们没寻着山坎地室，却寻着山顶隧道。不想下去才走了数步，觉得里面阴湿气太大，并且隧道上下两壁，多有坍坏部分，看着岌岌可危，脚下浮尘尤多，差不多有数寸厚，里面呼呼隆隆响个不住。田音司等三人，在里面一步一步探着走，只恐顶上石落，并觉得空气沉闷，喘不出气来。约走入三四丈，便觉隧道盘曲斜下，仿佛绕山下行。到百丈以外，陡觉足下践踏的不是石阶，却是泥土，内部空气越发窒闷。两团员燃着四只电棒，背着铁锹等件；田音司握一只长手杖，一步一探，摸索道路。转了数道弯。脚下一软，践着很厚的烂泥，深没踝骨。三人匆匆并肩用电棒细照，前面黑乎乎好像已到尽头。田

233

音司没法，取毡布等物包脚，直践泥地过去。原来迎面黑暗处，是从隧道顶坍下来的一堆岩石和泥土。想是上有空陷，所以淋下来，这一堆岩石土块，将隧道阻塞住了。三个人细看地道，别无出路，只得用力开道。

但地道难穿。仅仅能三个并肩而行，若挖土动身，甚是不便。只好两人动手。一个捻着电灯打亮。工作了半日，居然掘通一穴。三个人都憋得头晕，爬出来休息良久，重复动手。直掘了两三天夜，才刨出一深洞。三人爬过去，又走了数十丈。地道陡形宽敞。却又纵横穿着两条地道。三道交点，俨然是大地室，三人在地室休息，觉得空气较好些。只是耳畔尽轰轰地发响。未免心中害怕，恐怕闷死在里面，又端详这几条地道，暗的黑洞洞一望无边，眼看好像可爬上山去。察看良久。觉得横道风声较响，似乎必有出口，可见天日。三人便取秘图重加寻绎，决定一路搜寻过去。竟走了数百丈远，到了尽头处，乃是石殿石室数十间。工程师依建筑家的眼光，看出一大殿正门，看一层层台阶。台阶尽处，铁门紧闭，看形式应该通达外面。但此门倒关着，机关生锈，必然是久无人动。

三人商量着，费尽气力。将门打开。果然外面豁然通敞，日光照射，强烈之极。三人久闭地室。都睁不开眼。那秋天空气，也觉清矼爽骨。三个人出得地道。察看外面山形，原来此地正在山坎。他们从山脚古杨青石上，测量秘窖时，实实曾从此经过。只因隐藏在乱石之后一片丛草中，看看只是一座土堆，再想不到这是浮土微撼着，内部搭着木枝架子。将土木抱开，便露出铁门。如今算被田音司等一路误寻，由上至下倒掘出来。

三人大喜，又看着秘图，对铁门直走下去，穿地道，至交叉点，立在殿前石阶上，单箭所指，横行一百二十七步，便到秘窖，田音司八人歇息一回，重翻入地道，在宽窄不同，纵横排列三条地道的中心，果有大地室，却非三人适才走过的那一处。这一处石室更大，建筑广阔而高大，地面尘土也少，好像几年前打扫过。石室中心，有方丈一块大石案。石案一角，镌着双十字和一个小箭头。按秘图顶横行出去，田音司拿手杖，二团员且行且量。按电棒，依图寻探。计走出一百二十七步，刚刚到了，脚还未站稳，扑噎一声，尘土飞扬，田音司叫道危险，直坠落下去。一百二十七步地点，竟是一大翻板，一大陷坑，人坠板阖，坑中满是石灰粉。却因年久，受了潮湿，结成软膏也似，沾身陷脚，弄得浑身都是白浆。翻板又已扣上，田音司在内大叫：两团员赶紧拧电棒照着。田音司在坑中，却喜也携有电棒，便往板顶照亮，从板隙透出一缕光线。两团员也大叫："不要害怕，我们设法。"先用大石将板顶起一缝，再用树枝支起，然后用绳索将田音司提上来。

三人商量，此处该是埋赃之所，如何只见翻板？计议一回，用树枝搭在板上，三人踱过去。不想地道很长，盘绕一回，却又折到地室前。考古团三人正自无计可施。忽然那建筑师灵机一动，问田音司："陷坑形式如何？"田音司道："我倒没看清，大概坑面也很大，长有两丈。横有一丈五，着地坑底约大一二倍，内中不尽是石灰。只对坑口处。有一口石灰池。别处也是铺着碎石子的平地。靠东面恍惚似有一穿门，白磷磷的，大概是石头造的。"建筑师听了大喜，对两人道："我看这地道之上，必然还有地道。陷坑中的石门，必然是第二层地道的入口，埋赃之所，料想许在那边。你们看看秘图，不是说：'地通断崖，箭指石门'么？断崖必是陷坑代替名词。"

田音司听了，首先鼓掌，说此话颇近情理。立刻取树枝将翻板撑起，拔许多乱草，铺上石灰堆，以便往来践踏。三人一齐投下陷坑，首叩石门，尽力推行，却是只弄不开。三人取铁器乱砸，只落下许多石屑来，石门纹缝仍未动。那个退职武官烦躁道："又不知赃物果在里边没有，费这大气力，恐怕徒劳。"说着，用手中斧乱劈，一斧捶在石门暗纽上，只听一声响，一扇石门倏然直落下去。石开阶限竟有一深槽，恰好将门嵌住。内部露出来，黑洞洞也很潮。三人惊喜，急急闯进去。用电棒四照。这才看见里面是一大圆室，直径不下五丈，高倒有三丈七八，用石板隔成卄字形短垣。就在卄字中心，建有方丈小石台，高有一丈六七，却没有阶级。田音司等围着石台。建造得古怪，急取秘图勘对。石台的一面，镂着箭头，斜指旁边一面石壁。三人端详半晌，不解其故。那建筑师沉吟不语，不住拧电棒四看。田音司早等不得，与那退职武官商议，脱去鞋，足蹬着步官肩头，爬上石台。见石台上铺着细石，当中建着小小一石亭。周围有石栏，中心有石案。田音司纳闷，便走入石来，积着一层浮土，用铁器敲一敲，觉得石案中空。田音司用力一掀，竟将石案面掀起一缝。田音司忙叫两个团员："这石台内都是空的，这里似有洞洞。"正说着，那建筑师站在石台下，面对一面石壁连忙摇手，大声说："门在这里呢。"

原来石室的一角，嵌着一块铁板，上敷白漆，做出石纹，黑影中乍看好像一块石头，砌作石墙。其实就是石门。机关做在石台周围石阶的一级上，懂得的用脚一踩，石门便可豁然洞开。只是局外人不晓得内中机关，便断断寻不着。因为这机括恰设在人不到的石阶边棱上，不想竟被建筑师误走误践，一脚登着。只听唰的一声，石门扑倒下来，直在石台内部空洞处，成了进口的铺石甬路。建筑师大喜欲狂。

不想此时田音司在台顶，也将亭中石案用力掀动，推开一大裂缝。才知石台实是暗室，台上之亭，乃是天窗。三人慌忙拧亮电棒，直入石室暗室。细看内部，有一大石床，一大石寨和两座石凳，都是千年前旧物，已有些破裂了。上面杂陈着许多小木匣。和铁柜皮箱，都严密封锁着，各处浮满一层轻尘。看样子久没人动。三人狂喜欢呼，以为不白费许久工夫，已将秘藏觅着。忙四面寻找，见石案上放着四盏古铜灯，上覆玻璃罩，中贮清油。田音司取出拂拭一回，看了看，还可以燃着。便划火柴将灯点亮，摆在石台中。

三人先不翻找珍物。且细细查看石床石凳，也像是空的。急掀开床面，往里照看，却又是一条极窄的地道，十数层石阶直通下去。内底又有一地窖，高两丈，一丈四五见方，地是土地，并未墁砖石；当中埋起一座坟，坟前立着石碑，还有石供案。田音司掌着电棒，照看碑文，却镌得好像是隶篆，他一字也认不出。三人周巡一转，重复出来，一齐动手翻箱开柜。石案上放着的硬木匣，全都打开，里面果装贮许多珍玩古器。田音司估了估，似乎不甚值钱。退职武官身畔皮包内，原带着各式钥匙，和火漆黄蜡铁条铁钳等物，急急对着铁柜镇孔，试出模型，将带来钥匙改造，配好了即将锁打开。

这田音司将铁柜的门启开，见里面有十数件黄绫包袱，都卷成长卷形。扯开一卷看时，原来是一幅古书画。田音司连连拆视，这一铁箱全是唐宋人墨迹画宝卷轴，并没有金珠重宝。于是四只铁柜，全都打开，也有一箱银钱，也有一箱贵重古董，只不见那乌桓王冠和狗头金，也没寻着那颗有名的墨珠。

田音司坐在石案上喘息，心中盘算运输方法，还想再寻找一下。那个建筑师拧着电棒，尽向四面照着。三人计议一回。全以为七只手盗赃必不止此。建筑师说："那座坟墓，也许是假的，我们不妨拭掘一下？"田音司一想有理，三人急急移灯，齐下后地道，来到坟前。将灯放在石供桌上，用两把铁锹，一把铁铲，一齐动手。直刨得三人全都出了汗，黄土去了一大堆，猛然唔的一声响，似乎触着石块或棺木。三人尽力掘挖。少时露出棺木的一角来。三人至此，又惊又喜，又似乎失望。一阵不住手的挖掘。黄土全掘开，棺木顶完全露出来，见是一具黄松材。拭去黄土，打开棺盖，心想必是财物。哪知还有一层覆板。等到掀开覆板一看，竟真是一具死尸，成殓在棺内，骨肉已枯，肢体未散，殓衣犹未朽坏，看样子绝不是百年以前的陈死人。

田音司三人将棺材起出平地，把那棺材中死尸。整个抬出来，放在棺盖下。料想尸骨底下或有财货，却只寻出寥寥几件殉葬物。退职武官很失望，建筑师眼望坟穴，忽然说："我们再往下刨刨看。我想贵重赃物。也许埋在棺底。"三人遂重复动手，再往下掘。果然当的一声，触在石板上。急急掀起石板，发现大石槽，有两只敷漆铁柜埋着，在石槽内，三人试搬一下，却很沉重。退职武官忙寻锁门，却是明锁三把，还制着暗锁两门。三人用尽方法，探锁门，试锁簧，拧铁条，捏假钥匙。费了好久工夫，只弄开三把明锁，暗锁只是启不开。三人想将铁柜整个抬回去，却又大又重，计议一回，终无办法，只得暂置一旁。再动铁锹，往坟头周围开掘，差不多将小小地窖。全刨翻过来，费了一日夜之力，竟前后寻出铁箱五只。

田音司乘黑夜将留守伙伴叫来，点上十数支蜡，六七盏灯，先把铁柜铁箱从地窖抬出。直抬到石台内部，暂放在石案石凳上。五人重入地窖，细加搜寻，并用铁棒下探土壤，果然别无窖藏。这才将那具死尸，装入棺材也不掩埋，顺手丢在一边。五人一齐出来，放在石台内部，商量开柜取宝之计。依田音司的意见，想把五只铁柜整个搬出去，到旅舍再设法购器具或用力砸开，或配钥匙启开。但那建筑师以为不妥，他说："必须当场开视，当场验明柜中之物。如果是珍宝，方值得搬运。若是不甚贵重之物，我们还得重寻。并且我们注意在狗头金，和乌桓国王冠玺等件，究竟藏在铁柜中没有，总须先看明了，才能放心。"说至此大家点头，都以为然。只是这些铁柜。既全弄不开锁，齐丢在这里，另去配钥匙，固觉不稳；就将整个铁柜抬走，并不验明内贮何物，也觉此等办法，不甚妥当。

田音司皱眉苦思一回，说道："我想此地是僻区，决不会有人踵寻至此。我们尽可乘夜，将这两只难开的铁柜。先行潜运回店，再设法启开验看。至于这三只铁箱，既然过重，我看锁门还可用火漆印出，照配钥匙。还有这几只木箱，我们就砸开它吧。"

说着就要动手。建筑师忙道："还有一个问题，这些东西，两次必运不完，况我们只带来两辆车，至少须运三四次才能完毕。我们全数押运回去呢，还是留数人看守地窖呢?"田音司道："地窖门户，我们可以封闭起来，只留两人看守地道外部入口。这石台深在内部，我以为不必看守。"退职武官说："只好这样。"五个人一齐站起。又取时表看了一看，正指十一点四十五分，恰当半夜。

此时已是十月中旬，北边酷寒，早有冬意。五个人乍获窖藏，惊喜过望，血脉沸张，倒不觉得身上冷，只手脚有些凉。趁着夜半，月照荒山，五人在石台内部，赶忙开箱，斧杖齐响。凡要抬上车的柜，都弄到隧道中，零星珍物和书画等件，全装在带来的帆布包中。装了六七包，还有少半没有装齐。于是分数次潜运回店之计已决，所有预备应运的已装物件，都弄到隧道上。然后五人重入石阶地窖，前后细细寻找，觉得别无埋藏之处，料重宝必在柜中。五人大放怀抱，将坟前石供桌上的灯吹灭，又用电棒往棺材照了照，转身要走。忽然电光过处，棺内尸骨，于黑暗影中，闪射出一线黄光来。

退职武官大诧，疑心是磷火。忙用电棒一照，黄光顿隐。只看见直僵僵一具死尸身穿着殓衣，下身蒙着陀罗绸被，已经扯掉。退职武官叫住田音司，两人将电火全熄灭，立在暗影中仔细看那棺中尸骨。果然从殓衣隙，射透淡淡黄色光线。两人大为惊异。急将死尸拖出，开亮电棒，剥殓尸的衣饰。照看那尸体胸背骨骼尚全，用钢丝穿扎着，一点骨骼也不零落。却是肚腹皮肉早去。内脏也都摘除，用衣饰垫起，其实是空空一具死人腹子。田音司将死人腹子上铜丝剪断，将腹子打开，一阵樟脑楠麝药香料，气息喷鼻。田音司将尸中贮藏之物。逐件拣出，竟有两颗明珠，嵌在死人骷上，骷髅是一具狗头金，重二十斤。又有一方古铁，乃是乌桓王的符印。那有名的乌桓王冠，却不在尸内。死人头上固然也戴上帽子，但是很寻常的清人顶戴。

两人于无意中发现狗头金和乌桓王玺，大喜过望。慌忙呼喊同伴，一一传看，即装在帆布包中。又寻看一过。那王冠还是未见，打算着随后再说。大家一齐出离地窖石台，灯火全部熄灭。然后由建筑师手按机关，想把石台暗户那扇石板，重新推起来，好掩住内部门户。却是无论怎么弄，那石板卧在石底，纹风不动。建筑师细细察看机关，只觉得可怪。忽在卐字石壁一隅，又瞥见一铜钉机关。试用手一触。只听轰然一声大震，在地道尽头处，忽从顶巅倒下一块大石板，震得尘土飞扬。

五人大惊失色，急用电棒探照，石板倒处，上面黑乎乎，似另有一地道，凿通在上边，五人要过去察看，却见高约一丈余，无法上攀，又怕再有石板落下，将自己砸死，五个人只好暂置不顾。留两人守住地道石门，其余三人乘夜搬铁箱，要想上汽车，开回金沙寨。谁想刚运走第一批，人去车开，还未回来，那留守石门的田音司和建筑师，忽听得地道内，有铁器凿打之声。

两人这一惊，比石板落地道露洞还甚，急忙藏在僻处，侧耳倾听，半晌听见在这地道上，似还有一条地道，那上边的地道，似有人正在开掘。田音司急一握建筑师的手，悄悄从石门溜入内部，一路潜寻窃听；入隧道不远，在一岔路上，听见头顶一丈以上，咕咚咕咚不时发响，似在这地道顶上，还有一层地道；并且正有人在发掘。田音司和建筑师两人屏息细听，上面忽然咕咚咕咚连响一阵，忽然又声息不闻，良久良久，猛听叮当一声大震，有一道火光，从石道顶上，照过这边来。

田音司和建筑师两人大骇，急急躲避暗隅，偷看究竟。忽听上边有人声叫道："这下面还有地窖。"火光连转。田音司忽看顶上，有六七尺一大洞穴，开在上面，旋见上面垂下一盏灯笼来。田音司、建筑师慌忙后退数步，隐在石壁后，探头再看动静，候见一人缒绳而下，手握短枪电棒，刚刚纵下一半，猛然叫了一声，急急地教上面再把他系回去；田音司、建筑师两人相顾惊愕，旋见数道火光从穴口往下照探，少时砰然一响，直打过来。田音司大惊，一扯建筑师，便要扳枪袭击，建筑师赶忙拦住，悄道："上面不知有多少人？也不知是做什么的，并且他们放枪，这许是在地穴中，心中害怕，故意开枪镇吓，究竟未必看见我们。"因此悄悄一领田音司，两人退出复道，紧守穹门，等候回店同伴到来，再定计较。

不防地道内，忽然从那空穴，一连下来四个人，顺着地道两端，放了七八枪，登时地道中尽是火药气息。田音司紧守穹门，从门缝往内看，心想这一伙人必也是掘宝的；再不然便是塞外马达子，来此藏匿。正在惴惴怕他们寻见，下想这一伙人倒有五个，全是壮健大汉，手中也拿着快枪电棒等物，也备有铁锹斧等件，鱼贯而行，五个人一直寻到翻板那里，为高一人一失足也照样跌落下去。田音司和建筑师鼓勇潜行，重溜到隧道三岔口中段，偷看他们的举动。忽听五人中的一个说道："你们看这里还有撑翻板的树枝呢。难道七只手生前干的么？"田音司心中一跳。就见那几人也用树枝将翻板撑开，也用绳将坠下去的人系上来。五人计议一回，却着一人把守翻板，四个人一齐下翻板，走入第三层地道里面去了。

田音司与建筑师正不得主意，忽听身后似有声息，两人慌忙回头察看，黑影中见三岔口地道交叉处，靠东一条地道，有一线火光，闪闪烁烁，似照着往这边走。两人不知虚实，急欲藏躲，已来不及。那边一道电光射到这边，立刻听见对面喊一声："有人。"电光立止，跟着一阵奔驰声，在地道长筒里，微微震得轰隆发响，少时不见踪影。田音司和建筑师，心中惴惴又不知这一起和那一起，是否同伙，怕受他们掩袭，两人急退出地道，将穿门关上，身藏隧外石洞中，听着隧道中动静。约过了半天，田音司不见考古团同伴来。

两人正在焦急，猛听地道中砰然大震，如地裂山崩，紧接着乒乓，乒乓，在地道内，如沉雷一般，闷闷沉沉地响了一大阵。两人听得声势不妙，越不敢窥探。正在此时忽闻一阵脚步声，从里面跑到穿门，似要推门出来。田音司、建筑师大惊失色，慌忙拒住，又搬大石顶上门缝，里面顿听见呼呼喘气声音，同时石门乱响起来，似乎里面正拿铁器乱砸。田音司和建筑师，各把手枪拿出来，扳机对门以防不测。忽然听里面又一阵脚步声，跟着砰

242

然响了两三枪；跟着哎哟一声，似有一人失声狂喊救命，又跟着一阵脚步声，似有一人大叫。旋听见又有铁器敲门，敲了一回，仿佛敲不开，又走回去了。田音司变色持枪把门，好半晌听里面人声已静，这才稍为放心。

两人坐在石块上，也不许开门进去察看；都取出水壶干肉面包等物，大嚼一顿，等候同伴回来。直候到过了两天一夜，才见退职武官等四个西籍团员，押带三辆汽车，和食物铁器等件来到山麓。共同到此掘藏的团员，已有六个，留守金沙寨，看守已得铁箱的，只剩下一个，因为他们一听见寻着秘窟，个个都踊跃想来看看。所以再三计议，只能留下一个，这一个还是前次来过的。于是四人将车径开到山坎僻秘处，会合田音司、建筑师两人，先登山四眺，似别无人影；遂聚到石门前，商量冒险再进探隧道，搜掘余宝。

田音司忙手指穹门。将地道的呼救声，和枪响骚乱情形，告诉四人小心着。大家一怔，到穹门缝子细细倾听一回，里面已无动静，六人决计入探，将穹门打开，仍留两人看守进出门路，余众四人，一同进入穹门。践石阶下去。却喜里面一望无人影，迤逦行来，直到地道底层。四个人袖藏电棒敛光一照，由洞口至隧底，二十几层石阶，中段六七级石阶，都留着血迹，滴滴点点，自上而下。另有一大滩鲜血，在上段石阶靠穹门处，湿漉漉血液犹新；却遍寻尸体不见。隧道中轻烟笼罩，确有一阵阵火药硫黄气息，弥漫在阴沉空气中，四人惊怔不止。用一线电光，俯照地道，曲折往前进，并未听见任何动静。

转瞬间扑到三岔口。四人驻足倾听。三条隧道从交叉口分歧，绕行三面；偏南支道，另有一条暗隧，最为狭窄，是由山坎往山顶挖通的。四人往各处查探，似无人声，独这两分支的暗

243

隧，隐隐听得轰轰隆隆。便是四人通行的地道顶上，也似有一种声音，不时震动。四人听良久，各拿出手枪来，慢慢往前行。半响已到翻板之前转角处，翻板已被人用树枝撑起，四人这一惊非小。忙向四面瞻顾，没见有狙伏之人，急冒险来到翻板前，仍用旧法，从翻板口陆续下去，先用电棒向地道上下前后照了又照，果无可异。这才全数进探翻板内复道，只见翻板中心铺过草枝还在，对面石门门扇已开。

四人到此，也只得闯进去，一直探到卐字石壁附近窥查良久，仍不见有人，也不闻动静。四人瞻前顾后，心中纳闷，想这里面既无人踪，石阶何来血迹呢？四人拐角绕弯，缓缓扑到中央石台前，用电棒遍加照耀，石阶上丢着一只铁箱，箱盖已然打开，照到正面看，只见石壁中暗嵌的石户，已然仆倒，石台内外洞开，忙奔入石台内部。细加查看，箱开柜裂，什物凌乱，考古团留待第二批、第三批运送的一些珍物，都已失踪不见。

四人相顾惊骇色变，并不知隧道内暗陬中，埋伏着多少人，也都是想掘藏盗宝的，自然见利必争；况他们又是外国人，越觉岌岌不自保，便有心退出来。但又转想，费了半年多工夫，耗却如许精神财力，既入宝山，焉能空回；且算计起，只得着乌桓古玺一方，狗头金一具，明珠二粒，和些晋书唐画，精巧珍玩，那乌桓王冠既未发现，那几只弄不开打不破的铁柜除首批运回旅舍之外，可惜如今被人弄开。里面空空如也一件也落不着，也看不见是什么物什，有无王冠。考古团大众越想越愤，因又揣测这种来转盗的人，竟不知是何等人物。想自己第一批运宝，往返只费了七十几点钟，且派两人驻守，不知怎么，就会被人寻踪前来，乘虚掩入。又据田音司说，闻乃发枪之声，似听来者必不止一伙。一伙必不止二三人。四人懊恼异常，心怀疑惧，只不肯甘心吐出重宝。忙各取手枪，奋勇投入地窖暗隧。历阶而下，直到那座假坟前用电棒一照。四个人不由齐声惊叫起来。

原来那坟头又被刨开，顿改旧样，那具棺材已打开盖，拖出坟坑外，尸体也拖出来了。这已很惊人，但还不招人悔恨，却在地窖中坟碑左边，一面大石壁下，发现一大石洞，石移地刨，黑洞洞现出一大土坑。四人忙用电棒照看，坑中上有一具棺材，尸体也拖出来了，棺盖却虚掩着。考古团四人失声惊叫一声，跑过去看，这具陈尸殓衣都剥掉，露出白骨，也用铜丝缠紧着，分明也是割复藏宝的"木乃伊"，退职武官急急将尸腔掀开，里面空空洞洞，宝器早被人拿走了。四人大为后悔，忙到坟坑中，两人拧亮电棒，两人掀开棺盖，不想棺中空虚，竟还有一具死尸，面朝下背朝上僵卧在内。四人动手，将死尸拖开来，肋下汩汩出血，人体还软活微温，气是绝了。四人越发骇异，不想这一具死尸拖开，棺材中还有一具死尸，仰面躺在里面。头盖已炸碎，血肉模糊，不辨面目，也是血浆直流，都是刚才被狙击惨死的。

四人细看先头那具死尸，面目尚可辨认，披着裘带皮帽，脸色黄瘦而狞恶，双眼炯炯瞪视似犹痛不可忍。他那襟怀的衣纽，却被扯露，右手心也有一道刀勒伤，身上带着一把匕首刀一把小手枪、子弹、小壶、干粮，还有一百数十元现钞。考古团四人搜看一回，心中想不出这人的由来，遂又翻检那个脑盖被击的尸体，这人服饰更为阔绰，头剖已然击碎，右手还紧紧握着一把手枪，左手是一只电棒。考古团众人四处搜寻，渺无一物，明知盗赃必被他人掘去，心中不胜悔恨。顿又想起暗算来，觉得地隧中暗影里，说不定还伏着许多暴汉，四人仗胆在地窖照看一下，又发现一杆手枪、一只利斧，是初来时所没有的。拾起来看了看，子弹已发出两粒，依退职武官的意思，续寻遗赃的事，现在已经绝望，停留无谓且恐有害，只有赶紧回店为是。那三人却也自觉危险，只是恋恋不舍，便循原路，离假坟坟出石洞。到地窖搜寻一过，拣那破箱敞柜残余的珍物收拾一些，悄悄地折回石台内部，四下里照看剔寻。

俄延良久，贪心未死。忽听地道上面噔噔的响起来，四个人吃了一惊，全部站起来。听那响音，似又是脚步奔驰声，四人怕被袭击，慌忙弃下残珍，各取手枪，熄灭电棒，悄悄伫听，似翻板那边正在打闹，旋又听砰然一声，好像手枪开火，其声隔离甚远，四个人惊惶失色。唯恐被歹人幽闭在隧中，便舍弃遗珍，从石台乓字壁钻出来，沿地道奔赴翻板处。只见地道顶上那块翻板，依然用树枝撑着，那留守出路的两个人，却千呼万唤不知何往。四人在翻板下复道中，不由焦急起来。仰望那翻板，有两丈以上高，这上边没有人用绳索系，再不易爬出去。四人在下面大声吆喝，上面并无人答应。四人又懊悔又怨恨，急得退职武官，将手枪扳放。砰乒乒放了三枪，上面依然没动静，如热锅蚂蚁一般，四人在复地道内打转。

最后想，设计将铁钉取出，把铁钉钉在石缝中，约钉了数根，想登上去，却是不行。又用绳索抛上去，挂在翻板横梁上，试了试还可以行得。内中有一团员，尚会爬绳之技，居然费很大力气，爬上翻板。却喜板上并无歹人，也不见留守的两个同伴。歇气良久，这才投下绳，把退职武官系上来，如此轮流，四人全上，却是残珍遗器，都抛在复道中了。

四个人稍为喘息，急急沿地道往外走，拐角绕弯，走得数十步，贴壁往外一窥，前边地道隔角，黑乎乎一团影。四人不敢径出，将电棒拧亮一照，赶忙撤身藏在洞角。只见那黑影，被电光一闪，霍地站起来，喊一声什么人，砰的就是一枪，朝空上打，击中石壁头。退职武官已听出声音来，却是田音司，赶紧大叫，是自己人，是自己人，双方电光对照，凑到一处。退职武官细看时，地上仰卧一人，腿部受伤，已经晕厥；身旁坐一人，正吁吁发喘。这两人正是在穹门外，看守汽车和地道入口的考古团同伴，田音司和那个团员正忙着用白兰地灌救。

退职武官四人不禁诧骇，急问缘故。据田音司说，才晓得刚才田音司两人，在地道内把守翻板出入口，忽听外面有枪声和人奔跑声。田音司两人恐遭外人袭击，都握住手枪，隐身伏伺扳机待发。竟见黑影中跑来两人，喘息得不堪。田音司想到先下手为强后，往下打了一枪，不防对面两人，应声倒下一个，那一个惊喊一声，才听出也是外国人。田音司过来，捻电棒照看，果然打错了，伤得是自己人。急急问讯灌救，那一个没受伤的团员，喘气坐倒地上，抱着头也不能立时言语。田音司方寸大乱，忽又闻外面枪声，乒乓乒乓乱响，田音司两人吓得将受伤同伴，搀架到地道拐角，自提枪以防不测，就在这时，退职武官已从石台内部闻警出来。

六人围着，受伤的和喘息的两个同伴，争问缘故。那个团员连喝几口酒，心神稍定，半晌挣出话来。原来他两人在地道口把守穹门，兼护汽车，值夜间昏黑，忽闻背后山坎丛莽中，簌簌作响。两人忽用电棒一照，不见人影，陡又听山上边唰唰的响动起来，立刻滚落下许多块石子，大小都有。两个团员恐怕坠石砸着，慌忙闪开。不想这停放汽车处，原在山坎一块平地上，上面石块乱滚，两人立脚不住，明知有人暗算，两人急急藏好身躯，开枪威吓。不想两人刚刚挪动，对面丛莽中，火光一闪，枪声暴发，一连六七枪，都打到两人藏身大石前面。两团员大惊，却恋着这两辆摩托车，不敢退避，急急开枪还击。这一还击，弹发火射，早被对面和顶上的人，认定方向，那枪更密集过来。一个团员，陡觉腿部火辣辣一下，情知负伤，半分钟后，血流创痛不觉倒地。那个团员大惊，急急停枪将同伴抱起来，退到地道穹门旁，赖有穹门土坡俺护。团员且还击，且拖同伴逃入穹门。对面枪声愈急，少时丛莽中窜出披青衫人物，一个、两个、三个，一共来了五个，毫不客气抢过来，将穹门机关一拨，款当一声，石门顿合，口打呼哨，抢上摩托车，突突地开驶下山去了，隧道中的考古团，乍闻惊耗，反拿逃进来的两个同伴做强人，若不是喊得快，险些打杀。

　　这地道里面六个团员，将身带的酒浆，灌救两同伴，问明缘由，一齐惊慌便沿隧道奔出，却又出不去。那石门已紧紧封闭，大众又不敢硬行破门而出，恐怕门外强人袭击。直耗到次日晚间，忽听石门外敲箍，田音司张勇大呼问讯，听出也是洋人洋话，大众这才齐凑到石门内，里外用力，将门打开，外面这个人，正是金沙寨留在旅舍中看守铁箱和狗头金、乌桓古印、明珠等物的西籍团员，和华籍团员鲁明夷等数人，全都惊慌失色，站在石门外。问讯起来，才知昨夜三更以后，在店中失盗，所有从地窖中掘获的盗赃，全部遗失。可怜田音司倾家借款苦心经营，本想一举发大财。又做圈套，愚弄了华籍团员，哪知背后另有高手，安心转盗他们。

　　当时田音司骤闻此耗。痛悔已极，便是六个同伴也都失色。寻思着重宝已失，所剩者偷测的秘图还在，便打听留守店中的团员，据说只失去从地窖起出弄不开的那几只铁箱铁柜，别一物无所失，现在店中仍留赵通事和华籍司机。看守行李和余物。田音司一听，又是一惊，慌忙上了摩托车。这是两辆。是刚由店中开来的。也不得在地道流连，一伙儿挨挨挤挤上了车，径回金沙寨

248

去了，只半日工夫已到旅舍。

其时天色微明，店中人已有起来。田音司一行下了汽车，那店中伙友已闻声开门，另一伙友拿着一封信迎上来，惊惊惶惶说了许多话。田音司竟不暇理会。急急走到房内一看，里面静悄悄空荡荡，也无一物，也无一人。田音司、退职武官两人心中有事。立刻觉得头脑轰的一声，有些迷迷糊糊起来。其余西籍团员，只知失去重宝，华籍团员只道失去行李，还不甚惊悔。忙往各处搜寻，赵通事和那几个华籍司机。竟已不见，而且扑到后边看去。那几辆摩托车，也都不见了。

考古团大众这才慌乱起来，恶狠狠地叫店东。那店东和店伙友，早陪着地方官面，手拿那封信跟进来，不等询问，就先报告。说是客人你们那一伙同伴，自从失盗后，便算清账目，要进省诉追。我们店家倒防备来着。无奈我们只知道你们是一伙，而且住店时都是那位姓赵的客人，和我们说话。我们实在不能强留客人，这是他们留下的一封信，那个地方官人也帮着说话。田音司定省良久。各处搜查，暗暗叫苦。原来他和退职武官、测量师，辛辛苦苦，沿途旅行，在东蒙、外蒙、内蒙等处，所偷绘的要塞矿区秘图，以及在沪重价购买的军事秘图，一包总也被赵通事数人偷盗而去，并且最精的是那九辆爬虎摩托车，现在只剩两辆，其余全被赵通事等乘走了。固然有这特制车，还容易采缉拐犯，但是现在他们一伙人，行李全失，代步不足。千里迢迢，怎么弄回北京、上海，当下西籍团员，和华籍团员阴差阳错的，互相抱怨，只得依法报官，并请领事备案。

单说考古团半途应聘的赵通事，他何尝是什么通事，他实是粉骷髅盗党五豪秦铮。那几个华籍汽车司机，就是那四哥吴朗，七弟孔亚平，九弟黎吟风，十弟金岱，和十一弟祁季良。他们六人，一路化装暗随着考古团。那粉骷髅首领胡鲁和二哥王彭，率副手十余人，在外筹应。等到田音司一行，隐瞒着华籍团员，私赴北高山掘发七只手遗赃，这边胡鲁也率副手赶了去，在暗中活动起来，这七只手余党，已在北高山山麓多时。这伙余党因没有秘图，寻不见地道门户，正在盲中摸索。后来望见山上火光，竟迢迢跟来。田音司在地道中听见枪声人声。就是粉骷髅党和七只手党，各争奇宝，交起手来。粉骷髅伤了一个人，卒将七只手贼党打跑，便在地窖假坟内，寻见另一棺材，从棺中起出乌桓王冠，乃是珍珠穿制的铜盔，奇宝辉辉有光。胡鲁大喜，又将余珍择好的搜括无遗，便乘夜夺车而去。那边假通事也率假司机将铁箱铁柜和秘密地图，一起装，连汽车全部拐逃。

不一日双方到了热河避暑山庄，既在隐僻地方，将铁箱铁柜打开统计古玩珍器和金币等等，约值百十万元；随后便计划往北京偷运。不想北京侦探长邵剑平，率领干探，北上缉贼，已非一日。当田音司一行赴金沙塞时，邵剑平已在热河承德、直隶密云，和北京、天津各处，探得一些踪迹。粉骷髅盗党，艺高胆大，由胡鲁等将考古团汽车，弃在热河郊外林间。暗用驼轿偷运。却由二哥王彭，把空铁箱等件，另装驼轿，先行出发。分两路明暗偷渡关卡，竟被平安运到北京。

邵剑平大怒，急忙从金沙寨赶回来，到京第四天，接得秘报，粉骷髅青衫党大众，现在连人带赃窝留在京城以内，大约要候事情稍冷，便将潜运赃物，直赴河南老巢。邵剑平料想这伙青衫人物，未必直搭京汉车南下，恐怕也不经通州，绕道出发，便分派部属，在天津车站下了一道卡子，北京九门内外城，和东西车站，也秘派干探，化装巡缉，然后暗暗分区分队开始按户排搜。南城各旅舍游艺场，公共所在，和东西城公寓，属杂乱地方，闲人客户易于潜踪寄居之处，均有人访查。但为防打草惊蛇起见，所派暗探和所购眼线，全是改扮出动。如此整忙了一星期零两天，东西城和前门一带，均未得丝毫线索。邵剑平自带助手，亲赴朝阳门查探，费了许久工夫，在骡马行探出，在半月前有大批驼轿，从北口进京，气派威风。说是王府亲眷来京省观。邵剑平一再根寻，查遍京师，竟不知这一批驼轿，进城之后，落到哪里去了，越搜摸不着，剑平越发猜疑。

忽一日接到干探续报，驼轿的踪迹和下落，虽未摸着，却在地安门外采缉得形踪可疑之人，不时在皇城根某大空宅昼夜出入。剑平急往亲查，藉故扑入空宅，又与原房主接洽，这空房墙上，果然发现许多粉笔画的死人骷髅，还有一面粉墙，上画一人，乔扮老奴，挎着竹篮，背后有一男子拿手枪比画着，做出执行枪决的姿势。细端详这老奴模样，竟是邵探长数日前的改装。剑平又羞又怒，料贼人或在附近，遂将分派到外城和东西城的干探，调来五分之三，加派在北城，命他们昼夜悉心巡缉。当地警察，也都关照了。

如此隔过两天，邵剑平改装亲缉。忽在北京城西北角著名穷三套地方，看见了两个怪人。其时天近黄昏，马路上电灯已然放亮，从南北大街路东，一条小巷内，闪出一个小穷孩子，提着盛煤核的一只旧篮，喊着跳出小巷，却避立墙角，东张西望一回，贴马路便道直往南走到一根电线杆子跟前，止步回头，望了又望，从篮中取出一物，右手捏着，往电杆上涂画。画完了往南又走，走到电杆前，必止步寻看。寻看以后，有的电杆，就用手中物涂画，有的就不画。都从篮中另取一块布，擦抹电杆，看他顺路南行，忽画忽擦，忽到路东，忽到路西，都是单寻电杆。越过到小巷口直立着的电杆，越加注意似的，那举动好像不是儿戏。

邵剑平不禁心中一动，暗暗跟在后面，按步踵行到电杆前面。一看那涂画的物像，正是粉笔画的人头，虽然画的不像样，却有鼻有眼。剑平跟寻过去，才知每隔两根电杆，必画一个人头，这人头有的两眼俱全，有的一只眼。有的三只眼，又有的，有鼻子却有嘴，没有嘴却有鼻子，脖颈下边标着数目字，画着箭头；至于擦掉的形迹，可是辨认不出来了。邵剑平大为诧怪，一直踩寻下去，只见小穷孩子寻寻画画，忽从南北大街折入路东一条胡同，刚进胡同入口，猛听狂喊，喊的是："好大葫芦啊！十一大枚。"同时便听见一个男子腔口叫道："准十一点呀！"

剑平匆匆抢入胡同，见有一个中年男子，披青衫，肩背黑布小包袱，站在胡同中间一条小巷口上，正对黑墙涂画什么。剑平藏身暗隅，留神察看，那个男子，听见小穷孩一跑来，只回头瞥了一眼，各不通话，两不关照，好像谁也不认识谁，却是男子兀自站立不动。直等小孩子跑过去，才转身拔步，两人顺着胡同，一左一右紧贴两边墙根同往东走。那小孩每逢电杆，仍然必寻必画必擦；那男子呢，每逢街巷交叉口十字街心，也必止步，拿粉笔在地名牌下，画一个十字叉，又下注着数目字，还写着"下午十一点钟"英文简号。剑平急取出怀中时表看，时针恰指八点二十五分。去十一点还有两点三十五分钟的时间。

那男子和小孩，越行越紧，已出胡同，曲折绕走，来到什刹海附近地方。两人叫了一声，把粉笔抛在墙角。忽见迎面巷中，赶来三人，急急前行，好像做向导，到一座大宅前，溜入后门。男子和小孩回头四顾，也陆续走进去了，款当一声，门扇骤合，宅中静悄悄无人声。

邵剑平候那男子和小孩走进去后，急四顾前后，并无可疑，这才赶过来，到前后门端详良久，后门是在这条小巷内，正门却在隔巷。料此宅院落必深，房间必多，悄用手电灯一照，在门画着乱七八糟许多粉笔字画，好像玩童游戏所涂，却于书画中也发现两颗人头，一颗是双眼，一颗是三只眼，却都打着十字叉，还有止止止三字。又照着后门，果然也画着一颗死人骷髅，却栩栩如真，下标着双十字，还有入入入三个字。另一面黑墙上，写着"下午十一点钟"。

剑平寻思一回，即到附近警所，打听此宅主人是谁，寓户是谁。那警所闻言一愕，忙即报告此宅乃是一百多间的大空房，内中还有楼厦亭池。据说是前清某汉军大臣的第宅。后来大臣有罪赐死，此宅空废下来。十余年前，曾有人租此宅，开办学校，这学校原是私立的，等到分得庚款，便即停办。因宅子太大，房间过多，地点又稍僻一点，所以绅富，都不肯置买，空闲已久，总没人住。几年前，曾有人出贱价买过此宅，修葺一回。打算开学府公寓。做这种投机营业。不知怎么的，忽有人传说，宅中不大安静。时常闹鬼，大学生寄居的很少，公寓堪堪不支。忽然又传说那房屋主人，因买罗布破产，匆匆南归了。此宅只交给同乡暂为照管，却是谁也不敢寄居在内。现在只有后院小巷院，有几个闲人住着，代业主看房，都是光棍汉没有家眷。

剑平一一听了，心中打定主意，遂告诉警所，这里面情形可疑，你们先派几位监视出入口。自借电话，通知秘探部属，限四十分钟内，赶到此间。邵剑平先命助手一人，借人力车一辆，假装车夫停车巷内，紧紧守住宅门，剑平围宅再绕察一周。少时干探陆续到来，密集在附近酒肆各商铺内，剑平悄悄传告了一遍，候到十点五分，警探六十余人，已经分派停当，疏疏落落，将空房前后合围，仍让出道来，任人出入，入的记数，出的派人随跟，十点半已过，邵探长佩匕首手枪，督率干练助手五十余人，

253

分四批掩入，左邻右邻前门后门，越墙的暗袭，敲门的明攻，一声口号，同时发动。

单说邵剑平一队，领众较多，计二十人，齐集后门，上前叩门，剥剥喙喙良久，竟没人开门也没人答对，侧耳潜听，也无动静。邵剑平刚要下令破门而入，那从左邻准备袭入的一队，派一个人火速跑来，报告窥探情形，内中有大叵测。邵剑平必委副手，候令出攻，径驰入左邻墙头立着一梯，各警探悄立在墙根，隐伏在屋顶，好像是偷听什么，剑平问讯几句话，即扶梯而上，露半而内窥。此处是空宅右跨院邻墙，果然内部房厦甚多，黑乎乎看不清，却见对面屋角，远远露一道黄光，有光处只听得咕噔咕噔发响，其声忽低忽高，忽停忽续，夹杂嚗啪之声，又隐隐闻得有人哭泣叫骂，半晌，猛听尖声大叫道："哎哟可了不得了，救人哪！"接着是一阵嚗啪乱响，咕噔咕噔不住声，在东边忽又现一道白光，连连闪烁，邵剑平忽看时表，正指十一点，喊救之声愈急。便喝令抢进去，众人翻墙越房，从四面攻入，一路势如破竹。径到有灯光的院落。那嚗啪的声音，就从这里边发出，而且这时响声急急越大。

邵平剑焦待了一会儿，悬赏二十元，着两个大胆侦探，握枪扳机，拼命冲入。暴喊一声，随众继进，那嚗啪之声，立刻停止。灯影里警探扳机跃欲试，睁眼往满屋一寻，只见屋中，便是那个男子，那个小穷孩。那男子手中抱着一条粗木长板凳，地上放着一具破木床，拿着长凳的腿，去砸那木床的面，咕噔咕噔响，这便是由来。那个小穷孩，却用皮鞭抽打悬着的席，猛一听嚗嚗啪啪。在警探监视上包围，两人都愕然地回过头来，皮鞭长凳自然暂不砸打，四只眼且灼灼地看了一周，竟无怯惧之色。

那男子并且一俯腰说道："您来啦。"说的是很流利的京腔。

警探喝令举手，虎一般扑过去。十几只手抓一个，把男子、小孩擒住。大搜一阵，各人身上一无所有，只各有两块现大洋各有一张字纸。警探一把拿住纸和钱，一把掀着两人的臂膀，喝问："你们是做什么的？砸床打席，有什么用意？"那男子用嘴一努道："你瞧，你瞧，这里头有臭虫，穷人黑夜拿臭虫。不许么？"邵剑平道："刚才你挎着的那个包袱呢？"男子道："那不是。"却在门房后铁吊上挂着，掩在门后，竟未查见。邵剑平过去看了看，却不敢动，喝问里面是什么？男子道："您瞧吧。"剑平发怒，喝令警探押着男子，教他自己解开。剑平闪在一边，远远地看，那警探叫道："是一双破鞋，哦，一件破衫子，这还有三只袜子。"剑平把大侦探的脑筋一转道："一人都是两只脚，他怎么有三只袜子，拿来待我检查检查。"警探拿过来，这三只还是三样，一是布袜，一是黑洋袜，一是蓝洋袜。剑平翻来倒去看了又看，闻了又闻，这里面好像并没有贼味。遂又看那洋钱，白花花的。上镌袁世凯脑袋，又看那两张纸，剑平不禁大悦。原来线索在这里呢！那两张纸上所绘写的文句图样，竟与剑平在街上，亲见男子、穷孩用粉笔在电杆墙头所绘写的东西，完全一样。

剑平至此已不暇研问口供，急急发令，着八个警兵，先押住这两个重大嫌疑犯，自己亲率大众，分四路大搜空宅，各拧电棒，扳手枪勃朗宁，提大砍刀。如蜂拥如兔跑，在各空院各空房，乱窜乱找。邵剑平先扑到后门旁另一小宅院内，见那边灯光透露，那几个看守闲房的闲汉，好像听将里面动静不妥，有两个披衣挑灯起来，却不敢出屋，只紧闭房门，听外面皮鞋底洋刀链，囤囤哗哗的响，内中一人仗胆问道："谁？"众侦探一声不答，破门而入。屋中睡汉已起的两个，未起的一个，却被众人按住，不令动弹，大搜之下，也没有手枪炸弹，也没有可疑的物。

邵剑平讯问情由，睡汉战抖抖地说："那边那个男子和小孩，乃是拾煤核的穷人。缘因半个月前，本宅业主派一个管家，陪伴两个阔客来此看房，打算租住，据说已讲得有八成妥当了。那阔客便雇了一大一小有两个穷人，说是叫他们在这里照料，却可不知照料什么；又听说阔客上月底才搬来，这几天就要招工修葺，本宅管家通知我们，到下月底再搬，现在还教我们三人看门，那两个穷人出来进去，什么也不管。"剑平听了越加诧异，因又追问，今晚九点后，有三个男子进院，可曾看见。答道："也是赁主那边派来的人，现在尚在里面。"邵剑平道："怎么我们就没有搜见。"

正讯问时，忽然第三队警探，从前院绕来报告，一路搜勘，别无人迹；唯在西花园内破花室中，查见粉墙上写着一些字迹，请探长快去看看。剑平吩咐所部，将看房人先行管押，等候解讯，遂驰赴花园，但见夜色沉沉，衰草杂树舞风弄影，阴森怕人，拧着电棒，扑入花室，果见墙上公然写着"警告呆鸟邵老疙瘩废物虫"一行大字。下面的话，便是说粉骷髅老爷们，把你这蠢物，诓到空宅内，难为你如此听话，老爷们早将赃物运走了，你信么，你不信我再告诉你，老爷们早将那乌桓王冠国玺，和狗头金等重宝，早已带往上海，笨重的唐人书画古玩珍物，也已装驼轿载到京城里了，但是我们并没有怕你搜缉。现在明白告诉你，这些东西，还有些别的共估价值二百七十一万，一总埋藏在这北京城以内，谅这巴掌大的北京城，也不算难找。你尽可会同你们部下那些笨货，划量分区，挨户排搜，搜着时老爷们自出来投案，你有能耐只管使去。这个披青衫的穷汉，和这个捡煤核的穷孩，是我花大洋四元雇的，骗你到此，一来教训你，二来还有别的用意，只怕你呆鸟猜不到。再有这所空房，是我老爷一月前，略施手腕，假托赁户，托业主，愚弄了原业主的同乡和看房，此事与看房主人毫无干系，你小子不可拖累好人。说给你爱信不信，你可以细想，我特地费如许心思，诓你到此，所为何来？这粉墙上用红粉笔写了一大片字，下面照例绘着粉骷髅图来。

探长邵剑平看了，目瞪口呆，气恼塞胸。他仍不死心，率众满院搜寻，搜到一座大厅，一伙人进去寻看，却在厅中一角，发现暗户，户上画着死人头。剑平率干探破门而入，不意此处竟是地道，一阵乱践乱踏，踩着机关，砰然一响，闸板下合，把邵剑平三十余人，全都陷在里面，欲出无路，只得冒险进探，曲折盘转，约爬走四五百步，忽逢绝路，却有砖阶，迎面阻着一小铁门，幸亏人多，拼命打破钻出来一看，竟在人家卧室内。床上睡着夫妻俩，还有一个小孩子，忽听堂屋地板乱响，早吓得乱喊，跑出去叫来巡警，巡警还以为是青衫贼，各将火器对着地穴，不想钻出来土头土脸的人，竟是自己一路人。邵剑平定省一回，细辨此处，原来与同宅那空屋，想是那个汉军大臣的原产业，特设秘隧，以防不测的。

此时天已大亮，惊动附近居民，纷纷围观，邵剑平气恨异常，率众押解看房人和穷汉、穷孩回去交官审讯，一面仍加紧搜缉。就在第四天，剑平早晨看报，忽发现一段新闻，是上海拍来的电讯，言说内蒙发现大批古物，为西人盗买运沪，事为考古团所知，据谓系彼等所发掘不幸中途被盗，刻已提起交涉，要求交回，并追究转盗人犯，唯同时学界中人，以保存古物要求截留，颇掀起重大纠纷，最后称此项古玩，皆珍贵之品，内中尤以乌桓王冠及狗头金，为最难得之奇宝云云。

邵剑平读罢，越发猜疑恚怒，左思右想，竟测不透粉骷髅的举动和这古物的内幕，遂即打电报到上海探询。次日接到回电，据称果有此事。剑平忙即登程赴沪，不想刚刚到了上海便已得到秘报，上海宣传一时的乌桓王冠和狗头金，原来是假的。剑平一听，不由拍案道："又上了当了！"还未及细访内幕，当日竟接到一封短信，拆开一看，信笺上画着粉骷髅，文中说："呆鸟你要走了，你前脚往上海走，我们后脚运货出京。呆鸟，你知道么？"下面署款是粉骷髅领袖胡鲁。

附　录

末路英雄咏叹调

——白羽之文心

叶洪生

　　一个人所已经做或正在做的事，未必就是他愿意做的事，这就是环境。环境与饭碗联合起来，逼迫我写了些无聊文字；而这些无聊文字竟能出版，竟有了销场，这是今日华北文坛的耻辱！我……可不负责。

　　说这话的人，是上世纪三十年代中国武侠小说界居于泰山北斗地位的白羽；所谓"无聊文字"指的就是武侠小说！以其当时的声名、成就，竟在自传《话柄》中发出如此痛愤之语，这就很可使人惊异且深思的了。那么，他又是怎样"入错行"的呢？

白羽其人其事其书

　　白羽本名宫竹心，清光绪廿五（1899）年生于天津马厂（隶属今河北青县），祖籍山东省东阿县。父为北洋军官，家道小康，故其自幼生活无虞，嗜读评话、公案、侠义小说。1912年民国建立，宫竹心随其父调职而迁居北平，遂有幸接受现代新式教育。

261

中学时期因受到新文学运动影响，兴趣乃由仿林（纾）翻译小说转移到白话文学上来，并立志做一个"新文艺家"。

宫氏中英文根底极佳，十五岁即开始尝试文艺创作；向北京各报刊投稿，笔名"菊庵"。他的才华曾深得周树人（鲁迅）、作人兄弟赏识，并慨然给予指导及帮助，鼓励他从事西洋文学译述工作。奈何其十九岁时不幸丧父，家庭遭变；即令考上北平师范大学亦不能就读，反倒要为养活七口之家而到处奔波——他干过邮务员、税员、书记、教师、校对、编辑、记者以及风尘小吏；甚至在穷途末路时，还咬着牙充当小贩，卖书报——一直挨到他贫病交加，吐血为止；除了一支健笔，可说是身无长物。

1926年是宫竹心生命中的一大转折。此前由于他终日为生活忙碌而与鲁迅失联，遂陷于精神、物质上的双重人生困境。恰巧言情小说名作家张恨水亟需为自己担纲主编的北平《世界日报》副刊《明珠》版找一名写手，以分任其劳，乃公开登报招聘"特约撰述"。此时宫竹心正为"稻粱谋"所苦，看到招聘广告，当即连夜赶写了七篇文史小品稿件投寄应征；方于众多自荐者中脱颖而出，成为一名每日皆要奋笔书写各类文稿的"特约撰述"。

这工作其实是低酬劳、高剥削的文字苦力活。它唯一的好处是有固定稿费可领，生活相对安定；而其边际效用则是借着《世界日报》这块艺文园地"练功"的机会，把宫竹心的文笔给磨炼出来，且炼成一支亦庄亦谐、亦雅亦俗而又刚柔并济的生花妙笔。这倒是他始料未及的意外收获。

如是经过一段时日的磨笔磨剑，以及亲身经历种种世态炎凉的残酷现实，他的思想观念乃逐渐产生了微妙的变化。在他悲叹"新文艺家"之梦难圆的同时，也清楚地看到张恨水是如何在通俗小说领域里呼风唤雨、财源广进的！理想与现实的冲突迫使他不得不选择后者。于是张恨水写作模式（通俗小说连载）及其名利双收的丰美果实遂成为青年宫竹心梦寐以求的人生目标，因为这可以立马解决养家活口的实际问题。

他明白言情小说是张恨水的"禁区"，最好别碰；却不妨用"借古讽今"的手法来写"卑之无甚高论"的武侠小说——这就是他初试啼声的武侠处女作《青林七侠》，连载发表于《世界日报》副刊。然而这次的试笔却是一篇失败之作。因为作者企图反讽政治现实竟失焦，而读者反应冷淡则更令人气沮；故连载数月后即被"腰斩"，不了了之。而据通俗文学研究者倪斯霆的说法，直到1931年，《青林七侠》方交由天津报人吴云心主编的《益世晚报》副刊连载续完。

1928年夏天宫氏重返天津，转往《商报》任职。此后迄至对日抗战前夕，约莫八九年间，他都流转于天津新闻圈中厮混；除了曾独家报导女侠施剑翘（因替父报仇而枪杀军阀孙传芳）刑满出狱真相的新闻，引起社会轰动外，可谓乏善可陈。

1937年7月7日因"卢沟桥事件"而引爆中国全面抗日战争，平、津随之沦陷。宫竹心一家于战乱中迁居天津二贤里，由于困顿风尘，百无聊赖，遂与友人合作开办"正华补习学校"；打算一面办学，一面卖文，以弥补日常生活开销。那么，到底该写哪一类题材的小说才好呢？却煞费思量。就在这个节骨眼上，昔日旧识小说家何海鸣忽找上门来，代表天津《庸报》邀约撰稿。当下宫氏喜出望外，一拍即合，遂决定撰写武侠小说以投读者所好。

当时正值抗战军兴，华北沦陷区人心苦闷，皆渴望天降侠客予以神奇的救济，而由著名评书艺人张杰鑫、蒋轸庭演述的镖客故事《三侠剑》（按：其主要人物多脱胎于《施公案》、《彭公

263

案》等书）在北方已流传了一二十年，人多耳熟能详。宫氏灵机一动，何不结撰一部以保镖、失镖、寻镖为主题的镖客恩怨故事，以顺应读者阅读习惯及审美需求；只要能摆脱俗套，翻空出奇，在布局上下功夫，则以其生花妙笔与文字技巧，小说焉有不受读者欢迎之理！

于是他精心构思故事情节，并找来深谙技击的好友郑证因做"武术顾问"；务求所描写的江湖人物言谈举止惟妙惟肖，各种兵器用法乃至比武过招的手、眼、身、法、步，一招一式都能画出来。在如此认真写作之下，1938年春天宫氏即以"倒洒金钱"手法打出《十二金钱镖》（原题《豹爪青锋》），连载于《庸报》。他选用"白羽"为笔名——取义于欧俗，对懦夫给予白羽毛以贬之；或谓灵感来自杜甫诗句"万古云霄一羽毛"，亦有自伤自卑、无足轻重之意。（宫氏所撰武侠小说，均署名"白羽"，而无署"宫白羽"者！）

孰料这"风云第一镖"歪打正着！白羽登时声名大噪，竟赢得各方一致好评。于是不等《钱镖》正传写完，即应邀回头补叙前传《武林争雄记》，又续叙后传《血涤寒光剑》、《毒砂掌》，并别撰《联镖记》、《大泽龙蛇传》、《偷拳》等书，共二十余部。他那略带社会反讽性的笔调，描摹世态，曲中筋节，写尽人情冷暖；而文笔功力则刚柔并济，举重若轻，隐然为"入世"武侠小说（社会反讽派）一代正宗——与"出世"武侠小说（奇幻仙侠派）至尊还珠楼主双星并耀；一实一虚，各擅胜场。

但白羽不以为荣，反以为耻。因此他除将卖文（武侠小说）所得移作办学之用外，待生活稍定，即减少乃至终止武侠创作；同时自设"正华学校出版部"，陆续印行回忆录《话柄》，自传体小说《心迹》，社会小说《报坛隅闻》，短篇创作集《片羽》，小品文集《雕虫小草》、《灯下闲书》、《三国话本》及滑稽文集《恋家鬼》等等。余暇则从事甲骨文、金文之研究，自得其乐。

据白羽已故老友叶冷（本名郭云岫）在《白羽及其书》一文中透露："白羽讨厌卖文，卖钱的文章毁灭了他的创作爱好。白羽不穷到极点，不肯写稿。白羽的短篇创作是很有力的，饶有幽默意味，而且刺激力很大；有时似一枚蘸了麻药的针，刺得你麻痒痒的痛，而他的文中又隐含着鲜血，表面上却蒙着一层冰。可是造化弄人，不教他做他愿做的文艺创作，反而逼迫他自捆其面，以传奇的武侠故事出名；这一点，使他引以为辱，又引以为痛……"

1949 年后，白羽以其享誉大江南北的文名，获任天津作家协会理事、文联委员、文史馆员；并一度出任新津画报社长及天津人民出版社特约编辑。他"最痛"的武侠小说固然已全部冰封，但"工农兵文学"他也不敢碰——因为一则缺乏这方面的生活体验，很难下笔；二则政治气候变化无常，思想束缚更大。试想，他半生服膺并力行文艺创作上的写实主义，可当时的社会现实该怎么写呢？

1956 年香港《大公报》通过天津市委宣传部的关系，约请白羽重拾旧笔，"破例"给该报撰一部连载武侠小说。他力辞不获，遂草草写了最后一部作品《绿林豪杰传》——自嘲是"非驴非马的一头四不像"！其无奈之情，溢于言表。

白羽晚年罹患肺气肿，行动不便，却仍一心一意想出版他的考古论文集。惜此愿终未得偿，而在 1966 年 3 月 1 日晨含恨以殁，享龄六十七岁。

"现实人生" 的启示

诚如白羽所云，他是为了"混饭糊口"迫不得已才写武侠小说。但即令是其所谓"无聊文字"亦出色当行，不比一般。单以文笔而言，他是文乎其文，白乎其白，文白夹杂，交融一片；雄深雅健，兼而有之。特别是在运用小说声口上，生动传神，若闻謦欬；亦庄亦谐，恰如其分。书中人物因而活灵活现，呼之欲出！

另在处理武打场面上，白羽本人虽非行家，却因熟读万籁声《武术汇宗》一书，遂悟武学中虚实相生、奇正相间之理；据以发挥所长，乃融合虚构与写实艺术"两下锅"——举凡出招、亮式、身形、动作皆历历如绘，予人立体之美感。尤以营造战前气氛扑朔迷离，张弛不定；汲引西洋文学桥段则"洋为中用"，收放自如……凡此种种，洵为上世纪五十年代香港以降港、台两地一流作家如金庸、梁羽生、司马翎等之所宗。这恐怕是一生崇尚新文学而鄙薄武侠小说的白羽所意想不到的吧？

认真推究白羽所以"反武侠"之故，与其说是受到"五四"一辈西化派学者的负面影响，不如说是他目睹时局动荡、政治黑暗，坚信"武侠不能救国"的人生观所致。因此，若迫于环境非写不可，则必"借古讽今"，方觉有时代意义。据白羽在《我当年怎样写起武侠小说来》一文的说法，早在其成名作《十二金钱镖》问世前，就写过两篇失败的武侠小说：

一是《粉骷髅》（原名《青林七侠》；1947 年易名《青衫豪侠》出版），内容影射媚日汉奸褚民谊；"因为反对武侠，写成了侦探小说模样"——时在"九一八事变"之前。

二是《黄花劫》，"写的是宋末元初，好像武侠又似抗战"；对"前方杂牌军队如何被逼殉国"传闻深致愤慨——时在"九一八事变"之后。（按：《黄花劫》系1932年天津《中华画报》连载时原名，1949年被不肖书商改名《横江一窝蜂》出版。）

正因有此前车之鉴，故抗战第二年他着手撰《十二金钱镖》时，虽一样是采用"借古讽今"的创作手法，却将"讽今"的焦点由政治现实转移到社会现实上来。他在《话柄》中曾就此说明其创作态度：

> 一般武侠小说把他心爱的人物都写成圣人，把对手却陷入罪恶渊薮。于是设下批判：此为"正派"，彼为"反派"；我以为这不近人情。我愿意把小说（虽然是传奇小说）中的人物还他一个真面目，也跟我们平常人一样；好人也许做坏事，坏人也许做好事。等之，好人也许遭恶运，坏人也许得善终；你虽不平，却也无法。现实人生偏是这样！

如此这般面对"现实人生"，进而加以无情揭露、冷嘲热讽，便是《十二金钱镖》一举成名，广受社会大众欢迎且历久不衰的主因。例如书中写女侠柳研青"比武招亲"却招来了地痞（第九章）；一尘道长仗义"捉采花贼"却因上当受骗而中毒惨死（第十五章），这些都是活生生、血淋淋的冷酷现实。至若白羽屡言此书得力于"旦角挑帘"——让女侠柳研青提前出场，与夫婿杨华、苦命女李映霞之间产生亦喜亦悲的"三角恋爱"——则系"无心插'柳'柳成荫"之故。

笔者有鉴于此，因以其成名作《十二金钱镖》为例，针对书中故事、笔法、人物、语言及其独创"武打综艺"新风等单元，加以重点评介；聊供关心武侠创作的通俗文学研究者及广大读者参考。

小说人物与语言艺术

众所周知，《十二金钱镖》系白羽开宗立派之作。此书共有十七卷（集），总八十一章，都一百廿余万言。前十六卷约略写于抗战胜利之前，故事未结束；是因白羽业已名利双收，不愿再写"无聊文字"。1946年国共内战再起，白羽为了维持生活，不得已重做冯妇；遂又补撰末一卷，更名为《丰林豹变记》，连载于天津《建国日报》，乃总结全书。

持平而论，《十二金钱镖》的故事情节并不复杂，主要是描写辽东"飞豹子"袁振武为报昔年私人恩怨，来找师弟俞剑平寻仇；因此拦路劫镖，而引起江湖轩然大波的故事。说白了，不外就是"保镖—失镖—寻镖"这码事；却因为作者善于运用悬疑笔法，文字简洁生动，将保镖逢寇的全过程——由探风、传警、遇劫、拼斗、失镖、盗遁以迄贼党连同镖银离奇失踪等情——曲曲写出，一步紧似一步！书中的"扣子"搭得好，语言亲切有味，情节又扑朔迷离；因而引人入胜，欲罢不能。

诚然，一部小说若想写得成功殊非幸致；在相当程度上须取决于人物塑造，以及相应的小说语言是否生动传神而定。这就要看作者驾驭文字的能力究竟可达何等境地，方能产生"烘云托月"的艺术效果。

书中主人翁"十二金钱"俞剑平是作者所要正面肯定的角色。此人机智、老辣、重义气、广交游，兼以武功超群，生平未逢敌手；但每念"登高跌重，盛名难久"，则深自警惕；因而垂暮之年封剑歇马，退隐荒村。今即以铁牌手胡孟刚奉"盐道札谕"护送官帑，向老友俞剑平借去"十二金钱"镖旗压阵，路遇无名盗魁劫镖一折为例，看作者是如何刻画俞剑平这个侠义人物的表现。

当时被派去护镖的俞门二弟子"黑鹰"程岳，哭丧着脸奔回俞家报讯，说是："师傅，咱爷们儿栽啦！"俞剑平骤闻失镖，把脚一跺，道："胡二弟糟了！"（因失镖者必然要负连带责任。）再闻镖旗被拔，登时须眉皆张道："好孩子！难为你押镖护旗，你倒越长越抽搐回去了！"——这是先以朋友之义为重，其后方顾到个人荣辱。一线之微，即见英雄本色，毫不含糊！

随后当他看到那"无名盗魁"留下的《刘海洒金钱》图，上面画着十二枚金钱散落满地，旁立一只插翅豹子，做回首睨视之状；并有一行歪诗，写着："金钱虽是人间宝，一落泥涂如废铜！"当即了然，不禁连声冷笑道："十二金钱落地？哼哼，十二金钱落不落地，这还在我！"

在这些节骨眼上，作者用急、怒、快、省之笔将俞剑平那种虎老雄心在、荣辱重于生死的"好胜"性格刻画入微；令读者如见其人，如闻其声！错非斫轮大匠，焉能臻此！

插翅豹子天外飞来

"飞豹子"袁振武这个隐现无常的大反派，在小说正传里称得上是扑朔迷离的人物。他除了拦路劫镖时一度亮相以外，便豹隐无踪，改以长衫客的姿态出现；声东击西，神出鬼没！充分显露出豹子的特性。

作者写袁振武种种，全用欲擒故纵法，口风甚紧。前半部书只说豹头老人如何如何；直到第四十三章，始初吐"飞豹子"之号，仍不揭其名；再至第五十九章，方由一封密函透露"飞豹子"的来历，却是"关外马场场主袁承烈"！难怪江南武林无人知晓。如此这般捕风捉影，教读者苦等到第六十一章，才辗转从俞夫人托带的口信中和盘托出"飞豹子袁承烈"的真实身份——竟然是三十年前俞剑平未出师门时的大师兄袁振武！此人心高气傲，曾因不愤乃师太极丁将爱女许配师弟俞剑平，并破例越次传以太极掌门之位，而一怒出走，不知所终……本书"捉迷藏"至此，始真相大白。

一言以蔽之，此非寻常庸手所用"拖"字诀，而是白羽故弄狡狯的"蓄势"笔法；曲曲写来，行文不测，乃极波谲云诡之能事。正因这头"插翅豹子"天外飞来，飘忽如风，扬言要雪当年之耻，非三言两语可以交代；故白羽特为之另辟前传《武林争雄记》（1939 年连载于北平《晨报》），详述袁、俞师兄弟结怨始末。由是读者乃知其情可悯，其志可佩！袁振武实为本身性格与客观环境交相激荡下所造成的悲剧人物。至于《武林争雄记》续集《牧野雄风》，则系白羽病中央请好友郑证因代笔所撰，固不必论矣。

最具喜感的"小人物狂想曲"

前已约略提过，白羽创作武侠小说，极讲究运用语言艺术。其客观叙述故事的文体固力求风格统一，而杜撰书中人物的对白则千变万化，端视其身份、阅历、教养、个性而定；或豪迈，或粗鄙，或刁滑，或冷隽，或笑料百出，不一而足。

在本书林林总总的小说人物中，描写得最生动有趣的是"九股烟"乔茂。这虽是个猥琐不堪、人见人厌的镖行小丑，却是小兵立大功，起到"穿针引线"和"药中甘草"的作用；特具喜感，很值得一述。

按：书中写"九股烟"乔茂这个小人物的言行举止，活脱是西班牙骑士文学名著《魔侠传》（Don Quijote，或译《唐吉诃德》即"梦幻骑士狂想曲"）的主人翁吉诃德先生（按：Don 音译为"唐"，是西班牙人对先生的尊称）之化身。若无此甘草人物穿针引线，误打误撞地追踪到贼窟，也许咱们的俞老英雄就真格让飞豹子给"憋死"了。而在作者正、反笔交错嘲讽下，乔茂的刻薄嘴脸、小人心性以及色厉而内荏的思想意识活动，几乎跃然纸上；堪称是"天下第一妙人儿"！

据称，此人原是个积案如山的毛贼，专做江湖没本钱的买卖；长得獐头鼠目，其貌不扬。他生平没别的本领，却最擅长轻功提纵术，有夜走千家之能。曾有一宵神不知鬼不觉地连偷九家高门大户，遂得浑号"九股烟"；兼又姓乔，故又名"瞧不见"。

这乔茂混到铁牌手胡孟刚的振通镖局做镖师，因嘴上刻薄，常得罪人，谁也看他不起。譬如在起镖前夕，他一开口就说："这趟买卖据我看是'蜜里红矾'，甜倒是甜——"别人拦着他，不教他说"破话"（不吉利）；他却一翻白眼道："难道我的话有假么？人要是不得时，喝口凉水还塞牙！"等到押镖行至中途，贼人前来踩探，他又龇牙咧嘴说着风凉话："糟糕！新娘子给人相了去，明天管保出门见喜！"

果然，"飞豹子"四面埋伏，伤人劫镖，闹了个"满堂红"，人人挂彩！乔茂死里逃生，心有不甘；为求人前露脸，遂冒险追蹑敌踪，却又教人给逮住，身入囹圄。好不容易自贼窝逃生，奔回报讯；众家镖客正为那伙无影无踪的豹党发愁，急着要问镖银下落，他老小子可又"端"起来啦——"找我要明路？就凭我姓乔的，在镖局左右不过是个废物！咱们振通镖局人材济济，都没有寻着镖，我姓乔的更扑不着影了！"活脱一副小人得志之状，溢于言表。

于焉经过众镖客一番灌迷汤、戴高帽，总算在"乔大爷"口中探得了镖银下落；再派出三侠陪他前去进一步探底——这下姓乔的可不能说是"瞧不见"啦！孰料三侠皆看不起乔茂为江湖毛贼出身，乃背着他自行踩探敌人虚实。作者在此描写乔茂自言自语的心理反应，有怨愤，有讥诮，有得意，精彩迭出，令人不禁拍案叫绝。且看乔茂躺在床上假寐，是怎么个骂法：

> "你们甩我么，我偏不在乎，你们露脸，我才犯不上挂火。你们不用臭美，今晚管保教你们撞上那豹头环眼的老贼，请你们尝尝他那铁烟袋锅。小子！到那时候才后悔呀，嘻嘻，晚啦！我老乔就给你们看窝，舒舒服服地睡大觉，看看谁上算！"……忽然一转念："这不对！万一他们摸着边，真露了脸，我老乔可就折一回整个的！……教他们回去，把我形容起来，一定说我姓乔的吓破了胆，见了贼，吓得搭拉尿！让他们随便挖苦。这不行，我不能吃这个，我得赶他们去……"

可"九股烟"乔茂说的比唱的还好听！一旦遇了敌，只有逃命逃得"一溜烟"的份儿。请再看他躲在高粱地里恨天怨地的一折：

九股烟乔茂从田洼里爬起来，坐在那里，搔头，咧嘴，发慌，着急，要死，一点活路也没有。又害怕，又怨恨紫旋风、没影儿、铁矛周三个人："这该死的三个倒霉鬼，你们作死！若依我的意思，一块儿奔回宝应县送信去，多么好！偏要贪功，偏要探堡。狗蛋们，你妈妈养活你太容易了。你们的狗命不值钱，却把我也饶上，填了馅，图什么！

值得特别注意的是，作者系以乔茂的"单一观点"贯穿本书第三十六、三十七章来叙事；所有的故事情节皆通过其心中想、眼中看、耳中听分别交代。这种主观笔法洵为现代最上乘的小说技巧；而白羽运用自如，下笔若有神助，的确妙不可言。

向《武术汇宗》取经与活用

据冯育楠《泪洒金钱镖——一个小说家的悲剧》一文的说法，当初白羽同道至交郑证因曾推荐一本万籁声所著《武术汇宗》给白羽参考。万氏曾任教于北平农业大学，为自然门大侠杜心五嫡传弟子；其书包罗万象，皆真实有据，为国术界公认权威之作。白羽仗此"武林秘笈"走江湖，并以文学巧思演化其说，遂无往而不利矣。

《十二金钱镖》书中除一般常见的内外家拳掌功夫、点穴法、轻功、暗器以及各种奇门兵器的形制、练法外，还有著名的"弹指神通""五毒神砂"和"毒蒺藜"三种，值得一述。其中白羽杜撰的"弹指神通"功夫曾在二十年后金庸《射雕英雄传》（1957）与卧龙生《玉钗盟》（1960）中大显神威；但系向壁虚

273

构，不足为奇。而另两种毒药暗器则实有其事，殆非穿凿附会之说。

经查万籁声《武术汇宗》之《神功概论》一节所云："有操'五毒神砂'者，乃铁砂以五毒炼过，三年可成。打于人身，即中其毒；遍体麻木，不能动弹；挂破体肤，终生脓血不止，无药可医。如四川唐大嫂即是！"此书写于民国十五（1926）年，如非捏造，则"四川唐大嫂"至少是存在于清末民初而实有其人。于是"四川唐门"用毒之名，天下皆知；而首张其目用于武侠小说者，正是白羽。

如本书第十四章侧写山阳医隐弹指翁华雨苍生平以"弹指神通""五毒神砂"威震江湖！第十五章写狮林观主一尘道长武功绝世，却为毒蒺藜所伤，不治身死；后来方追查出此乃四川唐大嫂一派独门秘传的毒药暗器。而另据《血涤寒光剑》第八章书中暗表，略谓"毒蒺藜"与"五毒神砂"系出同源，皆为苗人秘方；"真个见血封喉，其毒无比"！而四川唐大嫂更据以研制成多种毒药暗器，结怨武林云。

此外，谈到轻身术方面，过去一般只用飞檐走壁、提纵术或陆地飞腾功夫，罕见有关轻功身法之描写（还珠楼主偶有例外）。而自白羽起，则大量推出各种轻功身法名目；例如"蹬萍渡水""踏雪无痕""一鹤冲天""燕子钻云""蜻蜓三点水"及"移形换位"等。究其提纵之力，则至多一掠三数丈；此亦符合《武术汇宗》所述极限，大抵写实。

再就描写上乘轻功所产生的特殊效果及用语而言，像"疾如电光石火，轻如飞絮微尘""隐现无常，宛若鬼魅"等，皆富于文学想象力与艺术感染力。凡此多为后学取法，奉为圭臬；甚至更驰骋想象，渲染夸张无极限。恕不一一举例了。

开创"武打综艺"新风

　　白羽在《十二金钱镖》第七十二章作者夹注中说："羽本病夫，既学文不成，更不知武。其撰说部，多由意构，拳经口诀徒资点缀耳。"然"文武之道，一张一弛"，实无可偏废。因此白羽既不能完全避开武打描写，乃自出机杼，全力酝酿战前气氛；对于交手过招则兼采写实、写意笔法，交织成章，着重文学艺术化铺陈。孰知此一扬长避短之举，竟开创"武打综艺"新风，殆非其始料所及。

　　在此姑以第四十章写镖客"紫旋风"闵成梁夜探贼巢，以八卦刀拼斗长衫客（即飞豹子所扮）的一场激战为例；便知作者虚实并用之妙，值得引述如次：

　　　　紫旋风收招，往左一领刀锋，身移步换；脚尖依着八卦掌的步骤，走坎宫，奔离位。刀光闪处，变式为"神龙抖甲"，八卦刀锋反砍敌人左肩背。长衫客双臂往右一拂，身随掌走，迅若狂飙。……一声长笑，"一鹤冲天"，飕的直蹿起一丈多高；如燕翅斜展，侧身往下一落。紫旋风微哼一声，"龙门三激浪"，往前赶步，猱身进刀；"登空探爪"，横削上盘。这一招迅猛无匹，可是长衫老人毫不为意，身形一晃，反用进手的招数，硬来空手夺刀。倏然间，施展开"截手法"，挑、砍、拦、切、封、闭、擒、拿、抓、拉、撕、扯、括、抹、打、盘、拨、压十八字诀。矫若神龙掠空，势若猛虎出柙；身形飘忽，一招一式，攻多守少。

像这种轻灵、雄浑兼具的笔法，奇正互变，实不愧为一代武侠泰斗！因为此前没有人这样写过，有则自白羽始。特其因势利导，将八卦方位引入武打场面，且活用成语化为新招，则又为说部一大创举。后起作家凡以"正宗武侠"相标榜者，无不由此学步，始登堂入室。惟白羽地下有知，恐亦啼笑皆非——原来"现实人生"之吊诡竟一至于此！念念"怕出错"的比武却成为康庄大道！这个历史的反讽太绝太妙，实在不可思议！

结论：为人生写真的武侠大师

综上所述，白羽所谓"无聊文字"——武侠小说竟获致如此高超的艺术成就，诚为异事。然"无聊"不"无聊"仅只是某种道德观或价值判断，并非意味下笔时无所用心，便率尔操觚！相反地，像白羽这样爱惜羽毛、恨铁不成钢的文人，即令是游戏之作，也要别出心裁，不落俗套；况其武侠说部以"现实人生"为鉴，有血有肉乎！

著名美学家张赣生在《民国通俗小说论稿》（1991）一书中曾说："白羽深感世道不公，又无可奈何，所以常用一种含泪的幽默，正话反说，悲剧喜写。在严肃的字面背后，是社会上普遍存在的荒诞现象。"此论一针见血，譬解极当。用以来看《偷拳》写杨露蝉三次"慕名投师"而上当受骗，洵可谓笑中带泪。

白羽早年受鲁迅影响甚深，所以在《十二金钱镖》一举成名后，犹常慨叹："武侠之作终落下乘，章回旧体实羞创作"。其实"下乘"与否无关新旧。试看鲁迅《中国小说史略》亦曾明确指出："是侠义小说之在清，正接宋人话本之正脉，固平民文学之历七百余年而再兴者也。"平民文学即今人所称民俗文学或通俗文学；只要出于艺术手腕，写得成功，便是上乘之作。岂有新文学、纯文学或所谓"严肃文学"必定优于通俗文学之理！

毕竟白羽在思想上有其历史局限性，没有真正认清武侠小说的文学价值——实不在于"托体稍卑"（借王国维语），而在于是否能自我完善，突破创新，予人以艺术美感及生命启示。因为只有"稍卑"才能"通俗"，何有碍于章回形式呢？即如民初以来甚嚣尘上的新文学，其所以于近百年间变之又变，亦是为了"通俗"缘故。惜白羽不见于此，致有"引以为辱"之痛！

但无论如何，他的武侠小说绝不"无聊"；其早年困顿风尘、血泪交织的人生经验，都曾以各种曲笔、讽笔、怒笔、恨笔写入诸作，实无殊于"夫子自道"。据白羽哲嗣宫以仁君在《论白羽》一文中透露："《武林争雄记》拟以其本人曲折经历为模特儿，故在写作过程中反复改动，多次毁稿重写。郑证因曾对白羽家人叹息说：'竹心（白羽本名）太认真了！混饭吃的东西，何必如此？'……"见微知著，料想其他诸作亦曾大事修删，方行定稿。是以报上连载小说与结集出版后的成书内容、文字颇有不同。

由是乃知白羽珍惜笔墨逾恒；其文心所在，莫非为人生写真！无如社会现实太残酷，"末路英雄"悲穷途！只好用"含泪的幽默"来写无毒、无害、有血、有肉的武侠传奇；聊以自嘲，聊以解忧。

清代大诗家龚自珍的《咏史》诗有云："避席畏闻文字狱，著书只为稻粱谋。"白羽写武侠书可有定庵先生"正言若反"之意？也许除了"为稻粱谋"外，他的潜意识中还有为武侠小说别开生面的灵光在闪耀；因能推陈出新，引起广大共鸣。

其故友叶冷是最早看出白羽武侠传奇"与众不同"的行家。1939 年他写《白羽及其书》一文，即曾把白羽和英国传奇作家史蒂文森（R. L. B. Stevenson，以《金银岛》小说闻名）相比，认为白羽的书真挚感人，能"沸起读者的少年血"。实非过誉之辞！

整理后记

　　《青衫豪侠》是白羽的第一部武侠小说。1926 年 12 月底在张恨水主编的北京《世界日报》《明珠》副刊以《青林七侠》的篇名刊出两章，继在 1931 年吴云心主编的天津《益世晚报》连载后十一章，前后共十三章。1942 年 1 月，前六章以《青林七侠（即白刃青衫）》书名、后七章以《粉骷髅》书名由天津正大书局出版单行本；同年 9 月，长春新京书店以《粉骷髅》书名再版，共三卷：卷一六章，卷二四章，卷三三章。1947 年 4 月，上海协和书店又改名《青衫豪侠》出版，全一册，共十三章。1947 年 9 月，上海大中华书局再改名《大侠粉骷髅》，全一册，共十三章。